Nicole Fisher

You're my RIVAL

Roman

1. Auflage 2021
Originalausgabe

Gesetzt aus der Stempel Garamond
von GGP Media GmbH, Pößneck
Druck und Bindung von GGP Media GmbH, Pößneck
Printed in Germany
ISBN 978-3-7457-0106-7
www.mira-taschenbuch.de

Klimaneutral
Druckprodukt
ClimatePartner.com/15109-2009-1001

MIX
Papier
FSC FSC® C014496

Triggerwarnung:
Dieser Roman enthält Szenen sexueller Gewalt.

Für Peter,
weil du mich aus dem Himmel inspirierst

PROLOG

Was lässt einen Menschen glauben, dass er das Recht besitzt, über Leben und Tod entscheiden zu dürfen? Ist es Größenwahn, Arroganz? Oder schlicht die Tatsache, bisher immer das bekommen zu haben, was man will, und dieses Privileg mit allen Mitteln zu schützen?

Angewidert spucke ich das Blut aus und rolle mich schwerfällig auf den Rücken. Mein Körper ist am Ende seiner Kräfte angelangt. Wie viel kann ein Mensch ertragen, bis er endgültig aufhört zu kämpfen? Vermutlich werde ich diese Frage bald beantworten können.

»Ich will das nicht tun, aber du lässt mir keine andere Wahl«, schleudert er mir entgegen und fährt sich ruppig durchs Haar. »Ich habe mir nicht jahrelang den Arsch aufgerissen, um mir dann von dir alles zerstören zu lassen!«

Er wird nicht zulassen, dass ich seinem Namen schade. Das haben seine Schläger in der letzten Stunde bewiesen. Eher rechtfertigt er meinen Tod mit einer Lüge, als dass er das Risiko eingeht, mich am Leben zu lassen. Und selbst wenn ich das hier überstehen sollte, welchen Sinn hätte mein weiteres Leben – ohne ihn? Meine Seele würde mit der Zeit zerfallen, mich zu einer leeren Hülle verkommen lassen und zu einer Existenz ohne Sinn verdammen.

»Wieso konntest du dich nicht so verhalten, wie es von dir erwartet wird? Dir hat es nie an etwas gefehlt, und dennoch hast du mich hintergangen, unsere Prinzipien mit Füßen getreten und dich aufgeführt wie ein Flittchen!«

Sein Fuß trifft mich unvorbereitet und erwischt die bereits gebrochenen Rippen. Unbarmherzig schießt der Schmerz durch meinen Körper und lässt mich gequält wimmern.

Ich atme dagegen an und hebe vorsichtig den Blick. Wehmütig betrachte ich die strahlend grünen Augen. Kalt und hart starrt er auf mich nieder. Einst versprach mir sein Blick Trost und Sicherheit. Heute bedeutet er nichts als Schmerz.

Ich zwinge mich dazu, die aufgeplatzten Lippen zu bewegen, und forme mühsam die Worte, um mich zu erklären: »Mir fehlte Liebe.«

1

Frustriert schleudere ich die Decke von mir, stehe auf und schlüpfe in meine abgetretenen Lieblingssneaker.

»Immer der gleiche Mist mit ihr«, grummle ich gereizt und mustere verschlafen das Bett gegenüber.

Irgendwo in dem wirren Haufen aus bunten Decken und Kissen schläft Camy seelenruhig, während ich schon wach bin und ihr am liebsten den Hals umdrehen würde. An ihr leises Schnarchen habe ich mich in den letzten Jahren gewöhnt. Aber wenn sie getrunken hat, nimmt es eine Lautstärke an, die niemand ignorieren kann.

»Ich würde dir ja einen Kaffee mitbringen, aber bis du endlich aufwachst, ist der eh kalt«, nuschle ich und knalle geräuschvoll die Tür hinter mir zu.

Camy bekommt davon ohnehin nichts mit, und auch sonst scheint das niemanden gestört zu haben. Normalerweise würden um diese Zeit schon die Frühaufsteher über den Wohnheimflur huschen und dabei ein Gesicht ziehen, als wären sie bereits zu dieser frühen Stunde zu spät dran. Was kann ein Mensch um fünf Uhr morgens so Wichtiges zu erledigen haben, das nicht illegal ist? Kopfschüttelnd steige ich die abgewetzten Treppenstufen hinunter und ziehe mir einen Kaffee aus dem uralten Automaten im Erdgeschoss. Das Zeug sieht aus wie Teer und schmeckt nicht viel besser, aber immerhin macht es wach. Mit dem heißen Kaffee in der Hand trete ich aus der gläsernen Eingangstür und setze mich auf die Bordsteinkante vors Wohnheim. Die Sonne ist noch nicht ganz aufgegangen, doch bereits jetzt ist es so warm, dass ich in meinem Schlafanzug kaum friere. Vorsichtig puste ich in den Becher, ehe ich einen großen Schluck trinke.

Ich bin ein bekennender Koffeinjunkie, und als solcher hat man an diesem College keine große Auswahl. Na ja, im Grunde hat man hier bei nichts eine Wahl. Ein flüchtiger Blick auf die Umgebung genügt, um das zu begreifen. Der Campus umfasst nicht viel mehr als ein paar heruntergekommene Gebäude und eine wild wuchernde Gartenanlage, die an den Parkplatz grenzt. Die Ausstattung in den Hörsälen ist gefühlte hundert Jahre alt, und die Dozenten sind allenfalls mittelmäßig. Einzig mein Wohnheim ist halbwegs gepflegt.

Wieso habe ich mich damals nicht an einem besseren College beworben? Resignierend schüttle ich den Kopf und nippe am Kaffee. Im Endeffekt ist es egal. Meine Zeit am College ist endgültig vorbei, und meine neue Wohnung liegt zum Glück nicht in Chearfield, sondern in der nächstgelegenen größeren Stadt Rosehill. Ich habe mich entschieden, dorthin zu ziehen, weil Camy von dort stammt. Kein Mensch steht mir so nahe wie sie. Wo sollte ich also sonst hin?

Ich kneife die Augen zu, leere den Becher und werfe ihn in den Mülleimer neben der Tür. Jetzt bin ich zwar nicht mehr todmüde, aber meine Laune ist immer noch auf dem Tiefpunkt.

Ich muss mir wohl eingestehen, dass nicht Camys Schnarchen mich aus dem Schlaf gerissen hat, sondern dass ich wieder einen dieser Träume hatte. Wie so oft in letzter Zeit. Es sind diese Augen, die mich verfolgen. Grüne Augen, wie meine eigenen. Sie lassen mich schweißgebadet hochschrecken und nicht wieder in den Schlaf finden. Aber heute Nacht war es anders. Dieses Mal sah ich in der größten Angst plötzlich ein weiteres Paar Augen. Tiefblau wie ein ruhiger Bergsee. Sie blickten mich an und flößten mir das beruhigende Gefühl ein, dass alles gut werden würde. Dass ich sicher und beschützt bin. Doch das bin ich nicht. Das spüre ich ganz deutlich.

Gerade will ich aufstehen und hineingehen, als mich das unbestimmte Gefühl überfällt, nicht allein auf dem Vorplatz zu sein. Mein Nacken beginnt zu prickeln, und in meinem Magen bildet sich ein angespannter Knoten.

Bedächtig wende ich den Blick vom Mülleimer ab und sehe mich um. Ich fixiere die Grünflächen auf der anderen Seite des Parkplatzes, die Gassen zwischen den wenigen Autos und spähe in den Hauseingang hinter mir. Aber da ist niemand.

Müde reibe ich mir mit den Händen übers Gesicht. Dr. Munk hat mir mehr als einmal erklärt, dass das Gefühl, beobachtet zu werden, ausschließlich meinem Unterbewusstsein entspringt. Sie meint, es sei eine bekannte Reaktion des Gehirns bei Menschen mit meiner Art von Amnesie. Angeblich wird sich die Paranoia von allein legen, wenn ich es endlich schaffe, die Vergangenheit loszulassen. Leichter gesagt als getan.

Für lange Zeit war das Gefühl, verfolgt zu werden, tatsächlich verschwunden, und ich hoffte, es endgültig überwunden zu haben. Aber vor Kurzem kam es mit voller Wucht zurück und ist inzwischen so gravierend geworden, dass ich mich regelrecht gestalkt fühle. Lächerlich. Wer sollte mich stalken? Okay, zugegeben, meine Geschichte ist nicht alltäglich. Aber im Grunde führe ich ein langweiliges Leben.

»Das ist nur Einbildung, Liz. Also reiß dich verdammt noch mal zusammen«, ermahne ich mich streng und reibe mir über die Arme, um die Gänsehaut zu vertreiben.

Vielleicht liegt es auch an diesem Ort, dass ich allmählich durchdrehe. Chearfield ist eine winzige öde Stadt mitten im Nirgendwo von Texas. Wenn man die Studierenden abzieht, leben hier bloß viertausend Menschen. Es gibt nur eine einzige Bar und keine vernünftigen Einkaufsmöglichkeiten. Kein Wunder, dass man in einer so trostlosen Gegend irgendwann denkt, man befände sich in einem klassischen Horrorfilm.

Mit einem letzten skeptischen Blick über den Parkplatz stehe ich schließlich auf und gehe zurück ins Wohnheim. Dabei achte ich allerdings penibel darauf, die Tür hinter mir sorgfältig zu verschließen. Man weiß ja nie.

Während der letzten vier Jahre konnte ich mir unter der Dusche nur in den Ferien Zeit lassen, wenn das College beinahe menschenleer war. Meine Kommilitonen fuhren zu ihren Familien oder in den Urlaub, und ich hatte den Campus nahezu für mich allein. Es gab niemanden, der am Spiegel drängelte oder meckerte, weil man sich angeblich zu viel Zeit in der Duschkabine ließ. Ich hatte meine Ruhe und genoss sie in vollen Zügen.

»Nie wieder vor fremden Haaren auf dem Fußboden ekeln. Ist das nicht herrlich?!«, brüllt Camy aufgekratzt aus ihrer Kabine. Sie ist endlich aus ihrem Tiefschlaf erwacht und ist mir schlaftrunken ins Gemeinschaftsbad gefolgt, damit wir uns für den Tag fertig machen.

»Und wir müssen nie wieder extra früh aufstehen, um noch heißes Wasser abzubekommen«, ergänze ich kichernd.

»Endlich eine Badewanne!«, kreischt sie verzückt, und ich lache so laut, dass meine Stimme von den hässlichen giftgrünen Fliesen des Gemeinschaftsbads zurückgeworfen wird.

Da der Wohnungsmarkt in Rosehill eine Katastrophe ist, habe ich Camy angeboten, mit mir zusammenzuziehen. Sie hätte auch zu ihrer Familie zurückgehen können, aber die neue Freiheit im alten Kinderzimmer zu beginnen, wäre ein Rückschritt. Und ich fühle mich wohler, wenn ich in der großen Wohnung nicht allein bin. Sie ist ein Überbleibsel aus meinem alten Leben. Laut Anthony, dem Nachlassverwalter und Anwalt meiner Eltern, hat mein Dad sie mir vererbt. Die Wohnung in Rosehill ist nur eine von vielen Immobilien im ganzen Land, die ich geerbt habe.

Anthony war der Einzige, der nach dem Autounfall für mich da war. Er hat mir so viel über meine Vergangenheit erzählt, wie er wusste, und mir damit die einzigen Erinnerungen gegeben, an denen ich mich festhalten kann.

Bei dem Gedanken daran, dass ich keine lebenden Verwandten habe und mich an die verstorbenen nicht erinnern kann, steigen mir die Tränen in die Augen. Es gibt niemanden, der mir etwas Persönliches über mein altes Ich erzählen könnte. Etwas, das nicht in farblosen Fakten zusammengetragen und in einer staubigen Akte abgelegt wurde.

Ich schlinge das Handtuch fester um meinen Körper und stelle mich vor eins der Waschbecken. Mit der flachen Hand wische ich den Wasserdampf vom Spiegel und mustere aufmerksam mein Gegenüber. Der Anblick ist mir vertraut und fremd zugleich. Große grüne Augen in einem rundlichen Gesicht. Gerade kleine Nase, volle geschwungene Lippen, ein spitzes Kinn und langes rötlich braunes Haar. Seit ich mich erinnern kann – was bekanntlich nicht besonders lange ist –, sehe ich so aus. Nie habe ich eine andere Frisur getragen oder mir die Haare gefärbt. Vielleicht ist es an der Zeit, etwas zu verändern. Vielleicht sollte ich meinen neuen Lebensabschnitt mit einer neuen Frisur feiern? Das mag zwar ein Klischee sein, aber es kommt mir auf einmal überraschend sinnvoll vor.

»Hey, Camy!« Probeweise halte ich meine Haare hoch, um sie kürzer wirken zu lassen, und drehe abwägend den Kopf zur Seite. »Lust, mich zum Friseur zu begleiten?«

Das Wasserrauschen aus der Dusche verstummt abrupt.

Sekunden später steht sie in einem winzigen rosafarbenen Handtuch neben mir. Wortlos zupft Camy an einer Strähne meines feuchten Haares und streicht sie kopfschüttelnd wieder zurück.

»Wir fahren nachher zu meiner Mom. Sie wird aus dir eine völlig neue Person machen«, verkündet sie enthusiastisch und schiebt mir behutsam die Haare hinter die Ohren.

»Eine neue Person will ich nicht werden, Camy. Bloß ein wenig anders aussehen«, bremse ich sie.

Sanft legt Camy mir eine Hand auf die nackte Schulter und sucht meinen Blick im Spiegel. Ihre Rehaugen funkeln voller Mitgefühl, was mich beschämt den Blick abwenden und die Hände zu Fäusten ballen lässt. Ich hasse es, so angesehen zu werden. Es ist, als würden die Menschen in mir beschädigte Ware sehen und versuchen, meine Risse durch ihr Mitleid zu heilen. Als wäre es so einfach.

»Dich hat fünf Jahre niemand gesucht«, beginnt Camy sachte. »Du hattest den Collegeplatz hier sicher, Liz. Alles war schon lange vor dem Unfall organisiert. Wenn jemand hätte Kontakt zu dir aufnehmen wollen, hätte er oder sie es längst getan. Daran wird auch eine neue Frisur nichts ändern.«

Ich schlucke trocken und atme tief durch, um den Schmerz in der Brust zu verdrängen, den ihre Worte ausgelöst haben. »Wann bist du so verdammt weise geworden, Camy Owson?«

»Ich war schon immer ein Genie. Aber hätte ich das zugegeben, hättest du mich nicht abschreiben lassen.«

Natürlich weiß Camy, dass ich bloß ablenken will. Aber sie spielt mit, und dafür bin ich ihr extrem dankbar. Erleichtert über den Stimmungswechsel drücke ich ihr einen Kuss auf die Wange und wende mich wieder dem Spiegel zu. Langsam fahre ich mit den Fingern über den Ansatz meiner linken Brust und betrachte nachdenklich die Tätowierung darauf. Bereits im Krankenhaus hat sie mich fasziniert. Damals habe ich mir oft vorgestellt, dass darin die Antworten auf all meine Fragen liegen. Immer wieder habe ich mich gefragt, wieso ich mir gerade dieses Symbol habe stechen lassen. Ob es eine Bedeutung für mich hatte oder es mir einfach gefallen hat. Was hat der schwarze Rabe mit dem spitzen Schnabel und den ausgebreiteten Schwingen für mich dargestellt? Vermutlich nichts, denke ich und lasse enttäuscht die Hand fallen.

»Soll ich Mom fragen, ob sie heute Zeit hat? Wir könnten bei ihr vorbeifahren, nachdem die Möbelpacker unsere Sachen ausgeladen haben«, schlägt Camy vor und schnappt sich die Haarbürste aus meiner Kulturtasche.

»Ja, bitte tu das.« Ich lächle sie dankbar an.

»Wird erledigt, Boss.«

»Aber ich will keine grünen Haare! Und wehe sie schneidet mir einen Bob.« Ich ziehe eine Grimasse und schüttle angewidert den Kopf.

Camy lacht ausgelassen und greift nach dem Föhn auf der Ablage.

»Wer weiß, wer weiß«, flötet sie geheimnisvoll, ehe das Geräusch des Föhns jede weitere Unterhaltung zwischen uns unmöglich macht.

Der Tag, an dem wir Mitbewohnerinnen wurden, war ein Glückstag für mich. Camy geht mir zwar oft auf die Nerven, aber sie ist auch die beste Freundin, die ich mir vorstellen kann.

2

Nachdem wir den letzten Umzugskarton in der neuen Wohnung abgestellt haben, machen wir uns direkt auf den Weg zum Salon von Camys Mom.

Der Beautysalon sticht auf der modernen Einkaufsstraße in Rosehill heraus wie ein bunter Fleck auf weißem Papier. Zu beiden Seiten erstrecken sich Geschäfte, Restaurants und Cafés, die vor Modernität nur so funkeln. Überall dominieren Glas und Stahl, nur nicht bei Gloria Owson. Als die meisten Gebäude hier vor einigen Jahren rigoros abgerissen oder modernisiert wurden, weigerte sie sich hartnäckig, dem Trend zu folgen. Ihr Salon liegt nach wie vor in einem niedlichen weißen Häuschen mit Flachdach und hölzernen blauen Fensterläden. Über der halbrunden Tür hängt ein klassisches champagnerfarbenes Holzschild, auf dem in eleganter schwarz-rosafarbener Schrift »Hair & More« steht. Zwar kein besonders kreativer Name, dafür aber ein eingängiger. Vermutlich zieht ihr Salon genau wegen seines altmodischen Charmes so viele Kunden an. Er wirkt gemütlich und einladend. Wie ein Ort, an dem man sich einfach wohlfühlen muss. In der Boutique direkt nebenan bin ich oft mit Camy. David, der Besitzer, gibt uns Rabatt auf Kleidungsstücke der letzten Kollektionen, weil er eng mit Gloria befreundet ist und auf mich steht. Mittlerweile habe ich aufgehört mitzuzählen, wie oft ich ihn schon abgewiesen habe. Er sieht zwar unverschämt gut aus und ist wirklich nett, aber Männer und ich sind eine komplizierte Geschichte.

Als wir das Hair & More betreten, sitzt Gloria hinter dem schmalen rosafarbenen Empfangstresen am Computer und hämmert auf die Tastatur ein. Das goldene Retroglöckchen über der Tür verrät uns, und prompt schießt Glorias lockiger Kopf in die Höhe.

»Camy!«, jammert sie augenblicklich los und kneift sich genervt in die Stupsnase. »Dein Vater war der Meinung, ich bräuchte ein neues Betriebssystem für den PC, und jetzt herrscht hier absolutes Chaos! Ich kann die Kundendateien nicht mit den Terminen verlinken, und ich habe keine Ahnung, wie ich in diese App für meine E-Mails reinkomme. Dein Vater ist bei der Arbeit, und Olivia weigert sich herzukommen und mir zu helfen. Ich weiß, sie steckt mitten in der Pubertät, aber manchmal verhält sie sich wirklich rücksichtslos.«

Mühevoll unterdrücke ich ein Grinsen und beobachte Camy, die kopfschüttelnd an mir vorbeitritt und sich neben ihre Mom stellt. Die zwei Frauen geben zusammen ein seltsames Bild ab. Während Camy schlank und groß ist, ist ihre Mutter klein und pummelig. Aber auch sonst unterscheiden sie sich wie Tag und Nacht. Wortwörtlich. Camy hat die bronzefarbene Haut, dunklen Augen und die lockigen Haare von ihrem Dad geerbt. Gloria hingegen ist dunkelblond und so blass, wie ein Mensch es nur sein kann.

»Du sollst Dad doch nicht an den PC lassen, Mom. Das hab ich dir schon tausendmal gesagt! Er hat keine Ahnung davon«, meckert Camy und schiebt Gloria mit der Hüfte vom PC weg. »Ich kümmere mich darum, wenn du dich in der Zeit um Liz kümmerst. Deal?«

Gloria klatscht erleichtert in die Hände und lächelt zufrieden. Dann drückt sie ihrer Tochter einen dicken Kuss auf die Wange, was Camy mit einem Augenrollen kommentiert und mich erneut grinsen lässt.

»Liz, meine Süße!«, begrüßt mich Gloria im nächsten Moment fröhlich und eilt um den Tresen herum.

Bevor ich mich wehren kann, zieht sie mich in die Arme und drückt mich fest an die Brust. Ihr aufdringliches süßes Parfüm verätzt mir umgehend die Nase, und ich halte vorsorglich den Atem an. Camy grinst mich über die Schulter ihrer Mom hinweg an und erntet dafür einen Mittelfinger von mir, der sie nur noch breiter grinsen lässt.

»Was stellen wir mit dir an?«, murmelt Gloria nachdenklich und schiebt mich auf Armlänge von sich, um mich von allen Seiten zu begutachten.

Ich zucke unschlüssig mit den Schultern und nage am Daumen. Dass Gloria mir nicht sofort auf die Finger schlägt, sagt viel darüber aus, wie tief sie gerade in ihren Gedanken versunken ist. Als ich Camys Familie vor drei

Jahren zu Thanksgiving kennenlernte, war das Erste, das Gloria zu mir sagte: »Nimm den Finger aus dem Mund, Süße. Du bist doch kein Baby mehr. Wenn du an etwas nuckeln willst, such dir einen Mann.«

Ja, Gloria Piper Owson ist nicht gerade für ihre Zurückhaltung bekannt.

»Nichts zu Auffälliges«, bitte ich ernst. »Ich will keine grelle Farbe oder schräge Frisur. Bloß etwas anderes.«

Sie nickt, als würde sie diese vage Aussage genau verstehen. Dann scheucht sie mich händewedelnd nach hinten zur Friseurecke. Wortlos drückt sie mich auf einen leeren Stuhl vor einem bodentiefen Spiegel.

»Trish!«, ruft Gloria so schrill, dass man sie sicher im Umkreis von zehn Kilometern hören kann.

Beinahe im selben Moment erscheint eine Frau mit kurzen roten Locken und einem Piercing in der linken Braue neben ihr, die mich erschreckend an Pumuckl erinnert.

»Was kann ich für dich tun?«, fragt Trish Gloria geschäftig und nickt mir beiläufig zu.

»Ich will das volle Programm für Eliza. Waschen und Schneiden. Vielleicht Farbe, aber das überlege ich mir noch. Dann Mani- und Pediküre. Zum Schluss Make-up. Ach …« setzt Gloria nach, »… ruf David an. Sag ihm, er soll ein Kleid raussuchen, das sich zum Ausgehen eignet. Nichts von diesem schlampigen Zeug, sondern etwas mit Klasse. Größe sechsunddreißig. Für eine Frau mit C-Körbchen.«

Ich nicke verblüfft und starre Gloria wortlos an. Sie ist durch und durch Profi.

Trish wirft mir einen letzten musternden Blick zu, ehe sie

sich wortlos umdreht und hinter einer Tür verschwindet, auf der *Staff only* steht.

Kurz, aber kräftig drückt Gloria meine Schultern und spielt dann gedankenverloren mit einer Strähne meines Haars.

»Sieh es als mein Geschenk zu deinem Abschluss an, Süße.«

»Das kann ich nicht …«

»Und wie du das kannst!«, unterbricht sie mich und wuschelt mir gleich darauf liebevoll über den Kopf. »Ohne dich wäre meine Camy nie so gut durchs Studium gekommen. Machen wir uns nichts vor: Meine Tochter ist faul und schläft gern. Außerdem hast du es dir mehr als verdient, verwöhnt zu werden. Heute Abend geht ihr aus und feiert euren Abschluss.«

Widerspruch zwecklos.

Also schlucke ich jede weitere abwehrende Antwort mühevoll hinunter und nicke brav. »Danke, Gloria.«

»Nein«, erwidert sie sanft und drückt mir einen flüchtigen Kuss auf den Scheitel. »Danke dir selbst, Süße. Du hast es ganz allein dahin geschafft, wo du heute bist. Das ist beeindruckend.«

Das ist einer dieser Augenblicke, in denen ich mir wünsche, noch Eltern zu haben, die mich ebenso liebevoll betrachten, wie Gloria es tut. Aber dieser Wunsch wird nie in Erfüllung gehen. Tot bleibt tot.

Nachdem sich stundenlang mehrere Frauen an meinen Haaren, Händen, Füßen und an meinem Gesicht zu schaffen gemacht haben, stehe ich vor einem bodentiefen verhangenen Spiegel und knete nervös meine Hände. Gloria hat mir verboten, mich zu betrachten, bevor sie nicht mit jedem noch so winzigen Detail zufrieden ist.

»Keine Sorge«, flötet Camy gut gelaunt und mustert mich mit breitem Grinsen. Sie lehnt völlig entspannt an der Wand und spielt mit ihrer Kette. »Es wird dir gefallen. Definitiv.«

»Wenn nicht, trage ich die nächsten Wochen Caps«, kommentiere ich trocken und werfe ihr einen kurzen Blick zu.

Camy war in der Zwischenzeit in unserer neuen Wohnung, um sich für den Abend fertig zu machen. Sie hat ihre schulterlangen dunklen Locken geglättet und an den Seiten nach hinten gesteckt. Ihr schlanker Körper steckt in einem lilafarbenen Schlauchkleid, das sie mit einer halsnahen Kette aus Roségold und passenden Pumps kombiniert hat. Meine Freundin ist verdammt sexy, und das ist ihr nur allzu bewusst. Nicht nur einmal war ich Zeugin davon, wie sie ihre weiblichen Reize eingesetzt hat, um an Mitschriften von Kommilitonen zu kommen. Oder wie sie es durch einen gekonnten Augenaufschlag und ein Beineüberschlagen geschafft hat, sich eine Abgabeverlängerung für eine Hausarbeit zu erschleichen.

Ihre Mom hat uns einen Tisch in dem neuen Klub V's reserviert. Laut Camys aufgeregtem Quietschen ist das der »Place to be« in Rosehill. Da die Geschäftsführerin eine Stammkundin von Gloria ist, konnte sie uns kurzfristig einen Tisch organisieren, was angeblich für Normalsterbliche unmöglich ist. Ich finde so viel Tamtam wegen eines Klubs total lächerlich. Aber ich will Camy die Freude nicht verderben, also spiele ich artig mit. Schmunzelnd schüttle ich den Kopf und wende mich wieder dem verhangenen Spiegel zu, wodurch mir das Lächeln schlagartig vergeht. Nervosität kriecht mir in jede Pore und lässt meinen Puls rasen. Gloria und Trish halten jeweils einen Zipfel des Tuchs zwischen ihren Fingern und wirken dabei vollkommen gelassen. Sie scheinen sich ihrer Sache absolut sicher zu sein, und ich beneide sie um diese Zuversicht. *Verdammt, Liz! Beruhig dich. Es geht nur um Make-up und eine Frisur, nicht um deine Hochzeit.*

»Bereit?«, fragt Gloria seelenruhig, und bevor ich auch nur den Mund aufmachen kann, gibt sie Trish das Zeichen loszulassen.

Das Tuch gleitet lautlos zu Boden und gibt den Blick auf Liz 2.0 frei. Die Frau, die mir nun entgegenblickt, kommt mir seltsam vertraut vor. Meine Haare sind rötlich braun geblieben, wirken aber voller, glänzender und viel gepflegter als noch vor wenigen Stunden. Gloria hat sie auf Schulterlänge gekürzt, durchgestuft und mir einen Pony verpasst. Er verläuft schräg über die Stirn. Die längsten Strähnen gehen in die kürzeste Stufe über, sodass ich mir die Haare gerade noch hinters Ohr schieben kann. Die Frisur schmeichelt definitiv meinem Gesicht. Lässt es weicher, femininer und doch erwachsener wirken. Meine Augen sind lediglich mit Wimperntusche und einem hellen Lidschatten betont worden. Die Lippen sind allerdings ein wahrer Hingucker. Durch den dunkelroten Lippenstift wirken sie noch voller als sonst und haben den perfekten Schwung. Selbst die winzige Narbe auf meiner Oberlippe hat Trish gekonnt verborgen. Angespannt gleitet mein Blick über das Outfit, und ich stoße erleichtert die Luft aus. Ich stecke in einem schwarzen Kleid mit Rundausschnitt und kurzen Ärmeln, das knapp über den Knien endet. Es liegt so eng an, dass man meine Kurven deutlich ausmachen kann. Der Ausschnitt ist nicht zu tief, zeigt aber dennoch den Ansatz meines Tattoos. Genauso ein Outfit hätte ich mir auch selbst ausgesucht. Um meinen Hals entdecke ich sowohl ein eng anliegendes, breites schwarzes Samtband als auch eine lange Silberkette, dessen großer tropfenförmiger Anhänger kurz über meinem Bauchnabel schwebt. Die silberschwarzen Pumps runden das Outfit perfekt ab, auch wenn sie schwindelerregend hoch sind. Mich so zu sehen, treibt mir unerwartet Tränen in die Augen und löst ein völlig unbekanntes Gefühl in mir aus. Es ist, als würde ich mich neu erfinden und zur echten Liz werden. Plötzlich so sein, wie ich schon immer sein sollte. Ich schließe die Augen, um die Tränen zu verdrängen und das aufwendige Make-up nicht zu ruinieren – und bin auf einmal an einem anderen Ort.

Ich stehe vor einer rustikalen Bar aus dunklem Holz und trage ein elegantes bodenlanges schwarzes Abendkleid. Es funkelt im Licht, als wäre es mit Glitzer überschüttet worden, und ist atemberaubend schön. Die Version meines Ichs wirkt so jung, unschuldig und fröhlich, dass ich augenblicklich mit ihr tauschen möchte. Sie scheint sorglos zu sein, als hätte es den Unfall und seine Folgen nie gegeben. Gerade unterhält sie sich mit einer engelhaften blonden jungen Frau und lacht dabei laut und ungezwungen. Ich kann kein Wort von ihrem Gespräch verstehen, aber der Gestik nach scheinen sie sehr vertraut miteinander zu sein. Mein Abbild nippt schmunzelnd an einem bunten Cocktail und sieht glücklich aus. Mit sich selbst und dem Leben vollkommen im Einklang, wofür ich diese Frau umso mehr beneide. Plötzlich verstärkt sich die Wärme in ihrem – in meinem – Blick, und sie verzieht die roséfarbenen Lippen zu einem verträumten, liebevollen Lächeln. Dann streckt sie die Hand nach jemandem aus, und ihr Mund formt ein Wort.

Mein Herz gerät so hektisch ins Stolpern, dass ich kaum noch Luft bekomme. Keuchend stütze ich mich an der Wand hinter mir ab und reiße panisch die Augen auf. Die Szene verschwindet ebenso plötzlich, wie sie gekommen ist, und hinterlässt einen dumpfen Schmerz in meiner Brust, als hätte ich etwas Unentbehrliches zurückgelassen.

Sofort stürzen Camy und Gloria auf mich zu.

»Ich weiß ja, dass ich gut bin. Aber das mit dem ›Umwerfend‹ habe ich nicht wörtlich gemeint, Süße«, kommentiert Gloria und mustert mich mit mütterlicher Besorgnis.

Camy schlingt einen Arm um meine Taille und bugsiert mich vorsichtig auf einen gepolsterten Stuhl neben der Tür zum Mitarbeiterraum. Dankbar lehne ich mich zurück und atme tief durch, um mein galoppierendes Herz zu bremsen.

»Soll ich einen Arzt rufen?«, fragt sie und prüft am Handgelenk meinen Pulsschlag.

Verwirrt schüttle ich den Kopf. »Ich ... nein, es geht wieder. Ich bin bloß ...« Was bin ich? Überfordert und komplett durcheinander trifft es wohl am besten.

»Was war denn los? Hat dein Kreislauf versagt?«, hakt Camy besorgt nach und lässt mein Handgelenk vorsichtig los.

»Ich glaube, ich hatte einen Flashback. Ich meine, keine Ahnung, ob es tatsächlich eine Erinnerung war oder eine Halluzination oder ... Shit!«

Fünf Jahre habe ich krampfhaft versucht, mich an irgendetwas zu erinnern, und ausgerechnet jetzt, wo ich nach vorne blicken und mein neues Leben beginnen will, drängelt sich die Vergangenheit in meinen Kopf? Grandioser Zeitpunkt, Liz. Aber Timing war ja schon immer meine große Stärke.

Camys und Glorias Mienen wechseln schlagartig von besorgt zu aufgeregt. Vor allem Camys Reportergene müssen gerade auf Hochtouren arbeiten. Vermutlich formt sich in ihrem Kopf bereits eine Schlagzeile.

»Was meinst du damit?«, will Gloria wissen.

»Ich hatte diese Frisur schon mal«, murmle ich unsicher. »Glaube ich zumindest.«

Gedankenverloren gleite ich mit den Fingern durch mein Haar und schließe die Augen. Dieses Mal passiert jedoch nichts. Als ob es so einfach wäre. Augen zu und schwupps: Vision.

»Ich habe mich selbst gesehen«, erzähle ich leise. »Ich stand an einer Bar und sah glücklich aus. Ich ...«

Mein Gefühl sagt mir, dass ich auf einen Mann gewartet

habe. Aber wenn ich einen Freund hatte, wieso hat er mich nicht im Krankenhaus besucht oder in den letzten fünf Jahren versucht, Kontakt zu mir aufzunehmen? Haben wir uns vor dem Unfall getrennt? Doch selbst dann interessiert es einen doch, wie es der Person geht, für die man einmal etwas empfunden hat. Es sei denn, die Person war ein kaltherziges Miststück. Ich hasse diese arrogante Stimme in meinem Kopf, die mir immer wieder einredet, ich wäre früher eine eingebildete Bitch gewesen. Aber etwas gegen sie unternehmen kann ich nicht, denn ohne Argumente werde ich sie nicht los. Vielleicht hat sie ja recht. Schließlich kann mir niemand sagen, was für eine Person ich vor dem Unfall war. Ob ich ein Nerd, eine Zicke oder ein absolut durchschnittliches Mädchen war. Alle, die mich damals kannten, sind tot oder haben kein Interesse mehr an mir. So wie dieser Mann.

Ich zwinge mich zu einem zuversichtlichen Lächeln, das sich wie eine zu enge Maske über mein Gesicht spannt, und verdränge die dunklen Gedanken, wie ich es immer tue.

»Morgen rufe ich Dr. Munk an und frage sie, was ich davon halten soll«, verkünde ich mit gespielter Zuversicht.

Gloria und Camy nicken zwar, tauschen aber einen Blick, der mich genervt aufseufzen lässt.

»Mir geht's gut, Leute. Wirklich!«, beteuere ich und nage am Daumen. »Ich war bloß überfordert. Man hat schließlich nicht jeden Tag einen Flashback.«

»Vielleicht sollten wir nach Hause fahren und uns vor den Fernseher kuscheln«, überlegt Camy laut. »Ruhe tut dir jetzt bestimmt gut.«

Entschieden schüttle ich den Kopf und stehe vorsichtig auf. Meine Knie fühlen sich zwar an wie Wackelpudding, aber das werde ich bestimmt nicht zugeben. Auf keinen Fall will ich bemuttert werden.

»Wir gehen aus«, entscheide ich nachdrücklich. »Gloria hat uns extra einen Tisch in diesem Klub reserviert, und außerdem sehen wir zum Sterben sexy aus. Das vor dem Fernseher zu vergeuden, wäre eine Schande.«

Camy braucht zwar einen Moment, nickt jedoch schließlich. Die Skepsis ist ihr sichtbar ins Gesicht geschrieben, aber die Vorfreude auf das V's glitzert überdeutlich in ihren Augen und überstrahlt jeden weiteren Zweifel.

Ich werfe Gloria, die in den letzten Minuten erstaunlich ruhig neben dem Spiegel stand, einen langen Blick zu.

»Danke. Ich find meine Typveränderung wirklich toll.«

Sie lächelt zwar verhalten, aber ihre Augen bleiben weiterhin sorgenvoll. Vermutlich gibt sie sich die Schuld an dem Ganzen, was absoluter Unsinn ist. Schließlich wollte sie mir bloß eine Freude machen.

Um dieser beklemmenden Situation endlich zu entfliehen, schnappe ich mir die schwarze Clutch vom Stuhl und greife entschlossen nach Camys Hand. Ich brauche jetzt definitiv Alkohol!

3

»Wir stehen auf der Gästeliste!«, quietscht Camy aufgeregt.

Schnaubend trotte ich ihr hinterher und schüttle den Kopf über die ganzen Idioten, an denen wir vorbeilaufen. Wie kann sich jemand freiwillig stundenlang in eine Schlange stellen, bloß um in einen Klub reinzukommen? Ich gehe wirklich gerne feiern, aber so etwas würde ich mir niemals antun.

Das V's liegt in einer ehemaligen Fabrikhalle am Rand des Industriegebiets von Rosehill. Von außen wurde die Halle weiß gestrichen. Im krassen Kontrast dazu leuchten uns die schwarzen angestrahlten Buchstaben auf der Frontseite entgegen: V's – Club Bar Lounge.

Stöckelnd nähern wir uns dem Eingang und ernten böse Blicke von den unzähligen Wartenden, was mich genervt die Augen verdrehen lässt.

Vor einem breitschultrigen Türsteher mit Glatze, dem man seine Lustlosigkeit aus meilenweiter Entfernung ansieht, bleiben wir stehen. Camy nennt ihm stolz unsere Namen, als wären wir irgendwelche Promis, was mich schmunzeln lässt. Ich finde es bewundernswert, dass sie sich so sehr über Kleinigkeiten freuen kann und ihre Aufregung nicht verbirgt. Sie ist durch und durch authentisch. Vermutlich habe ich sie deshalb so gern, weil ich bei ihr immer genau weiß, woran ich bin.

Nachdem der Glatzkopf unsere Ausweise mit den Namen auf seiner Liste abgeglichen hat, öffnet er die schwarze Eisentür und wünscht uns in gelangweiltem Ton einen schönen Abend.

In dem Moment, in dem wir über die Schwelle treten, umfangen mich dröhnender Bass, Gesprächsfetzen und der eindeutige Geruch von Alkohol und Schweiß. Die Musik ist so laut, dass ich weder meine Gedanken noch Camys Worte verstehe, als sie sich zu mir umdreht und nach meiner Hand greift. Ich lasse mich von ihr tiefer in den Klub ziehen, vorbei an einer verwaisten Garderobe. Bei den Temperaturen kein Wunder. Niemand ist mit einer Jacke unterwegs. Ein texanischer Sommer fühlt sich an, als würde man am direkten Tor zur Hölle leben.

Zu beiden Seiten des Klubs erstrecken sich Bars, dessen helle Tresen mit dunklem Marmor verziert wurden. Hinter ihnen entdecke ich die obligatorischen verspiegelten Regale mit Alkoholflaschen und Gläsern. Sowohl die Tanzfläche als auch die Bühne und das darauf aufgebaute DJ-Pult wirken sehr edel. Das V's ist also ein extrem hochwertiger Laden. Vermutlich kostet ein Drink hier dreimal so viel wie in einem normalen Klub.

Camy zieht mich zielstrebig durch die Menschenmenge und an der Tanzfläche vorbei. Vor einer breiten geschwungenen Treppe bleibt sie schließlich stehen. Ein rotes Kordelband und ein bulliger Typ im schwarzen Anzug versperren den Durchgang. Für einen Moment mustert der Typ uns stumm. Dann bildet sich ein widerlich anzügliches Grinsen auf seinem kantigen Gesicht, und er hebt so wichtigtuerisch sein Klemmbrett, als wäre es eine Steintafel der zehn Gebote.

»Wie heißt ihr, meine Süßen?«

Das geht dich nichts an, du schmieriger Mistkerl, würde ich ihm am liebsten entgegenspucken. Aber Camy zuliebe reiße ich mich zusammen und presse die Lippen so fest aufeinander, bis es schmerzt.

»Wir haben einen Tisch auf Owson reserviert«, antwortet sie aufgeregt und hibbelt von einem Bein aufs andere.

Er nickt flüchtig und hakt etwas auf seiner Liste ab. Dann löst er das Kordelband und bedeutet uns mit einem dumpfen Nicken, dass wir hochgehen dürfen.

»Zweiter Tisch links, mit direktem Blick auf die Tanzfläche«, erklärt er, ehe sich das widerliche Grinsen erneut über sein Gesicht zieht. »In einer Stunde hab ich Feierabend. Vielleicht sieht man sich ja oben, Ladys.«

»Danke, aber kein Bedarf«, entgegne ich zuckersüß und trete absichtlich dicht an ihm vorbei. »Wir haben's nicht so mit Männern. Du verstehst?«, ergänze ich trocken und ziehe Camy demonstrativ an mich.

Zuerst wirkt sie perplex, doch dann zwinkert sie mir verstehend zu und lässt ihre Finger lasziv über meine Seite gleiten.

»Hol dir nie einen Mann für etwas, das eine Frau besser kann«, schnurrt sie anzüglich und küsst mich vorsichtig auf den Hals.

Der Typ läuft dunkelrot an und betrachtet uns, als wären wir die heißesten Wesen, die er jemals gesehen hat.

Ich winke ihm unschuldig zu, ehe wir betont langsam die Stufen hinaufsteigen und unseren Tisch ansteuern.

»Hast du sein dämliches Gesicht gesehen?« Camy kichert, sobald er außer Sichtweite ist, und rutscht auf die schwarze Ledersitzbank am Tisch.

Ich gleite auf den Platz ihr gegenüber, lege meine Tasche neben mich und schüttle angewidert den Kopf. »Widerlicher Typ. Bestimmt denkt er heute Nacht an uns, wenn er sich einen runterholt.«

»Ihh!«, kreischt Camy und verzieht das Gesicht.

Lachend greife ich nach der Karte auf dem Tisch und entscheide mich schnell für einen Cosmopolitan mit extra Cocktailkirsche. Anschließend reiche ich die Karte an Camy weiter und lehne mich entspannt zurück. Während sie das Angebot studiert, sehe ich mich um. Auf der oberen Ebene ist es wesentlich leiser als unten. Der offene Sitzbereich wird von schwarzen Ledermöbeln in Kontrast zu einem hellen Boden dominiert. Am Ende des Bereichs entdecke ich eine halbrunde Bar aus grauem Naturstein, hinter der drei Barkeeper gut gelaunt Getränke mixen. Ich liebe Natursteine! Ja, sie sind ungeschliffen und roh, und genau das macht ihren Reiz für mich aus. Sie sind, wie die Natur sie erschaffen hat. Nicht perfekt und dennoch wunderschön und einzigartig.

Eine Kellnerin mit roséfarbener Bluse und schwarzem verboten kurzem Rock nimmt unsere Bestellung auf und verschwindet zurück an die Bar.

»Also«, beginnt Camy und spielt nervös mit einer Ecke der Getränkekarte. »An was genau konntest du dich vorhin erinnern?«

Ich seufze übertrieben laut und verdrehe betont genervt die Augen. War ja klar, dass sie es nicht auf sich beruhen lassen kann. Reporterinstinkt.

»Ich weiß nicht, ob es eine Erinnerung war oder Wunschdenken. Vielleicht hab ich die Szene auch im Fernsehen gesehen und mein Unterbewusstsein hat etwas durcheinandergebracht. Du weißt genau, wie super mein Geisteszustand ist. Lass uns mit dem Analysieren also bitte abwarten, bis ich mit Dr. Munk gesprochen habe.«

»Aber ...«

Abwehrend hebe ich die Hand und schüttle entschieden den Kopf. »Ich mein's ernst, Camy. Es ist sinnlos, sich Hoffnungen zu machen, solange wir nicht wissen, ob wirklich etwas dahintersteckt.«

Sie zögert, und ich sehe ihr an, dass das Thema für sie noch lange nicht beendet ist. Trotzdem lässt sie es fürs Erste gut sein und wendet sich der Brüstung zu, die an unseren Tisch grenzt.

Es fällt mir selbst extrem schwer, nicht weiter über meinen Flashback nachzudenken. Am liebsten würde ich die Augen schließen und versuchen, erneut in der Szene zu versinken. Aber ich will mich nicht auf etwas versteifen, das eventuell nicht real ist.

Wie aus dem Nichts fängt Camy an zu lachen und beugt sich weiter über die Brüstung. Neugierig folge ich ihrem Blick und sehe gerade noch, wie sich ein Typ neben der Tanzfläche etwas aus dem Gesicht wischt und wütend einer Frau etwas hinterherbrüllt. Fragend starre ich zu meiner Freundin, die sich auf die Sitzbank zurückfallen lässt und meinen Blick grinsend erwidert.

»Sie hat ihm ihren Drink ins Gesicht gekippt.«

»Du wirkst so freundlich und harmlos«, sinniere ich und schüttle gekünstelt den Kopf. »Dabei bist du der schadenfrohste Mensch, den ich kenne, Camy Owson.«

»Stille Wasser und so«, erwidert sie schmunzelnd und bringt mich damit erneut zum Lachen.

Die Kellnerin erscheint wieder an unserem Tisch und balanciert gekonnt das Getränketablett auf einer Hand. Vor Camy stellt sie einen Long Island Ice Tea ab, was ich mit einem Stoßseufzer quittiere. Camy und dieser Drink haben eine böse Vorgeschichte. Nicht nur dass sie von dem Zeug extrem schnell betrunken wird und ich ihr beim Kotzen die Haare halten muss, ihr Schnarchen wird dann noch unerträglicher.

»Was ist denn?«, fragt sie unschuldig und saugt genießerisch am Strohhalm.

»Das weißt du genau«, erwidere ich schmunzelnd. »Nachher schnarchst du wieder wie ein Wolf.«

»Na und?«, erwidert sie ehrlich überrascht. »Du musst mein Geschnarche doch gar nicht mehr ertragen. Immerhin haben wir jetzt getrennte Zimmer.«

Stimmt. Wir sind endlich keine Studentinnen mehr und

haben unsere eigene Wohnung mit getrennten Schlafzimmern. Wir haben sogar jede ein eigenes Badezimmer.

»Du hast recht. Nie wieder schlaflose Camynächte!«, scherze ich gut gelaunt und ernte dafür einen beleidigten Blick von meiner Freundin.

Ich drücke der Kellnerin ein ordentliches Trinkgeld in die Hand, weil sie so höflich war, so zu tun, als würde sie unser peinliches Gespräch nicht belauschen.

Sobald sie abgerauscht ist, erhebe ich mein Glas für einen Toast auf unser neues Leben ohne Schlafprobleme, als ein Mann abrupt neben unserem Tisch stehen bleibt und überrascht die Augen aufreißt.

»Violet?«, fragt er verwirrt und mustert mich, als sei ich ein Meisterwerk von Michelangelo.

»Nope. Du verwechselst mich, Kumpel.«

Kopfschüttelnd tritt er näher an mich heran, und ich versuche abzuwägen, ob er ein gefährlicher Spinner ist oder mich wirklich verwechselt. Der Typ ist nicht sonderlich groß, bloß wenige Zentimeter größer als ich. Seine blonden Haare hat er akkurat nach hinten gegelt, und seine grauen Augen wirken wach und klar. Nichts an ihm kommt mir bekannt vor. Weder sein Gesicht noch sein schmächtiger Körper, der in einem grauen Anzug steckt. Gefährlich wirkt er allerdings auch nicht, also entspanne ich mich ein wenig.

»Violet, ich bin's! Was treibt dich nach Texas?«

»Sorry Kumpel«, wiederhole ich ruhig, aber bestimmt. »Du verwechselst mich. Ich heiße nicht Violet. Und wenn das ne Anmache sein soll, ist sie verdammt schlecht.«

Damit ist das Thema für mich gegessen, und ich konzentriere mich wieder auf Camy, die aufgeregt zwischen mir und dem Typen hin und her schaut.

»Woher denkst du, dass du sie kennst?«, will sie wissen.

Wütend werfe ich ihr einen Blick zu, der Gletscher zum Schmelzen bringen könnte – und den sie gekonnt ignoriert.

Er sieht ihre Frage anscheinend als Einladung an, um mich weiter zu nerven, und stützt die Hände auf unserem Tisch ab. Ganz toll.

»Wir haben uns vor einigen Jahren auf einer Gala kennengelernt. Mist …«, grummelt er nachdenklich, »… wofür war die noch mal? Na ja, ist ja auch egal.«

»Ja, es ist egal«, erwidere ich deutlich und stelle mein Glas ab. »Und zwar, weil wir uns nicht kennen!«

»Wo soll das gewesen sein?«, hakt Camy unbeirrt nach.

Oh, das zahle ich ihr heim!

»In New York. Da habe ich gelebt, bis meine Firma mich nach Dallas versetzt hat«, erklärt er.

»Da hast du's!«, triumphiere ich und grinse Camy siegessicher an. »Ich bin aus Chicago, nicht aus New York.«

»Oh«, erwidert der Typ verdutzt und richtet sich beinahe widerwillig auf. »Dann habe ich dich wohl tatsächlich verwechselt. Aber verdammt«, setzt er nach und sieht mich an, als würde ich etwas vor ihm verbergen. »Du siehst Violet so ähnlich. Ihr könntet Schwestern sein.«

»Einzelkind«, entgegne ich schulterzuckend und greife nach meiner Clutch. »Ich gehe auf die Toilette.«

Dieser Typ ist mir nicht geheuer, egal wie harmlos er wirkt.

Ich schlängle mich vorsichtig an ihm vorbei und werfe Camy einen genervten Blick zu, was sie mit einem schiefen, entschuldigenden Lächeln quittiert. Na ja, wenigstens etwas.

»Ist dir auch so verdammt heiß?«, schreie ich Camy entgegen und wedle mir theatralisch Luft zu.

Sie legt den Kopf schief, als würde sie überlegen, was ich ihr über die Musik hinweg zu sagen versuche. Dann zuckt sie gleichgültig mit den schmalen Schultern und tanzt weiter.

»Willst du auch etwas trinken?«, brülle ich gestikulierend.

Camy schüttelt den Kopf und bedeutet mir, dass sie noch bleiben und weitertanzen möchte. Schweißtropfen glitzern auf ihrem Dekolleté und der Nase, trotzdem wirkt sie, als könne sie noch stundenlang weiterfeiern. Obwohl sie ihr halbes Leben verschläft und noch nie ein Fitnessstudio von innen gesehen hat, ist sie besser in Form als ich.

»Wenn was ist, ich bin an der Bar«, rufe ich, aber Camy hat sich schon umgedreht und singt gut gelaunt den nächsten Song mit.

An der Bar ergattere ich einen freien Hocker und lasse mich erleichtert darauf fallen. Meine Füße brennen, als wäre ich durch Lava gelaufen. Morgen habe ich unter Garantie nicht nur Blasen an den Fersen, sondern auch noch Muskelkater in den Waden. Ich liebe High Heels, aber zum Tanzen sind sie ab einer bestimmten Höhe leider komplett ungeeignet. Und obwohl ich das aus Erfahrung weiß, habe ich mich von Camy über eine Stunde lang auf der Tanzfläche festhalten lassen. Selbst schuld, ich Idiotin.

Ein verdammt gut aussehender Barkeeper positioniert sich auf der anderen Seite des Tresens vor mir und hebt fragend die Brauen.

»Ein stilles Wasser mit viel Eis und einen Cosmopolitan, bitte.«

»Geht klar, Süße«, antwortet er zwinkernd.

Sobald ich bezahlt und mich bei ihm bedankt habe, stürze ich das Wasser so gierig hinunter, als sei ich eine Verdurstende in der Sahara.

»Noch ein Wasser?«, fragt der Typ freundlich.

Ich schüttle den Kopf und fische einen Eiswürfel aus dem Glas, um mir damit über die Handgelenke zu reiben. Durch die Kühle direkt am Puls senkt sich die innere Wärme angeblich schneller.

»Womit verdient ihr euer Geld? Öl oder Viehzucht?«, erkundigt sich der Barkeeper unvermittelt.

Irritiert runzle ich die Stirn und lasse den Eiswürfel zurück ins Glas plumpsen.

»Ähm … mit nichts von beidem. Wie kommst du darauf?«

Er deutet mit dem Kinn zur oberen Etage und trommelt mit den Fingern auf den Tresen.

»Hab gesehen, wie du mit deiner Freundin die Treppen runter bist. Da oben halten sich meistens nur reiche Sprösslinge und Wichtigtuer auf. Hier in der Gegend haben die meisten Wohlhabenden ihr Geld mit Vieh und Öl gemacht, daher.«

Verlegen schnappe ich mir den Cosmo, um meine Hände zu beschäftigen und nicht am Daumen zu nagen.

»Die Mutter meiner Freundin hat das organisiert. Ihr gehört ein Schönheitssalon in der Innenstadt. Wir sind gerade mit dem Studium fertig, und sie meinte, das sollten wir feiern.«

Er nickt und wirft mir einen Blick zu, der sowohl »reiches Töchterchen« als auch »Vitamin-B-Schnorrerin« bedeuten könnte. Es brennt mir auf der Zunge, ihm zu sagen, wo er sich seine Meinung hinschieben kann, als er sich abwendet und dem nächsten Gast widmet, als würde ich gar nicht existieren. Merkwürdiger Typ.

Mit dem Cosmo in der Hand wende ich mich zur Tanzfläche und entdecke Camy am Rand, wo sie mit einem gut aussehenden Kerl tanzt. So eng wie sie ihre Kurven an ihn schmiegt, ist sicher, dass sie ihn abschleppen möchte. Dann hat zumindest eine von uns heute Nacht ihren Spaß. Bei mir ist der letzte »Spaß« mit einem Mann eine gefühlte Ewigkeit her. Nach einer Freundschaft-Plus, die bitter geendet ist, habe ich mich von Sex und Flirts ferngehalten. Ich bin einfach sehr wählerisch und bevorzuge einen Typ Mann, der leider nur schwer zu finden ist. Und bevor ich mich mit irgendwem begnüge, sitze ich lieber auf dem Trockenen.

Ich nippe an meinem Drink, als mich plötzlich wieder dieses Kribbeln überfällt. Als würde ich beobachtet werden. Okay, es kann schon sein, dass ich im Klub die Aufmerksamkeit eines anderen Besuchers auf mich gezogen habe, doch es fühlt sich anders an. Intensiver. Ich sitze zwar mitten im Gedränge zwischen lauter lachenden und tanzenden Menschen, aber niemand scheint besonders auf mich zu achten. Um sicherzugehen, suche ich Camy mit dem Blick und entdecke sie an der gleichen Stelle auf der Tanzfläche wie eben. Mittlerweile ist sie dazu übergegangen, dem Kerl ihre Zunge in den Hals zu stecken.

Vermutlich bilde ich mir das Ganze wieder nur ein. Dennoch lasse ich meinen Blick weiter durch den Klub schweifen und stocke überrascht, als ich eine Gestalt an der Brüstung der oberen Etage entdecke. Ein Mann, der unverwandt in meine Richtung starrt.

Auf einmal packt mich eine unerklärliche Wut. Ohne nachzudenken, exe ich meinen Cosmo und springe auf. Ich quetsche mich durch die tanzende Menge zur anderen Seite des Klubs, nenne dem neuen Türsteher am Kordelband hektisch meinen Namen und rase die Stufen in den VIP-Bereich hoch, wobei ich zwei Mal beinahe der Länge nach hinfalle. Verdammte Schuhe.

Aufgeregt sehe ich mich um, aber der Typ ist nirgends zu sehen. Frustriert lehne ich mich gegen die Wand und fahre mir mit der Hand übers Gesicht. Jetzt ist meine Paranoia also schon so weit fortgeschritten, dass ich Menschen sehe, die gar nicht existieren. Ich sollte mir ein Taxi rufen, nach Hause fahren und endlich diese Folterschuhe loswerden. Die Treppe liegt genau vor mir und schreit mir förmlich zu, sie hinunterzuschreiten, um den Klub zu verlassen. Um die laute Musik, den merkwürdigen Barkeeper und das bedrängende Gefühl, beobachtet zu werden, weit hinter mir zu lassen. Es wäre das einzig Richtige, jetzt zu gehen. Einen abschließenden Blick über die Schulter kann ich mir aber trotz allem nicht verkneifen – und da entdecke ich ihn.

4

Es wäre das Vernünftigste, mich umzudrehen und zu gehen. Aber ich kann nicht. Etwas zieht mich zu diesem fremden Mann wie die Motte zum Licht. Meine Füße bewegen sich, ohne dass ich sie aufhalten könnte. Plötzlich bin ich ihm so nah, dass ich winzige graue Sprenkel in seinen blauen Augen erkennen kann. Wie Eisberge im Meer. Stark, wild und gefährlich.

Er lehnt locker mit der Hüfte an der Bar und hält ein bauchiges Whiskeyglas in der Hand. Sein Blick gleitet über mich. Fast schon ungeniert, sodass ich rot anlaufe und meine Haut zu glühen beginnt.

»Kann ich dir irgendwie behilflich sein?«

Seine dunkle, raue Stimme bohrt sich direkt in meinen Unterleib und setzt ihn in Flammen. Ist das der Typ, der mich beobachtet hat? Die Statur würde passen. Er ist groß, mindestens einen Meter neunzig, schätze ich. Er trägt ein maßgeschneidertes weißes Hemd, das sich am Kreuz spannt, seine breiten Schultern betont und kräftige Muskeln erahnen lässt. Dazu eine schlichte schwarze Anzughose und schwarze Schuhe. Casual-Business-Schick, würde Camy sein Auftreten nennen, auch wenn er überhaupt nicht wie ein Geschäftsmann wirkt. Dieser Mann strahlt etwas Gefährliches aus. Und dennoch habe ich keine Angst vor ihm. Im Gegenteil. Es ist, als wüsste ich instinktiv, dass er mich beschützen wird.

»Hat mein Anblick dir die Sprache verschlagen?«, fragt er selbstbewusst, und ich fahre ertappt zusammen.

Seine Mundwinkel zucken verräterisch. Nur mühevoll kann er sich ein Grinsen verkneifen. Ich entdecke einen winzigen Höcker auf seiner Nase, als sei sie irgendwann schon mal gebrochen worden. Es passt zu meinem ersten Eindruck von ihm. Ebenso wie die feine Narbe, die sich durch seine linke dunkle Braue bis auf die Stirn zieht. Mit Sicherheit hat er sich die nicht beim Augenbrauenzupfen zugezogen.

»Wieso beobachtest du mich?«, platzt es aus mir heraus.

»Wer sagt, dass ich das tue? Immerhin bist du auf mich zugekommen. Sieht also eher so aus, als würdest du mich beobachten«, entgegnet er ruhig. »Wobei ich mir weitaus unangenehmere Stalkerinnen vorstellen kann als dich«, ergänzt er schmunzelnd und lässt den Blick erneut betont langsam über meinen Körper gleiten.

»Ich hab dich gesehen«, sage ich schnell und verschränke abwehrend die Arme vor der Brust.

»Heute Abend sind mindestens hundert Männer anwesend, die meine Statur haben. Du kannst unmöglich von unten erkannt haben, ob ich es war.«

Da hat er recht. Von unten aus konnte ich … Moment!

»Woher willst du wissen, dass ich unten war und hochgesehen habe, wenn du es angeblich nicht warst, der mich beobachtet hat?«, entgegne ich patzig und starre ihn siegessicher an.

»Touché«, erwidert er anerkennend, und ich bilde mir ein, den Ansatz eines ehrlichen Lächelns in seinem Gesicht zu erkennen.

Er leert sein Glas, stellt es auf dem Tresen ab und greift nach meiner Hand. Nicht allzu fest, eher fragend und abwartend, was mich verwundert. Mein erster Impuls ist es, sie ihm zu entreißen, aber irgendetwas hält mich davon ab. Vielleicht ist es meine Neugier. Vielleicht liegt es auch an dem aufgeregten Kribbeln, das sich in meinem Magen bildet. Keine Ahnung, was genau in mir vorgeht. Ich weiß nur, dass ich noch nicht bereit bin, mich von ihm zu entfernen. Kurz entschlossen nicke ich dem Fremden zu und erwidere seinen fragenden Blick mit entschlossener Miene. Im nächsten Moment stolpere ich auf diesen verdammten Schuhen hinter ihm her und versuche krampfhaft, die Wärme zu ignorieren, die von seiner Hand auf meine übergeht. Sie fließt durch meine Adern und erhitzt Stellen in mir, von denen ich nicht einmal wusste, dass dort Kälte herrschte.

Zielsicher steuert er an den Toiletten vorbei und öffnet eine Tür am Ende des Gangs, auf der *Privat* steht. Er schiebt mich vor sich in den mäßig beleuchteten Raum, und ich höre die Tür hinter mir ins Schloss fallen.

»Was soll das? Ich lasse mich doch nicht hinter dir herziehen wie eine Puppe«, schleudere ich ihm entgegen.

Erst jetzt fällt mir auf, dass er meine Hand losgelassen hat, und mein dummer Körper vermisst prompt seine Wärme.

»Dafür, dass es angeblich so sehr an deiner Ehre kratzt, hast du dich erstaunlich leicht von mir führen lassen«, erwidert er trocken.

Am liebsten würde ich ihm eine Ohrfeige verpassen, um sein Grinsen zu vertreiben, das meinen Puls in die Höhe treibt. Stattdessen atme ich tief durch, um mich zu beruhigen, und konzentriere mich aufs Wesentliche.

»Wieso hast du mich beobachtet?«

»Ich hab dich beobachtet, weil du so aussiehst, wie du es tust«, antwortet er gelassen und kommt auf mich zu.

Instinktiv weiche ich zurück, was ihn innehalten und beinahe ungläubig den Kopf schütteln lässt.

»Kannst du nicht wie jeder normale Mensch eine klare Antwort geben?«, frage ich unsicher und überkreuze schützend die Arme vor der Brust.

Er antwortet nicht und kommt wieder näher. Um den Abstand beizubehalten, trete ich immer weiter zurück, bis ich an etwas Hartes stoße und kurz über die Schulter sehe. Da steht ein ausladender Schreibtisch aus dunklem Holz und dahinter ein lederner Bürostuhl. Auf dem Tisch liegen Akten, lose Blätter, ein geschlossener Laptop und ein leerer Kaffeebecher. Wir sind also in einem Büro.

»Dürfen wir überhaupt hier sein?«, erkundige ich mich zögerlich und wende mich ihm wieder zu.

»Muss man immer alles dürfen, um es zu tun?«, erwidert er. »Aber wenn es dich beruhigt: Ja, wir dürfen hier sein.«

»Wie heißt du?«, frage ich und realisiere zeitgleich, dass mir vor Nervosität fast die Stimme wegbleibt. Verdammt, was ist bloß los mit mir?

»Ist das denn wichtig?«

»Ja. Ich will wissen, mit wem ich es zu tun habe.«

Für einen flüchtigen Moment schließt er die Augen, und als er sie wieder öffnet, funkeln sie in einem tiefen, stürmischen Blau. Verwirrt starre ich auf seine Hand, die er mir entgegenstreckt, ehe ich sie vorsichtig ergreife und schüttle.

»Ian. Ian Green.« Aufmerksam sieht er mich an, als würde er auf eine Reaktion warten.

Ich nicke knapp und lasse seine Hand schnell fallen, bevor die Wärme sich von Neuem zwischen uns ausbreiten und mich weiter verwirren kann. Auch wenn mein Körper mich darum anfleht, von ihm berührt zu werden.

»Eliza East. Aber alle nennen mich Liz.«

Ian lacht hart und kurz, als wäre mein Name ein besonders schlechter Witz. Er schüttelt den Kopf und murmelt dabei etwas, das ich nicht verstehen kann, sich aber verdächtig nach einem derben Fluch anhört.

»Möchtest du etwas trinken?«, fragt er unvermittelt.

Im ersten Moment bin ich zu irritiert, um zu antworten. *Reiß dich zusammen, Liz. Du bist kein kleines Kind, das sich leicht einschüchtern lässt.*

»Ein Wasser«, antworte ich gespielt selbstsicher und hüpfe auf die Schreibtischkante.

Nickend wendet er sich ab und schlendert zu einer Kommode neben der Tür, auf der verschiedene Flaschen und eine Karaffe mit Wasser stehen. Während Ian beschäftigt ist, schlüpfe ich aus den Folterschuhen und stöhne erleichtert auf, als ich die Zehen endlich wieder frei bewegen kann.

»Ich habe noch nie verstanden, wieso Frauen sich in so unbequeme High Heels quetschen, die ihnen Schmerzen bereiten. Ist das eine Art von Selbstgeißelung oder eher Masochismus?«, kommentiert er trocken und reicht mir das Wasser.

»Weder noch. Wir fühlen uns darin besser. Größer und selbstbewusster«, gebe ich schulterzuckend zu. »Und dass ihr Männer drauf steht, ist ein zusätzlicher Anreiz.«

»Also wolltest du dir im Klub einen One-Night-Stand suchen«, schlussfolgert er ruhig und fixiert mich mit festem Blick.

»Nicht zwangsläufig, nein«, antworte ich ehrlich.

Nachdem ich einen Schluck Wasser getrunken habe, stelle ich das Glas neben mir ab und versuche aus der Situation schlau zu werden. Ian strahlt etwas Geheimnisvolles aus. Gleichzeitig wirkt er auf mich so vertraut.

Wer sagt dir, dass er wirklich Ian Green heißt? Wer sagt dir, dass er dir nicht schon die ganze Zeit gefolgt ist?, flüstert diese nervige skeptische Stimme in meinem Kopf, und ich nicke unbewusst.

»Hast du einen Freund?«, fragt Ian mit rauer Stimme und tritt so dicht an mich heran, dass sich unsere Knie berühren.

Automatisch will ich die Schenkel zusammenpressen, da das kurze Kleid gefährlich weit hochgerutscht ist. Doch er steht bereits zu nah vor mir. Überrascht keuche ich auf, als ich seinen Atem auf dem Gesicht spüre, und lasse die Knie unwillkürlich etwas auseinanderfallen.

»Und wenn es so wäre?«, erwidere ich herausfordernd, um meine Nervosität zu überspielen.

»Solange du ihn nicht liebst, komme ich damit klar«, flüstert er dicht an meinem Ohr.

Ich will etwas erwidern, aber er lässt seine Finger sanft über meine Oberschenkel gleiten, was mich zu sehr ablenkt, als dass ich einen klaren Gedanken fassen könnte.

»Auch wenn ich ihn irgendwann aus dem Weg räumen müsste«, ergänzt er plötzlich hart.

Seine Worte lassen mich erschaudern, faszinieren mich aber auch mehr, als ich zugeben möchte. Ian wirkt dominant. Eine Eigenschaft, die ich bisher bei Männern nie leiden konnte. Zumindest, soweit ich mich erinnere.

»Wieso hast du ...« Ich schlucke und versuche mich auf meine Worte zu konzentrieren statt auf seine Finger, die inzwischen zu einem hypnotischen Rhythmus auf meinem Knie gefunden haben. »Ian, wieso hast du mich beobachtet?«

Statt zu antworten, legt er eine Hand auf den Rand meines Ausschnitts und streicht sanft über das herausblitzende Ende meiner Tätowierung.

»Was bedeutet das Tattoo?«

»Keine Ahnung. Vermutlich nichts.«

»Jede Tätowierung hat eine Bedeutung«, widerspricht er.

»Vermutlich. Aber ich weiß nicht, welche dieses Tattoo hat«, gestehe ich flüsternd.

Er scheint noch etwas erwidern zu wollen, bleibt aber

stumm. Stattdessen lässt er seine Finger tiefer in meinen Ausschnitt wandern und berührt fragend die Spitzenborte meines BHs.

Ohne zu zögern, strecke ich mich Ian entgegen und schließe erwartend die Augen.

Er stößt einen tiefen, zufriedenen Laut aus, und nur eine Sekunde später prallen seine Lippen auf meine.

Der Kuss hat nichts Sanftes. Er ist hungrig, wild und überraschend leidenschaftlich. Normalerweise fühlt sich ein erster Kuss für mich immer befremdlich an. Ich bin es gewohnt, dass man sich in den ersten Sekunden auf den anderen einzustellen versucht und erst noch einen gemeinsamen Rhythmus finden muss. Mit Ian ist es anders. Es fühlt sich nicht nach einem ersten Kuss mit einem Fremden an, sondern nach einem ersten Kuss nach einer viel zu langen Zeit.

Ich umfasse seine Hüften und presse ihn dichter an meine Mitte, was ihm ein kehliges Stöhnen entlockt und meine Lust weiter anstachelt. Kein Blatt würde mehr zwischen uns passen, und doch sind wir uns noch nicht nah genug. Verlangend schmiege ich mich an ihn und beiße ihm spielerisch in die Unterlippe.

»Damn«, flucht er, greift mir in die Haare und zieht meinen Kopf zurück.

Ein kurzer Schmerz durchzuckt mich, aber mein Verstand ist von dem Kuss zu umnebelt, als dass ich ihn richtig wahrnehmen könnte. Mein Körper schreit danach, Ian in mir zu spüren, er hingegen scheint keine Eile zu haben. Quälend langsam fährt er mit dem Daumen über meine Wange.

»Wer bin ich?«, fragt Ian beinahe gequält und zwingt mich durch seinen festen Griff, seinen fordernden Blick zu erwidern.

»Ian Green«, erwidere ich fast lautlos.

Er lässt seinen Daumen nun behutsam über meine Lippen fahren und wirkt dabei plötzlich so verloren, dass es mich tief trifft. Ian erinnert mich auf einmal an einen traurigen, einsamen Jungen, der etwas braucht, das ich ihm nicht geben kann.

Um ihn wieder ins Hier und Jetzt zu holen, öffne ich den Mund und sauge die Spitze seines Fingers ein.

Er flucht und lässt mich so abrupt los, dass ich mich an der Tischkante abstützen muss, um nicht die Balance zu verlieren.

Ian tritt einen großen Schritt zurück und schafft Abstand zwischen uns.

»Was ist los? Hab ich etwas falsch gemacht?«, frage ich irritiert.

Er schüttelt den Kopf, rückt seine Hose zurecht und weicht meinem Blick aus, als könnte er meine Anwesenheit plötzlich nicht mehr ertragen.

»Steh auf. Ich bring dich runter«, verlangt er mit heiserer Stimme.

»Ian«, wispere ich entsetzt. »Was ist denn plötzlich los mit dir?«

»Nichts! Mit mir ist nichts los, verdammt!« Mit einem Mal ist seine Stimmung komplett umgeschlagen, und ich zucke erschrocken zusammen. »Du gehst jetzt«, setzt er nach.

»Du kannst mich doch nicht anheizen und dann einfach zurückweisen, als sei ich Dreck!«, rufe ich empört, springe schnaubend vom Tisch und baue mich dicht vor ihm auf.

Sein Gesicht ist verschlossen, vollkommen emotionslos, und seine Augen wirken wie vereiste Teiche. »Du machst mich nicht scharf genug, Liz. Sorry, aber da kann man wohl nichts machen.«

»Dafür ist die Beule in deiner Hose aber ziemlich groß! Wenn du schon lügst, dann denk dir wenigstens etwas Glaubwürdiges aus und beleidige nicht unser beider Intellekt.« Ich sehe ihn einen Moment stumm an und atme dann geschlagen aus. »Weißt du, was? Vergiss es einfach. Du bist mir keine Erklärung schuldig, Ian. Vermutlich bin ich selbst schuld. Wie konnte ich so blöd sein und mit einem fremden Typen in irgendein Hinterzimmer gehen? Das ist gar nicht meine Art. Aber du ... verdammt! Es hat sich angefühlt, als ob wir ...« Ich stocke und reibe mir müde übers Gesicht.

»Es hat sich wie angefühlt?«, fragt er überraschend ernst.

»Vergiss es. Ich werde das Gleiche tun. Dich vergessen und diesen Abend als Fehler abhaken.«

Besiegt greife ich nach meinen Schuhen und rücke das Kleid zurecht. Dass er mich nicht will, ist gelogen, dessen bin ich mir sicher. Allerdings werde ich mir weder die Mühe machen, weiter mit ihm zu diskutieren, noch werde ich mir die Demütigung anmerken lassen. Dafür bin ich zu stolz.

Mit erhobenem Kinn laufe ich an ihm vorbei zur Tür und reiße sie mit Schwung auf.

»Warte«, höre ich seine tiefe Stimme hinter mir. »Ich ruf dir ein Taxi.«

Ich schnaube verächtlich und schüttle den Kopf. Ohne mich umzudrehen, ziehe ich das Handy aus meiner Tasche und winke damit über meine Schulter.

»Nicht nötig. Ich schaff das auch ohne dich.«

Ehe er die Möglichkeit bekommt, mich mit seinen Worten noch weiter zu verletzen, stürme ich durch den schummrigen Gang an den Toiletten und der Bar vorbei und haste die Stufen hinunter. Den dummen Blick des Securitytypen ignorierend setze ich mich auf die unterste Stufe hinter das Kordelband und ziehe meine Schuhe an. Vor Wut zitternd löse ich die Tastensperre vom Handy und entdecke eine Nachricht von Camy:

Konnte dich nicht finden. Bin mit einem echt heißen Typen abgehauen. Eric irgendwas. Sehen uns morgen. Xoxo

Okay, dann fahre ich eben allein nach Hause.

Nachdem ich mir ein Taxi gerufen habe, antworte ich ihr, dass sie an ein Gummi denken soll, weil ich zu jung bin, um schon Patentante zu werden. Anschließend verstaue ich das Handy wieder in meiner Tasche und stehe langsam auf. Ich hätte schon früher nach Hause fahren sollen, dann hätte ich mir die Demütigung erspart. Aber ich Idiotin wollte ja nicht auf meinen ersten Impuls hören und musste meiner Neugier nachgeben. Seufzend ducke ich mich unter dem Kordelband hindurch und gehe erschöpft zum Ausgang.

Das verräterische Kribbeln im Nacken ignoriere ich.

5

Zufrieden drücke ich dem Hausmeister die letzten leeren Kartons in die Hände und winke ihm zum Abschied freundlich hinterher.

Sobald er in den Fahrstuhl gestiegen ist, schließe ich die Tür, klopfe mir den Dreck von den Händen und betrachte kritisch mein Werk. Die Wohnung ist zwar bereits möbliert gewesen, aber selbst jetzt mit unserem Kram aus dem Studentenwohnheim wirkt sie noch kahl und langweilig. Nur der rote Kaffeevollautomat in der Küche und die benutzte Tasse daneben zeugen davon, dass hier Menschen leben. Morgens den überlebenswichtigen Koffeinschub zu bekommen, verleiht mir ein völlig neues Lebensgefühl, nun, wo er nicht mehr nach Teer schmeckt.

Neben dieser göttlichen Erfindung habe ich einen Fernseher samt Stereoanlage vor unserem Einzug liefern und aufbauen lassen. Dafür habe ich auf einen kleinen Teil meines Erbes zurückgegriffen. Aber ewig geht das so nicht weiter. Es wird Zeit, dass ich mir einen Job suche und anfange …

»Halt!«, ermahne ich mich laut und atme tief durch. Eins nach dem anderen. Erst duschen und anziehen. Danach gehe ich los und kaufe Deko für die Wohnung, damit es hier nicht mehr so steril wirkt. Ein paar Decken, Läufer, Kissen und Bilder. Vielleicht noch zwei oder drei Pflanzen. Anschließend will ich in Dr. Munks Praxis vorbeischauen. Mit etwas Glück hat sie ein paar Minuten Zeit, um mit mir über den Flashback zu reden. Und wenn das geschafft ist, setze ich mich an den Laptop und suche nach passenden freien Stellen.

So lautet der Plan.

Zuerst gehe ich ins Schlafzimmer und hole mir saubere Kleidung aus dem Schrank. Ein hellbraunes Trägerkleid mit breitem dunkelbraunen Ledergürtel und dazu passende Ballerinas. Den hinterlistigen High Heels gönne ich keinen einzigen Blick. Meine Füße und Waden tun immer noch weh von letzter Nacht.

Peinlich berührt muss ich daran denken, wie ich auf den Folterschuhen aus dem V's geflüchtet bin. Etwas in mir will unbedingt erfahren, wieso Ian mich abgewiesen hat. Aber die Vernunft ermahnt mich, es sein zu lassen und ihn zu vergessen.

Ich habe mich seit meinem Unfall bewusst von Männern ferngehalten. Mehr als Sex und Freundschaft war für mich nicht vorstellbar. Immerhin bin ich erst dreiundzwanzig. Aber seit letzter Nacht sehne ich mich plötzlich nach jemandem, an den ich mich anlehnen kann. Jemanden, der mich nicht nur mag oder begehrt, sondern mich aufrichtig liebt.

Wieder beginne ich über unsere Begegnung nachzugrübeln. Wieso hat Ian mich so vieles gefragt? Wieso hat er gesagt, er würde damit klarkommen, wenn ich einen Freund hätte, solange ich ihn nicht …

»Hör auf damit, Liz!«

Ich muss mich dringend ablenken. Seufzend lege ich meine Klamotten aufs Bett, ziehe mich aus und versuche mich auf etwas anderes zu konzentrieren. Mit prüfendem Blick betrachte ich meine neue Schlafzimmereinrichtung. Das Bett ist eine Sonderanfertigung, wurde mir beim Einzug vom Makler erklärt. Es besteht aus dunklem Holz und hat ein gepolstertes Kopfteil, das mit hellgrauem Stoff bezogen ist. Unter dem Lattenrost wurden Schubfächer eingebaut, die zusätzlichen Stauraum bieten. Wie alles in diesem Zimmer zeugt es von Stilbewusstsein. Vom modernen beigefarbenen Kleiderschrank, der dazu passenden Kommode, dem runden Spiegel darüber bis hin zu den kleinen Nachttischen mit den Tiffanylampen rechts und links vom breiten Bett. Alles trifft genau meinen Geschmack. Es ist, als hätte mein Vater diesen Raum speziell für mich eingerichtet. Dabei konnte er damals nicht wissen, dass ich irgendwann nach Rosehill und in diese Wohnung ziehen würde. Schließlich lebten wir in Chicago. Er hat sicher immer gedacht, dass ich nach meinem Collegeabschluss dorthin zurückkehren würde. Zu meinen Eltern und meinen Freunden. Meine Eltern, die gestorben sind, und meinen Freunden, die sich in den letzten fünf Jahren einen Dreck um mich geschert haben. Niemand hat mich nach dem Unfall je besucht oder sich erkundigt, wie es mir geht. Tolle Freunde müssen das gewesen sein. Oder war ich so schrecklich, dass sie froh darüber waren, mich los zu sein?

Ich schüttle den Kopf, wie ich es immer tue, um die düsteren Gedanken abzuschütteln, und flüchte ins Badezimmer. Eine lange heiße Dusche wird mir hoffentlich dabei helfen.

Schon nach zwanzig Minuten im Dekogeschäft ist klar, dass ich viel mehr kaufen werde als geplant. Typischer Nestbautrieb. Ich möchte mich nach den vergangenen Jahren endlich wieder an einem Ort wirklich wohl und zu Hause fühlen. Kissen, Bilder, Kerzen, Teppiche, Blumenvasen und vieles mehr wandern daher in meinen Einkaufswagen, bis ich mir eingestehe, dass ich das alles nicht allein werde transportieren können. Also lasse ich es mir kurzerhand liefern.

Sehr viel ärmer – aber glücklich – verlasse ich zwei Stunden später das Kaufhaus und steuere einen Starbucks an, der mir auf dem Hinweg aufgefallen ist. Da ich neu in Rosehill bin, muss ich versuchen, mir so viele Orte wie möglich einzuprägen, wenn ich mich hier bald besser zurecht finden möchte. Und womit könnte ich besser starten als mit Orten, an denen es Koffein gibt?

Mit einem extragroßen Schokoladencookie und einem Vanille-Latte bewaffnet verlasse ich gerade das Café, als mein Handy klingelt und *Barbie Girl* ertönt. Den Klingelton hat Camy für sich in meinem Handy eingespeichert, als wir im letzten Semester zu Musik aus den Neunzigern und viel zu viel fettigem Essen einen Lernmarathon eingelegt haben.

Kurz entschlossen setze ich mich an einen freien Tisch im Außenbereich mitten in die Sonne und stelle den Becher ab.

Mit einem breiten Grinsen auf den Lippen nehme ich den Anruf entgegen. »Der Kerl muss entweder ne Granate im Bett sein, oder du bist total verkatert.«

»Ein bisschen von beidem«, antwortet Camy kratzig.

Um mich herum herrscht alltägliche Hektik, was mich gut gelaunt lächeln lässt. Ich habe die langweilige Einöde von Chearfield gehasst. Es kam mir all die Jahre am College so vor, als hätte ich von der Außenwelt abgeschnitten gelebt. Versteckt am Ende der Welt, ohne die Möglichkeit, von dort zu entkommen. Vielleicht hatte ich mich vor meinem Unfall ja genau deswegen an diesem College beworben. Weil ich genug von der Großstadt hatte und ein paar ruhige Jahre verbringen wollte. Mein Danach-Ich kann das zwar nicht nachvollziehen, aber ich kann mich in die Liz von davor zu wenig hineinversetzen, um sie zu verstehen.

»Ich wollte mich kurz melden, damit du dir keine Sorgen machst«, erklärt Camy verlegen. »Also, hey. Ich lebe noch.«

»Das höre ich«, kommentiere ich trocken und nippe am Kaffee.

»Ist es okay, wenn ich erst morgen nach Hause komme? Eric hat mich gebeten, noch zu bleiben, aber ich weiß, wie viel wir in der Wohnung zu tun haben, deshalb …«

»Bis auf die unausgepackten Kartons in deinem Zimmer ist alles schon fertig«, unterbreche ich sie fröhlich.

Einen Moment herrscht Stille in der Leitung. Dann ruft sie plötzlich: »Ich bin die schlechteste Mitbewohnerin der Welt!«

»Quatsch«, erwidere ich leichthin und setze meine Sonnenbrille auf, weil die Sonne mittlerweile hoch am Himmel steht und mich blendet.

»Ich mach's wieder gut. Versprochen.«

»Camy, da gibt's nichts wiedergutzumachen. Mir hat es nichts ausgemacht, alles einzurichten. Im Gegenteil, die Ablenkung tat mir gut«, versichere ich ihr. »Ich war übrigens eben in dem Kaufhaus auf der Lake Street, von dem Gloria mir erzählt hat, und habe allen möglichen Schnickschnack für die Wohnung gekauft, den wir nicht brauchen, aber lieben werden.«

»Ohne mich?«, schmollt Camy. »Was hast du gekauft?«

»Läufer fürs Wohnzimmer, den Flur und mein Zimmer. Dann noch ein paar Bilder, eine Uhr, Pflanzen und Dekokram.«

»Wie viel hast du ausgegeben? Ich übernehme natürlich einen Teil der Kosten. Immerhin wohne ich auch in der Wohnung.«

»Hör auf, so einen Blödsinn zu erzählen. Ich hab's gern gekauft. Basta. Und jetzt erzähl mir alles über diesen Eric«, fordere ich streng.

Camy hat kaum Ersparnisse. Zwar fängt sie nächste Woche als Reporterin bei den *Rosehill News* an, aber als Einsteigerin wird sie dort erst mal nur sehr wenig verdienen. Außerdem besteht sie schon darauf, Miete zu zahlen, obwohl ich die Wohnung ja geerbt habe. Keine Ahnung, wie oft ich ihr gesagt habe, dass es reicht, wenn sie sich an den Nebenkosten beteiligt. Davon will sie allerdings nichts hören.

»Liz, er ist der Wahnsinn! Er sieht umwerfend gut aus, wie einer der Typen vom Men's-Health-Cover. Außerdem ist er intelligent und witzig. Toll im Bett ist er auch noch«, schwärmt sie verträumt und lässt mich kichern. »Eigentlich wollte ich mich heute Morgen ganz abgebrüht davonmachen, ohne ihm meine Nummer zu geben. Du weißt schon. Aber dann hat er mir Frühstück ans Bett gebracht und gesagt, wie toll er die Nacht mit mir fand. Er hat gefragt, ob ich noch bei ihm bleiben möchte, damit wir uns einen schönen Tag zusammen machen, um uns besser kennenzulernen. Damit war mein Plan, tough zu wirken, dahin.«

»Sorry, Camy, aber das klingt für mich zu perfekt. Wo ist der Haken an dem Typen?«, frage ich skeptisch.

Sie seufzt theatralisch in den Hörer, und ich beiße genüsslich in den Cookie, ehe ich ihn mit einem großen Schluck Latte runterspüle.

»Er lebt in Scheidung«, gesteht meine Freundin schließlich kleinlaut.

Hellhörig geworden setze ich mich aufrecht hin und nage angespannt am Daumen. »Camy, hat er das genau so gesagt? Hat er wörtlich gesagt, dass er nicht mehr mit seiner Frau zusammenlebt? Dass sie offiziell getrennt sind und die Scheidung eingereicht ist? Und einen Ring trägt er auch nicht mehr?«

»Ja, ja, ja und ja. Er hat mir sogar ein Schreiben von seinem Anwalt gezeigt, in dem steht, dass er die Wohnung bekommt, sie dafür das Auto. Er wollte mir unbedingt beweisen, dass es mit seiner Frau vorbei ist. Ist das nicht süß?«

»Irgendwelche Kinder im Spiel?«

»Nope.«

Erleichtert stopfe ich mir den Rest vom Cookie in den Mund und greife nach meinem Becher. Ich weiß, dass es unfair ist, ihr Eric madig zu machen, nur weil ich so eine furchtbare Nacht hatte. Trotzdem kann ich mir den nächsten Spruch nicht verkneifen.

»Wenn der Typ dich verarscht, kastriere ich ihn mit einer rostigen Gabel«, erkläre ich düster.

»Ich richt's ihm aus.« Camy lacht.

»Pass auf dich auf und melde dich, falls was ist.«

Nachdem wir aufgelegt haben, lege ich das Handy auf den Tisch und widme mich wieder meinem Latte und meinem neuen Leben. Rosehill ist zwar nicht mit Dallas oder Chicago zu vergleichen, aber ich kann mir trotzdem gut vorstellen, dass es mir hier gefallen wird. Doch um hier wirklich Fuß zu fassen, brauche ich einen Job, der mich festigt.

Mein klingelndes Handy reißt mich von den Jobproblemen los. Irritiert starre ich aufs Display. Unbekannter Anrufer. Merkwürdig.

»East.«

Es knackt in der Leitung, und leises Rauschen ist zu hören, als würde der Anrufer in einem Funkloch stecken.

»Hallo? Wer ist da?«

Unvermittelt beginnt jemand in den Hörer zu keuchen, und ich erstarre schlagartig. Panik erfasst mich und drückt mir sämtliche Luft aus den Lungen.

»Wenn das witzig sein soll, dann täuschen Sie sich«, wispere ich tonlos.

»Gefunden, Miststück.«

Panisch beende ich den Anruf und lasse das Handy auf den Tisch fallen, als hätte ich mich daran verbrannt.

Einen Moment lang bin ich wie erstarrt und starre das Telefon an wie einen Feind. Was zur Hölle war das? Nervös sehe ich mich um. Die Menschen um mich herum wirken beschäftigt. Sie schenken mir keinerlei Beachtung, sondern eilen zielstrebig weiter ihrer Wege. Kurz streift mein Blick zwei hochgewachsene Männer in schwarzen Anzügen, die an einem Tisch weiter entfernt sitzen und lustlos an ihrem Kaffee nippen. Doch auch sie scheinen mich nicht wahrzunehmen. Habe ich sie schon einmal gesehen? Ich kann die Männer nicht einordnen, und dennoch überfällt mich ein mulmiges Gefühl.

Um die innere Kälte zu vertreiben, die von mir Besitz ergriffen hat, reibe ich mir über die Arme und schließe flüchtig die Augen. Vermutlich war das bloß ein blöder Scherzanruf von irgendwelchen Kids. Oder jemand hat sich verwählt.

Aber ich bekomme die Worte dennoch nicht aus dem Kopf. *Gefunden, Miststück.* Hat mich etwa doch jemand aus meinem alten Leben gesucht? Stammt der Anrufer vielleicht aus Chicago?

Was genau hat mich eigentlich nach Rosehill geführt? Im Grunde nichts. Okay, hier sind Camy und ihre Familie, die ich wirklich ins Herz geschlossen habe und für die ich dankbar bin. Aber es ist nicht meine Familie. Was also bringt mich dazu, in Texas zu bleiben?

Die Antwort ist im Grunde ebenso einfach wie erbärmlich: die Angst vor meiner unbekannten Vergangenheit.

6

»Wie wirkte die gesamte Szene auf Sie? Skizzenhaft, eindimensional und farblos? Oder kam es Ihnen eher so vor, als würden Sie einen Film sehen? Bunt und voller Details.«

Nervös bearbeite ich meinen Daumen mit den Zähnen und versuche mich auf die Fragen von Dr. Munk zu konzentrieren. Das fällt mir allerdings extrem schwer. Immer noch schwirrt diese Stimme in meinem Kopf umher, wie ein Geist, der mich heimsucht. *Gefunden, Miststück.* Ich schüttle den Kopf und verdränge die Worte, so gut ich kann.

»Alles war absolut klar«, erwidere ich mit fester Stimme. »Ich konnte sogar den Glitzer auf meinem Kleid erkennen. Es war, als wäre ich tatsächlich dort und würde mich selbst beobachten.«

Die Psychologin nickt zufrieden und notiert etwas in ihrem großen schwarzen Buch. Ich will gar nicht wissen, was sie darin in den letzten Jahren alles festgehalten hat und was man über mich denken würde, wenn man all das läse. Vermutlich würde ich sofort eingewiesen werden.

Ehrlich gesagt habe ich mich oft gefragt, wieso Dr. Munk mir nie eine stationäre Behandlung vorgeschlagen hat.

Während der Reha nach dem Unfall habe ich alles an Infomaterial zu diesem Thema gelesen. Tägliche Einzel- und Gruppensitzungen wurden empfohlen. *Durch das tägliche Besprechen der Gedanken, Sorgen und Nöte beschleunigt sich erwiesenermaßen die Heilung,* stand in den meisten Broschüren. Welche Heilung, habe ich bei diesem Satz gedacht. Was sehen Therapeuten und Psychologen als Heilung an? Wenn man mit der Vergangenheit abgeschlossen hat, oder wenn man sich wieder an sie erinnern kann? Ich scheue große Gruppen, daher kam eine stationäre Behandlung für mich nicht infrage. Vor anderen mein Herz auszuschütten, ist nicht mein Ding. Dennoch wundert es mich, dass meine Therapeutin es mir nicht zumindest vorgeschlagen hat.

Angespannt beobachte ich, wie Dr. Munk den Stift auf die offene Seite ihres Buchs legt und die schmale silberne Brille auf der spitzen Nase geraderückt. Sie ist eine sehr attraktive Endvierzigerin, stets professionell und modisch gekleidet. Trägt ihre Haare akkurat frisiert und ordentlich hinter den Ohren festgesteckt.

»Nachdem, was Sie mir soeben berichtet haben, gehe ich davon aus, dass es sich um eine reale Erinnerung handelt. Vermutlich hat es sich genau so zugetragen, wie Sie es gesehen haben.« Sie beugt sich vor und sucht eindringlich meinen Blick. »Ihr Gedächtnis kommt stückweise zurück, Eliza. Es geht endlich voran.«

Dr. Munk lächelt zufrieden, während etwas in mir explodiert und ein Feuerwerk an Emotionen entzündet.

Es war eine Erinnerung. Es war tatsächlich echt.

»Wie geht es jetzt weiter? Sollten wir den Therapieplan überarbeiten?«, frage ich mit zitternder Stimme.

Ich will mich freuen. Will schreien und hüpfen und jeden umarmen, der mir über den Weg läuft. Aber die Angst davor, dass es eine einmalige Sache war und ich lieber zurückhaltend reagieren sollte, um nicht doch enttäuscht zu werden, ist zu präsent.

»Wir werden genauso weitermachen wie bisher«, entscheidet meine Therapeutin. »Sie müssen wissen, dass Erinnerungen nach einer Amnesie üblicherweise nicht auf diese Weise beginnen, sich den Weg ins Bewusstsein zurück zu erkämpfen. Bei den meisten Patienten erscheinen zuallererst Erinnerungsfetzen in ihren Träumen. Der Körper kommt während der Tiefschlafphase zur Ruhe, und das Unterbewusstsein verarbeitet die Dinge in dieser Zeit. Doch jeder Mensch ist anders. Es ist leider unmöglich, so etwas zu pauschalisieren. Wie sieht es mit Ihren Träumen aus, Eliza? Hatten Sie in letzter Zeit Träume, die Ihnen verwirrend vorkamen und die Sie nicht einordnen konnten?«

Ich brauche nicht lange nachzudenken, ehe ich nicke.

Interessiert zückt sie erneut ihren Stift und senkt den Blick auf ihr Buch. »Erzählen Sie mir davon.«

»An viel kann ich mich nicht erinnern«, gestehe ich leise und setze mich auf meine Hände, um nicht erneut am Daumen zu nagen. »Da sind immer wieder grüne Augen in meinen Träumen. Bei den ersten Malen dachte ich, ich würde meine eigenen Augen sehen. Aber inzwischen bin ich mir ziemlich sicher, dass sie zu einer anderen Person gehören. Vielleicht zu meiner Mom oder meinem Dad?«

»Woran erinnern Sie sich noch?«, will sie wissen, während ihr Stift über die Seite fliegt.

»Hauptsächlich an grüne Augen. Aber dann auch an blaue. Und da ist noch etwas anderes. Ein Gefühl«, berichte ich zögerlich.

Aufmerksam hebt sie den Blick. »Beschreiben Sie es, bitte.«

»Wenn ich aus solchen Träumen aufwache, ist es, als hätte ich etwas verloren. Ich fühle mich hohl und traurig. Als wäre ich unvollständig. Und ich habe Angst.«

»Sie sprachen gerade von grünen und blauen Augen. Mit welchen verbinden Sie Ihre Angst, Eliza?«

»Mit den grünen«, antworte ich ohne nachzudenken und runzle irritiert die Stirn.

Dr. Munks schmale, perfekt gezupfte Augenbrauen springen in die Höhe. Sofort hat sie sich wieder unter Kontrolle und blickt mich mit derselben professionellen Distanz an wie immer, doch es ist zu spät. Ich habe ihre Reaktion deutlich gesehen, und sie verunsichert mich zutiefst.

»Können Sie sich vorstellen, wieso das so ist?« Sie versucht neutral zu klingen, aber ich höre es dennoch deutlich in ihrer Stimme. Sie ist von meiner Antwort ebenso irritiert wie ich selbst.

»Ich verbinde mit diesen Augen meine Familie, Dr. Munk. Vielleicht ist es schlicht die Angst davor, sie in meinen Träumen erneut zu verlieren«, versuche ich abzuwiegeln.

»Das ist eine Möglichkeit. Allerdings erwäge ich eine andere.«

Zögernd beuge ich mich vor, obwohl sich mein Magen zusammenzieht und zu einem festen Klumpen wird, der mich beinahe vor Anspannung lähmt.

»Ich denke, Sie haben Angst vor Ihrer Familie. Nicht um sie.«

Bäm! Als hätte mir jemand mit einem Vorschlaghammer in den Bauch geboxt, krümme ich mich und kämpfe gegen die aufsteigende Galle an. Ich schlinge die Arme um mich und klammere mich an meinem Kleid fest, um mir selbst Halt zu geben.

»Ich kann mir vorstellen, dass diese Theorie Sie belastet, Eliza. Aber damit Sie mit Ihren Erinnerungen vorankommen, müssen Sie sich dieser Angst stellen. Andernfalls wird sie zu einer festen Mauer, die sich um Ihre Erinnerungen legt und Sie am Durchkommen hindert.« Fürsorglich greift Dr. Munk nach meinem Arm und drückt ihn sanft. »Versuchen Sie, ruhig weiterzuatmen. Konzentrieren Sie sich auf meine Stimme und Ihre Atmung, Eliza.«

Es dauert einige Minuten, bis ich die Panikattacke endlich in den Griff bekomme. Meine Atmung beruhigt sich allmählich, und der Knoten im Magen löst sich nach und nach auf. Doch die Angst, dass meine Therapeutin mit ihrer Theorie recht hat, lässt mich nicht aus den Fängen.

»Ich weiß nicht viel über Caroline und Alexander«, beginne ich mit bebender Stimme. »Aber sie müssen liebevolle und aufrichtige Menschen gewesen sein. Sie hatten gute Berufe und waren so fürsorglich, dass sie ihren Nachlass für den Notfall geregelt haben. Sie haben dafür gesorgt, dass ich es gut habe, wenn sie nicht mehr da sind. Wieso sollte ich Angst vor meinen Eltern gehabt haben? Das ergibt keinen Sinn.«

»Genau dieser Frage werden wir auf den Grund gehen, das verspreche ich Ihnen. Aber zunächst erzählen Sie mir bitte mehr über die blauen Augen. Vielleicht gibt es dort einen Zusammenhang mit Ihrer Angst, den wir übersehen haben.«

Ich schlucke erneut und bemühe mich, die blauen Augen nicht mit Ian Green in Verbindung zu bringen. Diese Träume hatte ich schon lange, bevor wir uns begegnet sind, also können es unmöglich seine Augen sein. Auch wenn sie sich so verdammt ähnlich sehen, dass es unheimlich ist.

»Einen Traum habe ich immer wieder«, berichte ich aufgewühlt. »Grüne Augen verfolgen mich. Ich zittere und will vor ihnen entkommen, also renne ich los. Es ist, als hätte ich Todesangst. Seit einiger Zeit träume ich dann von diesen großen blauen Augen. Sie schweben im Nichts und scheinen mich beschützen zu wollen.«

Erschöpft reibe ich mir übers Gesicht und frage mich, was das alles überhaupt soll. Warum will ich mich an etwas erinnern, von dem ich ahne, dass es mein Leben auf den Kopf stellen und mich unendlich verletzen wird? Wieso bin ich so dumm, mir das freiwillig anzutun?

»Auch wenn es Ihnen schwerfällt, darüber zu sprechen, kommen Sie nicht weiter, wenn Sie sich diesen Dingen nicht stellen, Eliza. Ganz gleich, wie schmerzhaft es sein mag«, mahnt meine Therapeutin.

Ich nicke verstehend und hole tief Luft. Ich muss mich an meine Vergangenheit erinnern, damit diese verdammte Paranoia verschwindet, das hat sie mir oft genug eingetrichtert. Und der einzige Weg aus der Paranoia hinaus führt direkt durch meine Erinnerungen hindurch, nicht um sie herum.

»Ich laufe auf die blauen Augen zu, so schnell ich kann«, berichte ich flüsternd. »Mit jedem Schritt fühle ich mich sicherer. Als würde ich tatsächlich entkommen können. Aber ich komme nie bei ihnen an. Bin nie ganz in Sicherheit. Ich laufe und laufe, aber die Entfernung bleibt. Als ob ich auf einem Laufband stehe. Ich gebe mir Mühe, trete aber dennoch auf der Stelle.«

Tränen sammeln sich in meinen Augen, und Dr. Munk reicht mir ein Taschentuch, das ich dankbar annehme.

»Ich glaube, für heute ist es mit diesem Thema genug gewesen«, erklärt sie. In ihrem Ton schwingt etwas mit, das mich tief trifft.

Sie hat Mitleid mit mir. Ich hasse es, bemitleidet zu werden. Hasse es, wenn die Leute mich behandeln, als sei ich defekt, krank oder nicht normal.

»Wie geht es jetzt weiter?«, will ich wissen und tupfe mir diese lästigen Tränen von den Wangen.

»Nun, ich empfehle Ihnen, ein Traumtagebuch zu führen. Legen Sie es neben Ihr Bett, und sobald Sie aufwachen, notieren Sie sich alles, woran Sie sich erinnern können. Bringen Sie es zu unserem nächsten Termin mit, und wir werden sehen, was wir damit erreichen können.«

Ich nicke verstehend und zerknülle das Taschentuch in meinen Händen. Um mich abzulenken, zerpflücke ich die feuchten Ecken und forme winzige Kügelchen damit.

»Wir haben immer noch ein paar Minuten Zeit, bevor der nächste Patient kommt. Gibt es noch etwas, worüber Sie mit mir sprechen möchten, Eliza?«

Mein Mund öffnet sich. Ich will ihr von Ian und dem Anruf erzählen. Will hören, was sie von alldem hält und dass alles wieder gut wird. Aber ich kann nicht. Etwas hält mich zurück und verdrängt die Worte. Zwingt mich, den Mund zu schließen und stattdessen den Kopf zu schütteln.

Einen Moment sieht Dr. Munk mich stumm und abwartend an. Sie ist eine kluge Frau. Sicher ahnt sie, dass ich etwas vor ihr verberge. Aber sie drängt mich nicht dazu, zu reden. Das hat sie nie. Sie wartet, bis ich bereit bin, mich ihr anzuvertrauen.

Nachdem ich mich einigermaßen gefangen habe, werfe ich die Papierkügelchen und den traurigen Rest vom Taschentuch in den Müll und stehe auf. Eilig verabschiede ich mich von Dr. Munk und flüchte regelrecht aus dem Raum.

Am Empfang vereinbare ich geistesabwesend einen Termin für kommende Woche, auch wenn sich jede Faser meines Körpers dagegen wehrt, wiederzukommen. Ich will nur noch hier raus und diesen ganzen Mist vergessen. Will nie wieder darüber sprechen müssen. Aber was würde das bringen? Nichts, gestehe ich mir ein. Nicht wiederzukommen wäre wie aufgeben. Und ich bin zu stolz, um feige zu sein.

7

Shoppen befreit die Seele und klärt den Geist. Zumindest hat Camy das in einer Frauenzeitschrift gelesen und beharrt seitdem darauf, dass es stimmt. Nachdem ich ihr am Telefon die Geschichte mit Ian erzählt habe, hat sie darauf bestanden, mich von dem Sohn des Teufels abzulenken, wie sie ihn liebevoll nennt. Da mein Kleiderschrank tatsächlich ein paar neue Teile vertragen könnte und Camy immer eine Ausrede zum Shoppen findet, wuseln wir durch Davids Boutique und kramen in der Ware der letzten Saison.

»Das hier könnte dir stehen.«

Abwägend mustere ich das blaue Satinkleid zwischen Camys Fingern und zucke unschlüssig mit den Schultern.

»Kommt auf den Anprobieren-Stapel«, entscheidet eine vertraute Stimme dicht hinter mir.

Augenrollend drehe ich mich zu David um, der mich ansieht, als würde er mich anknabbern wollen, und schüttle tadelnd den Kopf.

»Dass dir das Teil gefällt, war klar. Der Rückenausschnitt geht fast bis zum Po«, erwidere ich streng.

Gespielt unschuldig zieht er die dichten schwarzen Brauen in die Höhe und hebt abwehrend die Hände.

»Ein schöner Rücken kann durchaus entzücken, liebste Eliza. Wieso vermutest du immer das Schlimmste von mir?«

Kopfschüttelnd trete ich an ihm vorbei und greife nach meinem Coffee-to-go-Becher auf dem Tresen.

David ist für mich in den letzten Jahren ein echter Freund geworden. Allerdings würde er daraus gern eine Freundschaft mit gewissen Vorzügen machen, was ich generell strikt ablehne. Er sieht zwar wirklich gut aus mit seiner Schwimmerfigur und den schwarzen Haaren, aber Gloria würde den Latino auf der Stelle köpfen, wenn er mich anfasst. Und wo sollte ich dann sonntags reduzierte Designerklamotten kaufen?

Außerdem steht mir momentan definitiv nicht der Sinn nach Männern. Die Pleite im V's hat mir fürs Erste den Appetit auf alles mit Testosteron gründlich verdorben.

»Meinst du, Eric würde das Teil gefallen?«, fragt mich Camy.

Interessiert betrachte ich den transparenten Hauch aus roter Spitze, den sie unschlüssig vor sich hält.

»Zeig mir einen Mann auf dieser Welt, dem das nicht gefallen würde«, antworte ich schließlich feixend.

»Mhmh«, mischt sich David ein und leckt sich genüsslich über die Lippen. »Das gefällt definitiv jedem Mann, meine Schöne.«

Meine Freundin nickt zufrieden und legt das Oberteil auf ihren Kaufen-Stapel, der inzwischen zu einem richtigen Turm angewachsen ist. Wenn sie das alles bezahlen will, wird es knapp mit der ersten Miete.

Das Handy in meiner Tasche summt, und ich zucke auf der Stelle panisch zusammen. Seit dem Anruf gestern bin ich ein nervliches Wrack. Jeder, der an mir vorbeiläuft, kommt mir plötzlich verdächtig oder gefährlich vor. Ich weiß, dass das Blödsinn ist und ich mich grundlos verrückt mache. Aber was soll ich dagegen tun?

Als ich sehe, dass es nur eine automatisierte Terminbestätigung per SMS aus Dr. Munks Praxis ist, setze ich mich seufzend auf den Tresen und nippe am Kaffee. Koffein war schon immer das beste Mittel, um mich zu beruhigen.

»Es ist eine Schande, dass du mich immer wieder abweist, Chica«, schmollt David und lässt seinen Blick demonstrativ über mich gleiten. »Wir könnten so viel Freude zusammen haben.«

»Wir haben Freude zusammen, David. Bloß nicht auf die Art, die du dir wünschst«, antworte ich gelassen.

»Ich kann dir so viel bieten, Belleza. Welcher andere Mann würde sonntags sein Geschäft öffnen, damit du ungehindert einkaufen kannst?«

»David, du bist heute so oder so hier«, kontere ich schmunzelnd über seine Hartnäckigkeit. »Denkst du, ich hätte die Kartons mit der Neuware im Lager nicht gesehen?«

Er schüttelt resignierend den Kopf und nuschelt irgendwas Spanisches in seinen Dreitagebart, bevor er beleidigt ins Hinterzimmer verschwindet.

Camy lacht und wirft mir einen gespielt bösen Blick zu. »Jetzt hast du ihn vertrieben.«

Schulterzuckend schnappe ich mir das oberste Teil vom Anprobier-Stapel und hüpfe vom Tresen.

»Irgendwann wird er es einsehen und das Thema fallen lassen, Camy.«

Meine Freundin sieht mich verständnislos an und schlendert mit dem Arm voller Klamotten zur Kabine.

»Keine Ahnung, wieso du ihn immer abweist, Liz. Ehrlich nicht. David sieht gut aus, hat Geld und ist ein lustiger Kerl.«

»Deine Mom …«

»Muss es nie erfahren«, unterbricht sie mich entschieden und zieht mit einem Ruck den gelben Vorhang der Umkleidekabine zu.

Ich erwidere nichts. Mit ihr über Sex zu diskutieren hat keinen Sinn. Camy ist auf diesem Gebiet ein Freigeist. Ich hingegen möchte Grenzen nicht verschwimmen lassen. Freundschaft ist Freundschaft und Sex ist Sex. Beides zu vermischen ist ein Fehler.

Ich stelle mich vor den großen Spiegel, vor dem eben noch Camy stand, und halte das apricotfarbene Oberteil mit den Blümchen vor mich, das sie mir versucht hat aufzudrängen. Ich mag keine auffälligen Muster. Auffällige Schnitte, ja. Aber Muster sind eine andere Sache. Entschieden hänge ich das Oberteil zurück und halte probeweise ein weißes Top mit Strassbesatz am unteren Ende an. Prüfend betrachte ich mich im Spiegel, als ich einen Schatten am Schaufenster vorbeihuschen sehe. Ruckartig drehe ich mich um und kann gerade noch einen schwarzen Ärmel erkennen, der eilig aus meinem Blickfeld verschwindet. Instinktiv lasse ich das Top fallen, gehe zögernd zur Tür, öffne sie langsam und trete hinaus auf die Straße. Der Schatten könnte völlig harmlos gewesen sein und nichts mit mir zu tun haben. Vielleicht war es bloß jemand, der einen Schaufensterbummel unternimmt. Unsicher nage ich am Daumen und sehe mich unentschlossen auf der Straße um. Für einen Sonntag sind überraschend viele Menschen unterwegs. Eltern, die mit ihren Kindern spazieren gehen. Eine ältere Dame, die ihren Hund ausführt, und Leute in meinem Alter, die verkatert den Heimweg antreten. Nichts Auffälliges. Niemand, der mich beobachtet oder auch nur in meine Richtung schaut. Erschöpft reibe ich mir übers Gesicht und atme tief durch.

Nicht jeder Mensch interessiert sich automatisch für dich, Liz. Denk mal an deine Freunde von früher. Die interessieren sich schließlich auch nicht mehr für dich. Ich hasse diese Stimme in meinem Kopf. Es ist, als würde es ihr Spaß machen, mich zu drangsalieren.

Frustriert betrachte ich drei junge Frauen auf der anderen Straßenseite. Sie stecken die Köpfe zusammen und betrachten etwas auf dem Handybildschirm von einer von ihnen. Die drei sehen sorglos aus. Frei und gelassen. Ich hasse und beneide sie dafür.

»Liz?« Camy taucht in der Ladentür auf und blickt mich besorgt an. »Alles okay? Du warst auf einmal weg.«

»Ja, alles gut. Ich hab nur …«

Abrupt breche ich ab und sprinte über die Straße.

Nahe hinter den drei Frauen vor einer geschlossenen Bar stehen zwei Männer in schwarzen Anzügen, die immer wieder, scheinbar zufällig, in meine Richtung starren. Sie sind groß und breit gebaut und kommen mir auf unheimliche Weise bekannt vor.

Sobald sie sehen, dass ich auf sie zulaufe, drehen sie sich um und verschwinden eilig zwischen zwei Häusern.

Die Hitze ist um diese Zeit beinahe unerträglich, sodass ich schon nach wenigen Sekunden zu schwitzen beginne. Aber ich darf die Männer auf keinen Fall verlieren! Ich könnte mich täuschen, doch irgendetwas sagt mir, dass es die gleichen Männer sind, die ich gestern im Starbucks gesehen habe. Kann es Zufall sein, dass sie jetzt hier sind? Mein Instinkt schreit deutlich Nein.

Außer Atem komme ich an der Gasse an, in der die Männer verschwunden sind, und stütze die Hände auf die Oberschenkel, um meinen Puls zu beruhigen. Es handelt sich um eine Sackgasse zwischen zwei Restaurants, in der außer Mülltonnen und Dreck nichts zu finden ist. Wo zum Teufel sind sie hin? Sie können sich nicht in Luft aufgelöst haben.

»Liz!« Keuchend hält Camy hinter mir und sieht verwirrt zwischen mir und der Sackgasse hin und her. »Beim nächsten Mal warn mich bitte vor, dass du einen Marathon laufen willst. Ich hab nicht mal Schuhe an!«

Wortlos suche ich nach einer Tür, einer versteckten Luke oder irgendetwas, das das Verschwinden der Typen erklären könnte. Ich will schon aufgeben, als ich auf der linken Seite des Backsteinhauses eine Feuerleiter entdecke. Jackpot!

»Geh zurück zu David. Ich komme gleich nach«, rufe ich Camy zu und setze einen Fuß auf die unterste Stufe.

Die Leiter wackelt bedrohlich, und irgendwo quietscht etwas. Besonders sicher wirkt das Teil nicht.

»Ich gehe nirgendwohin, bevor du mir nicht erklärst, was zum Teufel hier los ist!«, schimpft Camy.

»Ich wurde beobachtet«, platzt es aus mir heraus.

Camys Augen weiten sich. Sie sieht mich an, als wäre ich jetzt endgültig reif für die Klapse.

»Ich weiß, was du jetzt denkst. Aber ich bin nicht verrückt. Ich habe die Männer genau gesehen, Camy. Sie hatten schwarze Anzüge an, und sobald sie bemerkt haben, dass ich sie entdeckt habe, sind sie in diese Gasse gelaufen. Es gibt nur einen Weg, wie sie von hier verschwunden sein können.« Ich deute auf die Leiter.

Ich kann den ungläubigen Blick meiner Freundin verstehen. Wirklich. Sie weiß, wie es um meinen Geisteszustand steht, und vermutlich denkt Camy, ich sei jetzt komplett übergeschnappt. Vielleicht hat sie damit sogar recht. Aber was bleibt mir übrig, außer den Männern nachzujagen, wenn ich Gewissheit haben will?

»Selbst wenn da wirklich jemand war, muss das nicht bedeuten, dass sie dich beobachtet haben« sagt Camy betont ruhig. Behutsam fasst sie mich an der Schulter und zieht mich von der Leiter fort. »Liz, hier laufen so viele Leute durch die Gegend. Woher willst du wissen, dass sie dich beobachtet haben? Sie könnten …«

»Sie haben mich direkt angesehen, verdammt!«, schreie ich aufgebracht. »Und neulich waren sie auch schon in meiner Nähe. Ich darf sie nicht verlieren. Ich muss wissen, wieso sie mich beobachten. Kann ja sein, dass ich Amnesie habe und paranoid bin, aber die Männer habe ich mir nicht eingebildet!«

Man sieht meiner Freundin die Verunsicherung an. Sicher würde sie der Situation am liebsten entfliehen. Aber das tut sie nicht. Camy würde mich nie allein lassen. Egal, wie unangenehm es ihr ist.

»Da hochzuklettern hat keinen Sinn«, erklärt sie ernst. »Sie haben einen Vorsprung und könnten schon längst durch eine der Wohnungen auf die andere Straßenseite geflüchtet sein.«

Für einen Moment schweige ich. Da waren zwei Männer in schwarzen Anzügen, das steht fest. Aber waren es wirklich dieselben wie bei Starbucks?

»Du hast gewonnen. Lass uns zurückgehen«, wispere ich niedergeschlagen und greife nach Camys Hand.

Bei meiner nächsten Sitzung mit Dr. Munk habe ich eine Menge durchzukauen. Dieses Mal werde ich keinen Rückzieher machen und ihr alles erzählen.

»Wenn sie dich beobachtet haben, wird das nicht deine letzte Chance gewesen sein, um sie zu fassen. Stalker heißen schließlich nicht so, weil sie schnell aufgeben«, versucht Camy mich etwas tollpatschig aufzumuntern.

Ich bemühe mich, dankbar zu lächeln, scheitere aber kläglich. Wie lange wird sie es noch mit mir aushalten, bis sie die Nase voll von mir hat, dem geisteskranken Freak mit der Paranoia?

Wortlos lasse ich mich von ihr zurück zur Straße führen.

Die drei Frauen stehen noch an derselben Stelle, allerdings schauen sie inzwischen nicht mehr aufs Handy, sondern starren mich an wie die Verrückte, die ich bin.

»Da war ihr Ex mit seiner Neuen«, lügt Camy gespielt empört.

Die drei nicken verständnisvoll, während ich bloß die Augen verdrehe.

»Das kann ich nachfühlen«, sagt die eine und wirft mir einen betroffenen Blick zu. »Mein Ex ist jetzt mit meiner Cousine zusammen.«

»Mistkerl«, wettert Camy und schüttelt den Kopf. »Männer sind alle Schweine.«

Ungeduldig ziehe ich sie von den Frauen weg, die jetzt in einer aufgeregten Debatte über ihre Ex-Freunde vertieft sind, denn ich bin mir sicher, im Augenwinkel jemanden gesehen zu haben.

An der Ecke vor Davids Boutique auf der anderen Straßenseite stand gerade jemand und hat mich angesehen. Ein großer Mann mit schwarzen Haaren – und tiefblauen Augen. Das kann mir mein Verstand nicht vorspielen. Ich bin mir sicher, dass ich gerade Ian gesehen habe.

Sofort will ich die Straße überqueren, doch zwei hupende SUVs halten mich davon ab und versperren mir die Sicht. Fluchend lasse ich die Autos vorbeifahren und schaue dann erneut zur Boutique.

David steht mittlerweile in der Tür und schaut zu mir herüber. Von dem Mann an der Ecke ist allerdings nichts mehr zu sehen.

Kann das ein Zufall sein? Erst die beiden Typen in

Schwarz und dann Ian? Wieder überfällt mich ein beklemmendes Gefühl der Angst. Doch vor Camy lasse ich mir nichts anmerken und folge ihr gespielt gelassen auf die andere Straßenseite.

Sobald wir bei David ankommen, scheucht er uns aufgebracht zum Verkaufstresen und deutet auf ein kleines braunes Paket.

»Das hat eben ein Typ für dich abgegeben«, sagt er und klingt ziemlich eifersüchtig. »Du hättest mir sagen können, dass du einen Freund hast, Liz! Ich mache mich die ganze Zeit zum Idiota, indem ich eine vergebene Frau anbaggere, und ihr lacht euch hinter meinem Rücken vermutlich kaputt über mich!«

»Ich habe keinen …«, beginne ich, werde aber von Camy mit einem strengen Blick zum Schweigen gebracht.

»Wie sah der Typ aus, der das abgegeben hat? Was hat er gesagt?«, fragt sie.

Vorsichtig lasse ich Camys Hand los und hebe stattdessen das Päckchen hoch. Es ist nicht besonders schwer und sieht auf den ersten Blick ganz gewöhnlich aus.

»Als wüsstest du nicht, wie Liz' Freund aussieht!«, erwidert David verärgert und stemmt die Arme in die Seiten. »Groß, mit blonden Locken und einem Tattoo.«

Jetzt verstehe ich gar nichts mehr. Wieso blonde Locken? Ich bin mir sicher, Ian gesehen zu haben. Aber der ist schwarzhaarig.

»Was für ein Tattoo?«, hakt Camy nach.

»Eins von diesen Macho-Tribals auf dem Arm. Er meinte, ich soll Eliza das Päckchen geben, weiter nichts«, schnaubt

David. »Keine Ahnung, wieso du den mir vorziehst, Liz. Und ich Idiota falle auch noch auf diese Freundschaftsnummer rein wie ein dummer Junge!«, schimpft er weiter, ehe er wütend im Hinterzimmer verschwindet und uns verdattert im Verkaufsraum stehen lässt.

»Ian ist schwarzhaarig, oder?«, fragt Camy, sobald wir allein sind.

Ich nicke geistesabwesend und schüttle vorsichtig das Paket, um zu hören, ob es tickt. Sicher ist sicher.

»Und einen Anzug hatte der Kerl auch nicht an, sonst hätte David das Tattoo nicht sehen können«, schlussfolgert sie.

Für ihre Reportergene ist das hier vermutlich eine großartige Story. Von mir hat jedoch mittlerweile nackte Angst Besitz ergriffen. Wer war der blonde Typ und wieso hat er mir das Paket nicht selbst gegeben?

Nachdem ich tief durchgeatmet habe, reiße ich das Papier vom Karton und reiche ihn an Camy weiter. Sie wendet das Paket hin und her, als würde sie nach etwas suchen, und presst dabei nachdenklich die Lippen zusammen.

»Kein Absender«, murmelt sie.

»Was hast du denn erwartet?«, frage ich. »Dass da steht: Hallo, mein Name ist XY, und ich bin Elizas Stalker?«

Camy schnaubt beleidigt.

Zaghaft hebe ich den Deckel vom Karton und halte beim Anblick des Inhalts den Atem an.

»Wunderschön«, bringe ich schließlich hervor.

Behutsam streiche ich über das verwitterte Kästchen aus Rosenholz und bewundere die filigranen Schnitzarbeiten darauf. Sie zeigen eine Rosenranke, die sich in geschwungenen Linien darum schlängelt. Es muss ein antikes Stück sein, das erkenne ich, sobald ich es aus dem Karton nehme. An der rechten Kante ist ein winziges Stück abgeplatzt, dennoch ist es sicher ein kleines Vermögen wert.

»Hast du eine Ahnung, wer dir das geschickt hat?«, flüstert Camy, als hätte sie Angst, dass wir belauscht werden.

Ich beschließe, Ians Namen erst mal nicht zu erwähnen, da Camy mich dann sicherlich endgültig für verrückt erklären würde, zucke stattdessen mit den Schultern und greife nach dem Deckel.

Sobald ich das Kästchen öffne, erklingt eine leise Melodie, die mir seltsam vertraut vorkommt. Ich bin mir sicher, sie schon einmal gehört zu haben, nur kann ich mich nicht daran erinnern, wo. Die Melodie ist sanft und wiegend wie ein Schlaflied. Sie erwärmt mein Herz und treibt mir Tränen der Sehnsucht in die Augen.

»Okay, das wird selbst mir langsam zu creepy«, gesteht Camy und tritt bedächtig einen Schritt zurück.

Fasziniert betrachte ich die hölzerne Figur im Inneren des Kästchens, von der die Musik ausgeht. Es ist ein winziger Mann mit Zylinder, der eine geschnitzte Violine in den Armen hält und sich im Takt der Melodie dreht.

»Vielleicht solltest du zur Polizei gehen, Liz«, rät mir Camy und mustert das Kästchen argwöhnisch.

Aufgewühlt klappe ich den Deckel zu, sodass die Melodie abrupt verstummt, und sehe zu meiner Freundin.

»Soll ich denen erzählen, dass ich das Gefühl habe, gestalkt zu werden? Bei meiner Krankenakte glauben die mir kein Wort«, presse ich hervor. »Die Spieluhr würden sie als Geschenk eines heimlichen Verehrers abtun und mich wieder nach Hause schicken.« Überfordert reibe ich mir übers Gesicht und lehne mich mit der Hüfte an den Tresen. »Ich muss das allein rauskriegen.«

»Und wie?«, will Camy wissen.

Ratlos schüttle ich den Kopf. Wenn ich das nur wüsste.

8

2 Wochen später

Déjà-vu. Anders kann ich nicht beschreiben, was mit mir passiert. Als mich das Taxi vor ein paar Minuten abgesetzt hat, überfiel mich das Gefühl, schon einmal hier gewesen zu sein. Also bin ich stehen geblieben und habe die Umgebung in mich aufgesogen. Ich rechnete mit einem Flashback oder einer winzigen Eingebung. Aber nichts ist passiert.

Seit Dr. Munk mir bestätigt hat, dass der Vorfall bei Hair & More keine Einbildung gewesen ist, denke ich ständig, mich an etwas erinnern zu können. Allerdings haben die letzten Wochen den Nebel meiner Vergangenheit nicht weiter lichten können. Dafür sind die Träume von den grünen und blauen Augen intensiver geworden.

Vor einer Woche habe ich mich endlich dazu aufgerafft, Bewerbungen zu schreiben. Überraschenderweise erhielt ich schon am nächsten Tag einige Antworten. Als sich tatsächlich Coop & Fleur bei mir gemeldet hat, hätte ich beinahe vor Freude laut gequietscht. Dass mich eine der besten Werbeagenturen von Texas tatsächlich zum Vorstellungsgespräch einlädt, habe ich nicht erwartet. Zwar bieten sie mir nicht den Job an, auf den ich mich beworben habe, aber eine Einstiegsposition, die mir zumindest die Türen öffnen könnte.

Ich atme ein letztes Mal tief durch und gebe mir einen mentalen Tritt in den Hintern, um mich endlich zu bewegen und das Vorstellungsgespräch hinter mich zu bringen.

Nervös betrete ich das imposante gläserne Bürogebäude. Sofort umfängt mich die angenehm kühle Luft der Klimaanlage, und mein Herz macht einen Sprung. Draußen herrschen gefühlte fünfzig Grad oder wie Camy sagen würde: ein typischer Sommertag in Texas. Vermutlich muss man in diesem Klima aufgewachsen sein, um damit so gelassen umzugehen.

Die Eingangshalle des Westwick Towers ist vom Boden bis zur Decke komplett mit grauen Marmorfliesen besetzt. Am Ende der Halle gibt es drei Fahrstühle, vor denen eine Traube aus Männern in Anzügen und Frauen in Kostümen sichtlich ungeduldig wartet. Rechts entdecke ich eine luxuriöse Sitzecke mit Wasserspendern, Ledersesseln und Zeitschriften, die zum Entspannen einlädt. Suchend lasse ich den Blick nach links gleiten und erspähe den Empfangstresen, auf den ich nun zusteuere.

Eine junge Frau mit dunklen mandelförmigen Augen und offenem gewelltem schwarzen Haar beäugt mich herablassend, ehe sie sich dazu bequemt, den Hörer aus der Hand zu legen und sich mir zu widmen.

»Kann ich Ihnen helfen, Miss?«

Auch wenn sie sich sichtlich Mühe gibt, freundlich zu wirken, erkenne ich auf den ersten Blick, dass wir keine Freundinnen werden. Dafür sind ihre Haltung und der Tonfall viel zu aufgesetzt und ihre Miene zu arrogant.

»Mein Name ist Eliza East. Ich habe einen Termin bei Coop & Fleur.«

»Aus welchem Anlass?«

»Entschuldigen Sie, aber ich glaube nicht, dass das für Sie von Interesse ist«, erwidere ich kühl. »Mein Name müsste auf Ihrer Liste stehen.«

Wow. Keine Ahnung, wo ich diesen Ich-bin-etwas-Besseres-Ton plötzlich herhabe, aber ich bin mir ziemlich sicher, ihn nicht zum ersten Mal benutzt zu haben. Vielleicht habe ich ihn von meinen Eltern aufgeschnappt?

Die Empfangsdame nickt frostig und hämmert auf ihre Tastatur ein, als würde sie ihre Wut an den unschuldigen Tasten auslassen wollen. Ohne mich eines weiteren Blickes zu würdigen, erklärt sie, dass ich den Aufzug in den elften Stock nehmen muss und mich dort erneut beim Empfang zu melden habe. Ich quetsche mühsam ein »Danke« heraus, bevor ich mich ruckartig abwende und tief durchatme, um nicht doch noch etwas Dummes zu ihr zu sagen.

Ich habe Glück. Der mittlere Aufzug öffnet gerade seine Türen, als ich ihn erreiche. Nur zwei Männer mittleren Alters und eine kleine Frau steigen mit mir ein. Ich drücke die 11 auf der Schalttafel und zupfe nervös meinen Rock zurecht. Auf Anraten von Camy trage ich eine weiße Bluse mit großen silbernen Knöpfen, einem Stehkragen und kurzen Pumpärmeln. Dazu hat sie mir einen eleganten schwarzen Rock geliehen und halbhohe schwarze Riemchensandaletten aus der hintersten Ecke meines Schranks gekramt. Das Haar trage ich offen, wodurch mir jetzt einige Strähnen, der Hitze sei Dank, im Nacken kleben.

Als ich im elften Stock ankomme, bin ich die Letzte im Aufzug. Die Türen gleiten mit einem sanften Ping auseinander, und schon finde ich mich in einem einladenden Empfangsbereich wieder, der von warmen Farben dominiert wird.

Hinter dem hohen Empfangstresen gegenüber vom Fahrstuhl sitzt eine kleine rundliche Frau mit dunkelroten Haaren, die sie zu einem hohen Zopf gebunden hat. Gott, wie gern ich mir jetzt auch einen Zopf binden würde.

Zielstrebig marschiere ich auf sie zu und versuche dabei selbstbewusst zu wirken, auch wenn ich in Wahrheit furchtbar nervös bin. Ich will diesen Job! Zu Hause zu hocken und nichts zu tun, während Camy täglich zur Arbeit geht, ist für mich die Hölle. Ich brauche einen Grund, um morgens aufzustehen. Außerdem möchte ich etwas in meinem Leben, das mich an Rosehill bindet.

»Hi. Ich bin Eliza East. Ich habe ein Vorstellungsgespräch bei Mr. Hitch« rattere ich nervös herunter.

»Das habe ich mir gedacht«, erwidert die Empfangsdame und lächelt mich gutmütig an. »Ich bin Amy Glow. Die Empfangschefin. Sollten Sie die Stelle bekommen, helfe ich

Ihnen immer gern. Und es kostet Sie nur einen Kaffee«, ergänzt sie zwinkernd.

»Wobei helfen?«, frage ich verwirrt und runzle die Stirn.

Amy lacht niedlich und zieht dabei die Stupsnase kraus. Die Frau ist mir auf Anhieb sympathisch. Sie wirkt echt und unverkrampft. Ganz anders als die Zicke von unten.

»Na, bei allem eben«, erwidert sie schulterzuckend. »Wenn der Chef Sie zum Beispiel bittet, ihm einen Tisch fürs Mittagessen zu reservieren, dann kommen Sie zu mir. Ich habe die besten Adressen der Stadt parat und die nötigen Kontakte, um dort zu jeder Zeit einen Tisch zu bekommen.«

»Sie sind ein Engel!«, entgegne ich ehrlich und spüre, wie sich Hoffnung in mir breitmacht.

Selbst wenn ich den Job nicht bekomme, nehme ich mir fest vor, Amy nach ihrer Telefonnummer zu fragen. Ein paar neue Freundinnen kann ich wirklich gut gebrauchen. Auf dem College hatte ich eine Handvoll Leute, mit denen ich hin und wieder etwas unternommen habe. In Rosehill habe ich nur Camy und David. Wobei David seit dem Vorfall vor zwei Wochen kein Wort mehr mit mir gewechselt hat. Anscheinend ist er immer noch sauer, weil er denkt, ich hätte ihm absichtlich meinen Freund verheimlicht, um ihn auszunutzen.

»Ich werde Sie ankündigen, Miss East. Gehen Sie bitte einfach durch die Glastür und dann geradeaus. Am Ende des Büros liegen zwei Räume direkt nebeneinander. Sie müssen an der rechten Tür klopfen« erklärt Amy.

Ich nicke dankend und straffe die Schultern, bevor ich die Glastür zum Großraumbüro öffne. Einen Augenblick bleibe ich im Rahmen stehen und betrachte meine mögliche Zukunft. Coop & Fleur wirkt wie ein geschäftiges Bienennest mit unzähligen fleißigen Arbeiterinnen. Wo man hinsieht, stehen Schreibtische, an denen Menschen sitzen und telefonieren, Unterlagen durchsehen oder eifrig auf ihre Tastaturen eintippen. Ich entdecke auch mehrere geschlossene Türen, die bestimmt zu weiteren Büros und Tagungsräumen führen.

Ich durchquere den Bereich und klopfe mit zitternden Fingern an die rechte Tür. Nach einem deutlichen »Herein« trete ich ein und erstarre schlagartig zur Salzsäule.

Das muss ein ganz, ganz schlechter Witz sein!

»Ah, Miss East! Schön, dass Sie so pünktlich sind. Das schätze ich sehr.«

Mr. Hitch, ein älterer Mann mit grau meliertem Haar und einem spitzen Kinn, steht hinter seinem Schreibtisch und winkt mich freundlich herein. Das Auffälligste an ihm sind seine großen Ohren, dicht gefolgt von der schief gebundenen, scheußlichen roten Krawatte, die sich extrem mit dem blauen Hemd unter dem schwarzen Anzug beißt. Entweder hatte er es heute Morgen besonders eilig, oder er hat keine Ahnung von Mode. So oder so, er ist es nicht, der mich erstarren lässt.

Nein, es ist der Mann, der mit funkelnden Augen neben seinem Schreibtisch steht und mich unverhohlen mustert.

Ian Green sieht noch besser aus, als ich ihn in Erinnerung hatte. Sein Gesicht ist glatt rasiert, und seine dunklen

Haare haben diesen unverwechselbaren Gerade-aufgestanden-Look, der den Drang in mir wachruft, meine Finger darin zu vergraben. Sein muskulöser Körper steckt in einem dunkelblauen Dreiteiler mit passender Krawatte und weißem Hemd unter der Weste. Unwillkürlich wird mir heiß trotz der Klimaanlage.

In den letzten Wochen hatte ich es endlich geschafft, diesen anmaßenden Typen und die Nacht im V's zu verdrängen, und jetzt steht er vor mir. Im Büro meines – hoffentlich – neuen Chefs.

Ian betrachtet mich völlig ungeniert. Geradezu gierig lässt er seinen Blick über mich gleiten, ohne auch nur einen Zentimeter meines Körpers auszulassen.

»Miss East, ist alles in Ordnung mit Ihnen?«, erkundigt sich Mr. Hitch irritiert.

Endlich erwache ich aus meiner Starre und schüttle peinlich berührt den Kopf, um wieder klar zu werden.

»Entschuldigen Sie bitte. Ich war nur …« Ich breche beschämt ab und schließe eilig die Tür hinter mir. »Danke für den Termin.«

»Dafür brauchen Sie mir doch nicht zu danken, Kindchen«, winkt er väterlich ab. »Ich habe Ihre Noten gesehen und die Empfehlungen Ihrer Professoren gelesen. Sollten Sie auch nur ansatzweise das halten, was Ihre Unterlagen versprechen, werden Sie mir das Leben retten.«

»Wenn Sie mir die Chance dazu geben, werde ich ihr Leben nicht nur retten, sondern auch verbessern, Sir«, gebe ich mutig zurück und trete einen großen Schritt in den Raum hinein.

Ian räuspert sich vernehmlich, und Mr. Hitch wendet sich ihm zu.

»Wo sind nur meine Manieren geblieben?«, murmelt er und deutet mit einer ausladenden Geste auf mich. »Das ist Eliza East, die hoffentlich mein Flehen erhört und meine neue Assistentin wird.«

Ich nicke Ian höflich, aber demonstrativ kühl zu, was ihn die Brauen zusammenziehen lässt. Was hat er denn erwartet? Konfettiregen und einen Strip?

»Miss East, darf ich vorstellen: Ian Green. Coop & Fleur leitet die Werbekampagne für seinen neuen Klub hier in Rosehill. Mr. Green besitzt eine Reihe von Klubs in den Staaten, und wenn ich richtig informiert bin, sogar einige Bars und Motels«, erläutert Mr. Hitch mit stolzem Unterton.

Ich werfe Ian einen erschrockenen Blick zu, den er überheblich grinsend erwidert.

Sein Klub. Mist, das war sein verdammtes Büro!

Okay, damit landet das V's an oberster Stelle auf meiner Liste der Orte, die ich nie wieder aufsuchen werde. Dicht gefolgt von den Gemeinschaftsduschen im Wohnheim und diesem widerlichen indischen Restaurant um die Ecke unserer neuen Wohnung, bei dem ich neulich Katzenhaare im Curry hatte.

»Ian, wie Sie sehen, habe ich jetzt einen wichtigen Termin«, wendet sich Mr. Hitch höflich, aber bestimmt an Ian.

Gut gemacht, alter Mann!

»Dann will ich Sie selbstverständlich nicht weiter aufhalten, George«, reagiert Ian souverän.

Die Männer reichen sich zum Abschied die Hand.

Unwillkürlich muss ich an den Moment denken, in dem Ian mir die Hand gereicht und sich vorgestellt hat. Zumindest hat er nicht gelogen, was seinen Namen angeht, denke ich bitter und unterdrücke ein abfälliges Schnauben. Ich erinnere mich noch zu deutlich an das warme Prickeln, das sich in meinem Körper ausgebreitet hat, sobald er mich berührte. Daran, wie richtig sich seine Lippen auf meinen angefühlt haben, wie sehr ich ihn spüren wollte und …

»Jemand aus meinem Team wird sich in den nächsten Tagen wegen der Einzelheiten mit Ihnen in Verbindung setzen.« Mr. Hitchs Stimme unterbricht meine abschweifenden Gedanken abrupt. Ich fluche leise und bin froh, dass mich gerade keiner von ihnen beachtet. Zum zweiten Mal in drei Minuten hat Ian mich so stark abgelenkt, dass ich vergessen habe, wo ich bin. Wie zum Teufel schafft dieser Kerl das? Und noch viel wichtiger: Wie kann ich das in Zukunft verhindern?

»Lassen Sie uns die Einzelheiten lieber bei einem Essen besprechen, George. Schnellstmöglich. Ich möchte über jeden Schritt vorab informiert werden«, verlangt Ian.

Mr. Hitch nickt zustimmend und setzt sich zufrieden hinter seinen Schreibtisch. Vermutlich bringt dieser Auftrag viel Geld ein, und so glücklich, wie er lächelt, erhält er dafür eine saftige Provision von der Agentur.

Ian stolziert seelenruhig an mir vorbei und streift dabei wie zufällig meine Hüfte mit seiner Hand. Ich stoße zischend die Luft aus und balle meine Hände zu Fäusten.

Ruhig bleiben, Liz. Du kannst nicht vor deinem neuen Boss ausflippen.

»Lassen Sie uns doch gleich morgen essen gehen, George.«

»Ich werde meinen Terminplan durchgehen und sehen, ob es sich einrichten lässt, Ian.«

Ohne ihn ansehen zu müssen, weiß ich, dass Ian mich beobachtet. Ich spüre seinen Blick wie eine Liebkosung, die meinen Nacken hinunterkriecht und mir sanft über die Haut streicht.

»Bringen Sie Ihre neue Assistentin am besten gleich mit. Dann kann sie sich von Anfang an in den Auftrag einarbeiten«, sagt er nun mit dunkler Stimme.

Was soll der Mist? Will er sehen, wie weit er sein Spielchen treiben kann, bis ich endgültig ausraste?

»Natürlich. Das wird wohl am sinnvollsten sein«, höre ich Mr. Hitch zu meinem Entsetzen antworten.

»Bis morgen dann, George.« Ian macht eine winzige Pause, ehe er »Miss East« hinterhersetzt und ich endlich die Tür hinter mir ins Schloss fallen höre.

Was für ein perfekter Start ins Berufsleben, Liz.

9

Ein Blick zu Mr. Hitch reicht, damit die Unsicherheit mich fest in ihre Klauen zieht. Der ältere Herr wirkt zwar freundlich und offen, aber noch habe ich den Job nicht in der Tasche, und das Erste, das er von mir gesehen hat, war, wie ich beim Anblick seines wichtigen Kunden zur Salzsäule erstarrt bin. Wie hoch können meine Jobchancen nach diesem Auftritt noch sein?

»Bitte, setzen Sie sich, Miss East.«

Ich atme tief durch, ehe ich mich auf den Stuhl vor seinem Schreibtisch setze, und zucke unwillkürlich zusammen, als sich die Tür hinter mir öffnet. Amy kommt herein und stellt uns Kaffee auf den Schreibtisch, wofür ich ihr extrem dankbar bin. Schon nach wenigen Schlucken fühle ich mich entkrampfter und setze mich aufrechter hin. Popeye hatte Spinat, ich habe Kaffee.

Mr. Hitch verschmäht seine Tasse und zieht stattdessen meine Bewerbungsunterlagen aus seiner Schublade. Ich sehe ihm stumm dabei zu, wie er die Seiten überfliegt, und überlege fieberhaft, ob ich etwas sagen soll. Vielleicht sollte ich ihm meinen Lebenslauf erklären?

»Ich will ehrlich zu Ihnen sein, Miss East«, beginnt er so plötzlich, dass ich mich am Kaffee verschlucke und leise huste. »Sie sehen einen verzweifelten Mann vor sich. Meine Assistentin hat kurzfristig gekündigt, und allein schaffe ich es nicht, alles unter einen Hut zu bringen. Ich betreue momentan drei der wichtigsten Kunden unserer Agentur. Wenn auch nur ein Termin durcheinandergerät, könnte uns das eine Menge Geld kosten.« Er reibt sich über den Nacken, und ich nicke verstehend.

»Genau deshalb bin ich hier, Sir.«

Mr. Hitch stößt einen erleichterten Laut aus und klappt mit Schwung meine Bewerbungsmappe zu.

»Viele Bewerber lehnen eine Assistenzposition ab. Sie sind der Meinung, es sei unter ihrer Würde, jemandem zuzuarbeiten.« Kopfschüttelnd lehnt er sich im Stuhl zurück. »Ich suche jemanden, der zuverlässig und fleißig ist. Jemanden, der mit Zahlen jonglieren kann und sich gleichzeitig nicht zu schade ist, auch mal meine Anzüge aus der Reinigung zu holen.«

Nervös räuspere ich mich und trinke einen großen Schluck Kaffee, um Zeit zu schinden.

»Nun, es ist auch nicht unbedingt mein Traumjob«, gestehe ich schließlich angespannt. »Irgendwann möchte ich auf der anderen Seite des Schreibtischs sitzen. Aber ich bin realistisch genug, um zu wissen, dass ich das direkt nach dem Collegeabschluss nicht schaffen werde. Mir fehlt die nötige praktische Erfahrung, Sir. Und die erhoffe ich mir als Ihre Assistentin zu bekommen.«

Es kostet mich unendlich viel Willenskraft, nicht am Daumen zu nagen, während ich auf seine Reaktion warte.

Ohne Vorwarnung klatscht Mr. Hitch in die Hände und beginnt zufrieden zu lächeln. »Endlich ist hier mal jemand ehrlich!«, verkündet er enthusiastisch. »Miss East, ich bin davon überzeugt, dass wir gut miteinander auskommen werden.«

Die nächsten Minuten verbringt er damit, mir von schiefgegangenen Vorstellungsgesprächen zu berichten, was mich immer wieder zum Lachen bringt. Er ist ein sehr authentischer Mann. Sympathisch und liebenswert verschroben. Ich kann ihn mir gut als hingebungsvollen Großvater vorstellen.

Als er mir schließlich mein zukünftiges Gehalt nennt, gehe ich davon aus, dass er sich vertan hat. Es erscheint mir deutlich zu hoch für eine Berufseinsteigerin. Vorsichtig hake ich nach. Aber er lächelt bloß milde und meint: »Qualität hat ihren Preis, Miss East. Das werden Sie noch oft genug miterleben.«

Ich stehe für Qualität? Okay, ich habe mein Studium mit Auszeichnung abgeschlossen, habe für die Collegezeitung geschrieben und saß im Studierendenrat, aber ich habe keinerlei Berufserfahrung. Wer sagt ihm, dass ich mehr beherrsche als die Theorie? Meine Aufgaben klingen zwar zunächst simpel, aber abwechslungsreich, und sie erfordern Koordination und Nerven. Ich könnte also durchaus versagen. Dennoch scheint sich Mr. Hitch bei mir sicher zu sein, und ich werde ihm garantiert nicht reinreden.

Ohne lange nachzudenken, sage ich zu und bringe den alten Mann damit erneut dazu, freudig in die Hände zu klatschen.

Nachdem wir alles geklärt haben, schickt er mich prompt in die Rechtsabteilung im neunten Stock, wo ich meinen Arbeitsvertrag sorgfältig durchlese und unterschreibe.

Sobald der rechtliche Kram erledigt ist, zeigt Amy mir meinen neuen Arbeitsplatz – ein Schreibtisch, direkt vor Mr. Hitchs Büro. Er ist nichts Besonderes, aber für mich bedeutet dieser Tisch die Welt.

Anschließend lädt Amy mich zum Einstand auf einen Kaffee in die Kantine ein. Da ich zu Kaffee niemals Nein sage, schreibe ich Camy eine Nachricht, damit sie weiß, dass ich später nach Hause komme, und sich keine Sorgen macht.

»Eigentlich wollte ich nie Empfangschefin werden«, gesteht Amy mir und rührt gedankenverloren in ihrer Tasse.

Wir sitzen an einem Tisch direkt vor der Fensterfront, die zur Hauptstraße zeigt. Die Kantine ist Galaxien von der Mensa in Chearfield entfernt. Im Westwick Tower ist alles gepflegt und edel. Selbst die Kaffeebecher scheinen von einer teuren Marke zu sein. Keine abgeplatzten Stellen, keine Risse im Porzellan. Dieser Eindruck zieht sich hier durch den gesamten Raum. Runde dunkle Holztische mit dazu passenden Stühlen, die Wände sind weiß und apricotfarben gestrichen. Kein Fleck auf dem Boden, kein Krümel auf dem Tisch. Und der Duft, der aus der Küche zu uns herüberweht, ist himmlisch.

»Nach dem College gab es keine vernünftigen offenen

Stellen für meinen Traumjob«, erklärt Amy. »Also hab ich mich hier am Empfang beworben, und ein Jahr später wurde ich befördert.«

»Das ging ja schnell«, erwidere ich beeindruckt.

»Die ehemalige Empfangschefin ist in Mutterschutz gegangen, also bin ich im Grunde nur aufgerückt, weil es so am bequemsten war«, wiegelt sie schulterzuckend ab.

»Mach dich nicht klein! Sie hätten dich sicher nicht befördert, wenn sie nicht gewusst hätten, dass du das spielend hinkriegst«, widerspreche ich ihr.

Amy lächelt niedlich verlegen und nippt an ihrem Kaffee. »Jetzt erzähl mir etwas von dir, Liz. Wo kommst du her?«

»Aus Chicago«, antworte ich knapp.

Darüber zu sprechen ist für mich die Hölle. Nicht nur weil mir die Geschichte so nahegeht, sondern vor allem, weil ich die Reaktionen der Leute nicht ertrage, wenn sie sie zum ersten Mal hören. Manche überschütten mich mit Mitleid, andere werden sensationslüstern und versuchen mich auszuquetschen. Aber wenn ich mich mit Amy anfreunden will, habe ich wohl oder übel keine andere Wahl, als ihr alles zu erzählen und ehrlich zu sein.

»Und wie bist du in Texas gelandet?«, fragt sie ahnungslos und zieht die Nase kraus. »Ich meine, Chicago ist doch toll. Eine große Stadt mit vielen Möglichkeiten. Warum bist du dort weggegangen?«

»Das ist eine sehr gute Frage«, gebe ich leise zurück und räuspere mich vernehmlich. »Vor etwa fünf Jahren hatte ich einen schweren Autounfall.«

»Oh.« Amy sieht mich irritiert an.

»Ich bin in einem Krankenhaus in Chicago aufgewacht. Ohne Erinnerungen. Ein Polizist hat mir erzählt, dass ich mit meinen Eltern im Auto saß und der Wagen bei Glatteis ins Rutschen gekommen ist. Wir sind gegen eine Mauer geschleudert worden, aber der Airbag hat nicht ausgelöst. Irgendein technischer Defekt. Das hat zumindest die Versicherung gesagt. Meine Eltern waren auf der Stelle tot, und ich lag mit einem Schädelbruch, Quetschungen und etlichen Brüchen im Koma.«

»Oh mein Gott! Das tut mir so leid für dich, Liz. Du musst deine Eltern schrecklich vermissen.« Amy ist sichtlich aufgewühlt und greift mitfühlend nach meiner Hand.

»Danke, aber das muss es nicht. Ich erinnere mich an nichts, weder an den Unfall noch an mein Leben davor oder an meine Eltern. Und, na ja, wer sich an nichts erinnert, kann auch nichts vermissen.«

Diesen Satz habe ich inzwischen so oft gesagt, dass ich irgendwann angefangen habe, ihn selbst zu glauben. Dr. Munk nennt es unbewusste Selbsttäuschung.

»Das ist …« Amy stockt und schüttelt den Kopf. »Kommen die Erinnerungen denn irgendwann wieder?«

»Keine Ahnung«, antworte ich ausweichend und starre gedankenverloren aus dem Fenster.

Die Menschen auf der Straße wirken von hier aus wie winzige Spielfiguren. Als würden sie über ein Schachbrett laufen und nicht wissen, wohin der nächste Zug sie führt.

»Einige Tage, nachdem ich aufgewacht bin, kam der Anwalt meiner Eltern ins Krankenhaus. Er hat mir mitgeteilt, dass ich einen Platz am College in Chearfield hätte. Den Studienbeginn hat er für mich verschoben, damit ich Zeit habe, um mich zu erholen. Außerdem hat er mir erklärt, dass ich Einzelkind bin und da meine Eltern keine lebenden Verwandten hatten, von nun an allein dastehe.« Ich entziehe Amy meine Hand und schlinge die Finger stattdessen um den warmen Kaffeebecher, um die Kälte in meinem Inneren wenigstens etwas zu lindern. »Durch die Reha war ich insgesamt elf Monate im Krankenhaus. Danach habe ich mich auf den Weg nach Chearfield gemacht, um mein Studium anzutreten, wie es geplant war. So bin ich in Texas gelandet.«

»Wow«, raunt Amy leise und sieht mich unsicher an. »Ich weiß nicht, ob ich das gekonnt hätte. Ich meine, einfach weiterzumachen. Nicht aufzugeben. Und das ganz allein.«

»Es war nicht leicht. Ist es immer noch nicht«, erkläre ich ehrlich. »Aber ich war nicht ganz allein, Amy. Anthony war da und hat mir geholfen, wo er konnte. Er hat mich oft besucht und sich um alles gekümmert.«

»Anthony?«

»Der Anwalt meiner Eltern. Er ist mit der Zeit zu einem echten Freund geworden. Ohne ihn … keine Ahnung, ob ich es geschafft hätte, nicht aufzugeben.«

»Hattest du nie den Wunsch, nach Chicago zurückzugehen und dein altes Leben wieder aufzunehmen?«

»Wieso sollte ich?«, gebe ich niedergeschlagen zurück. »Ich habe dort keine Familie mehr. Und von den Freunden und Bekannten, die ich vor dem Unfall gehabt haben müsste, hat sich nie jemand die Mühe gemacht, sich bei mir zu melden. Ich verbinde nichts mehr mit Chicago.«

Amy wirkt nachdenklich und spielt gedankenverloren mit einer Strähne, die sich aus ihrem Zopf gelöst hat, während sie mich betrachtet.

»Amy. Bitte guck mich nicht so an«, sage ich.

»Wie denn?«

»Als ob ich ein verwundetes Reh sei. Mir geht's gut. Wirklich. Ich hab ein abgeschlossenes Studium, eine tolle Wohnung und jetzt auch einen Job. Mein Leben geht voran. Ich habe keinen Grund, um zurückzublicken und traurig zu sein«, lüge ich.

Natürlich sehne ich mich danach zu erfahren, wie mein Leben vor dem Unfall aussah und wieso mich außer Anthony und der Polizei niemand im Krankenhaus besucht hat. Aber wenn ich das laut zugebe, müsste ich mich meiner Vergangenheit stellen und nachforschen, wie mein altes Leben in Chicago war, und wenn ich ehrlich bin, habe ich verdammt große Angst davor.

Immerhin muss es einen Grund für meine Einsamkeit geben. Vielleicht war ich eine eingebildete Bitch, mit der niemand etwas zu tun haben wollte. Schließlich waren meine Eltern reich. Wird man da nicht automatisch zu einer verwöhnten Tussi? Trotzdem nagen diese Fragen in letzter Zeit heftiger an mir. Außerdem ist da dieses Gefühl, das mir sagt, dass ich wegen meiner Vergangenheit gestalkt werde. Und dem muss ich mich stellen, wenn ich mich endlich sicher fühlen will.

»Lass uns über etwas anderes reden«, bitte ich Amy und ringe mir ein falsches Lächeln ab. »Bist du vergeben?«

Prompt wird Amy rot und beginnt aufgeregt von Kyle,

dem aufstrebenden Staranwalt, zu erzählen. Die nächste halbe Stunde kann ich alle düsteren und ernsten Gedanken von mir schieben und mich ganz auf die quirlige Frau vor mir konzentrieren.

10

»Schahatz! Ich bin zu Hause!«, rufe ich lachend.

Gut gelaunt hänge ich meine Handtasche an die Garderobe und schleudere meine Schuhe von den Füßen. Dann lasse ich mich auf einen der Hocker vor der Kücheninsel fallen und greife wahllos nach den Speisekarten, die sich hier allmählich stapeln. Camy und ich sind zu faul zum Kochen, also ist unsere Adresse bei den Lieferdiensten in dieser Gegend schon nach den ersten Wochen extrem beliebt.

»Camy, willst du auch was zu essen? Ich bestelle gleich!«, rufe ich und schnappe mir die Wasserflasche, die ich heute Morgen hier habe stehen lassen.

Nach dem gelungenen Bewerbungsgespräch habe ich einen riesigen Hunger auf etwas ungesund Fettiges. Fahrig blättere ich die Karte vom Japaner durch und greife mir anschließend die vom Pizzadienst.

»Camy?«, rufe ich erneut und höre plötzlich ein lautes Rumpeln aus ihrem Zimmer.

Blitzschnell stelle ich die Flasche zurück auf die Kücheninsel, lasse die Karten achtlos auf den Boden fallen und springe lautlos vom Hocker. Auf Zehenspitzen schleiche ich mich zu Camys Zimmer und lausche angespannt an der Tür.

Ich kann sie auf der anderen Seite vor Schmerzen keuchen hören, und mein Körper stellt augenblicklich auf Autopilot. Ohne nachzudenken reiße ich die Tür auf und entdecke meine Freundin auf dem Boden neben ihrem Bett. Zusammengekrümmt liegt sie dort und wimmert leise. Gerade will ich mich zu ihr beugen, als ich Finger an meiner Schulter spüre. Reflexartig ergreife ich sie mit beiden Händen. Ich hole aus und ramme meinen Ellenbogen mit Schwung in den Magen der Person hinter mir. Dann lasse ich den Kopf zurückschnellen, bis ich auf etwas Hartes treffe und ein deutliches Knacken höre.

»Liz!«, kreischt Camy panisch und rappelt sich mühevoll auf.

Eilig wende ich mich um und starre in die ungläubigen braunen Augen von Eric, der mit schmerzverzerrtem Gesicht vor mir steht und sich die blutende Nase hält.

»Was ist hier los?«, frage ich und funkele ihn anklagend an. »Was hast du mit Camy gemacht?«

Eric reißt überrascht die Augen auf und sieht mich an, als wäre mir ein zweiter Kopf gewachsen. Abwehrend hebt er eine Hand. Hinter mir lacht Camy gequält auf und lässt sich aufs Bett plumpsen.

»Ich hab dich gehört und wollte schnell aufstehen, Liz. Dabei bin ich unglücklich aufgekommen, umgeknickt und gestürzt. Eric wolle gerade ins Bad gehen und etwas zum Kühlen für mich holen«, erklärt sie in einem Ton, der irgendwo zwischen Lachen und Weinen liegt.

Erst jetzt fällt mir auf, dass er nur in Boxershorts vor mir steht und auch Camy nicht viel mehr als einen hellroten BH und den dazu passenden String trägt. Sofort laufe ich knallrot an und halte mir peinlich berührt die Augen zu.

»Ich hab etwas gehört und dachte … na ja und dann saßt du da zusammengekauert auf dem Boden, und dann war da plötzlich die Hand und …«, stammle ich verlegen und trete beschämt von einem Fuß auf den anderen.

»Schon gut. Nichts passiert«, erwidert Eric nasal.

»Wie geht's deiner Nase?«, erkundige ich mich kleinlaut.

Am liebsten würde ich vor Scham im Boden versinken. Wieso ist nirgendwo ein Loch, wenn man eins braucht?

»Fühlt sich nicht gebrochen an. Pocht aber wie die Hölle«, erwidert er.

Zumindest etwas erleichtert, weil ich ihm nichts gebrochen habe, atme ich aus und reibe mir fahrig über die Stirn. »Verdammt, Leute. Es tut mir so unendlich leid! Das Abendessen geht auf mich, okay?«

Eric wischt sich breit grinsend das Blut unter der Nase mit dem Handrücken ab und schüttelt ungläubig lachend den Kopf.

»Also eins muss ich dir lassen, Liz. Du hast echt einen verdammt harten Schlag drauf. Und wie schnell du mich ausgeschaltet hast. Ich hatte überhaupt keine Chance.«

Er hat recht. Ich habe ihn erwischt, ohne auch nur eine Sekunde darüber nachzudenken. Mein Körper hat automatisch reagiert, als wäre es alltägliche Routine für mich, jemanden zu schlagen.

Ich werfe einen unsicheren Blick auf Camy, die mich mit gerunzelter Stirn und verkniffener Miene mustert, als würde sie das Gleiche denken wie ich.

»Hast du irgendwann einen Selbstverteidigungskurs gemacht?«, fragt sie.

»Keine Ahnung«, entgegne ich schulterzuckend. »Möglich ist es. Immerhin ist Chicago nicht gerade als sicherste Stadt der USA bekannt.«

»Vielleicht solltest du Anthony anrufen und fragen, ob darüber etwas in seinen Akten steht. Nicht dass du auch noch einen Waffenschein hast und demnächst den Hausmeister erschießt, weil er dich im Hausflur überrascht.«

Ich versuche das Lachen echt und ungezwungen klingen zu lassen, während sich in mir alles zusammenzieht. In meinem Magen liegt ein tonnenschwerer Stein, und mein Puls rast vor Aufregung.

Plötzlich bin ich mir sicher, dass ich früher Kampfsport betrieben habe. Darin war ich ziemlich gut, und es hat mir sogar Spaß gemacht. Ich weiß auch, dass ich mit Messern trainiert habe und Schusswaffen nichts abgewinnen konnte, weil ich sie zu plump finde. Schießen kann ich aber dennoch. Das alles ist auf einmal ganz klar in meinem Kopf. Aber wieso beherrsche ich diese Techniken?

»Liz?«

Camys besorgte Stimme reißt mich aus den verwirrenden Gedanken. Ich sehe sie an und versuche mich zu beruhigen, auch wenn in mir reines Chaos herrscht.

»Alles okay. Ich hab nur überlegt, wo wir bestellen wollen«, lüge ich und wende mich ab.

Eric greift sich ein Taschentusch aus der rosafarbenen Box vom Nachttisch und drückt es fest gegen seine Nase.

»Mir egal«, antwortet er gequält. »Aber lasst euch Zeit mit dem Bestellen. Ich werd wohl noch 'nen Moment brauchen, bis mein Magen Essen wieder vertragen kann.«

Ich entschuldige mich erneut bei ihm und flüchte dann kurzerhand in mein Zimmer. Erschöpft lasse ich mich aufs Bett fallen und öffne die Schublade vom Nachttisch. Vorsichtig hole ich die Spieluhr heraus und stelle sie neben mich. Über die verschlungenen Rosenranken zu streichen beruhigt mich, und ich schließe flüchtig die Augen.

Wie kann es sein, dass mein Leben derart aus dem Ruder läuft? Immer wenn ich denke, endlich voranzukommen, passiert etwas, das mich zurückwirft. Muss ich jetzt Angst haben, wahllos auf Leute loszugehen und ihnen die Knochen zu brechen? Liz, der Terminator. Einfach großartig.

Ich öffne den Deckel und lausche der sanften Melodie der Spieluhr. Über Shazam habe ich versucht herauszubekommen, wie das Lied heißt. Allerdings konnte mir die App dabei nicht helfen. Entweder ist die Melodie zu undeutlich, oder es ist ein so altes Lied, dass die App es nicht kennt. So oder so liebe ich es. Die sanfte Melodie bewirkt etwas in mir. Ein Gefühl, das ich nicht greifen kann, das aber da ist. Tief in mir verwurzelt und bereit hervorzukommen, sobald ich es zu fassen bekomme.

Seufzend klappe ich das Kästchen zu und verstaue es wieder in der Schublade.

Bier und Pizza. Genau das brauche ich jetzt.

»Wie kannst du ernsthaft an einen Zufall glauben?«, fragt mich Camy ungläubig.

Augenrollend stopfe ich mir das letzte Stück Pizza in den Mund und spüle mit Bier nach. Ihr von dem Bewerbungsgespräch zu erzählen, war eine Sache. Das Wiedersehen mit Ian dabei zu erwähnen, eine ganz andere. Camy ist fest davon überzeugt, dass Ian das alles eingefädelt hat. Dieses Mädchen schafft es, in allem ein Komplott zu wittern.

»Woher hätte er wissen sollen, dass ich heute bei Coop & Fleur sein würde? Und was viel wichtiger ist«, gebe ich zu bedenken, »wieso sollte ihn das überhaupt interessieren? Er hat mich schließlich abgewiesen.«

»Das weiß ich noch nicht«, gibt sie schmollend zu. »Aber ich werd's herausfinden.«

Eric wischt sich die Hände sorgfältig an seiner Serviette ab und steht vorsichtig auf. Er scheint den Hieb in den Magen immer noch nicht ganz weggesteckt zu haben.

Wir drei haben es uns auf dem Boden vor der Couch gemütlich gemacht und die gelieferte Pizza verschlungen.

»Ich geh mal für kleine Jungs«, erklärt er und verschwindet durch Camys Zimmer im Bad.

Sobald die Tür hinter ihm zugefallen ist, beugt sich Camy vor. »Was ist, wenn die Spieluhr doch verwanzt ist?«

»Ich hatte das Ding inzwischen so oft in der Hand, dass

mir eine Wanze aufgefallen wäre«, wiegle ich ab. »Lassen wir das Thema bitte endlich sein und reden über etwas anderes.«

Sie schnappt sich ihr Bier und schweigt.

»Wirst du Anthony anrufen und ihn fragen?«, hakt sie dann doch nach, und ich stöhne übertrieben laut auf.

»Camy, kannst du das Detektivspielen jetzt endlich sein lassen! Ich will nicht drüber reden.«

»Aber …«

»Kein Aber!« Ich springe ruckartig auf und stemme die Hände in die Seiten. »Es ist meine Sache, verdammt! Wenn ich bereit bin, werde ich ihn fragen. Aber sicherlich nicht heute Abend. Herrgott, lass mich doch wenigstens eine Nacht drüber schlafen!«

Camy starrt mich wortlos an. Sie wirkt verletzt. Mist. Müde reibe ich mir übers Gesicht und hocke mich vorsichtig vor sie. Ich drücke ihr zur Entschuldigung einen Kuss auf die Wange und richte mich wieder auf.

»Es ist alles ziemlich viel auf einmal« rechtfertige ich mich lahm. »Natürlich will ich auch Antworten. Aber nicht heute. Vielleicht morgen. Vielleicht in einer Woche. Oder erst in einem Jahr. Aber das wird dann meine Entscheidung sein.«

»Ich wollte dich nicht zu etwas drängen, wozu du noch nicht bereit bist, Liz. Entschuldige«, murmelt sie leise.

Dankbar für die Einsicht nicke ich meiner Freundin zu und greife nach meinem Bier.

»Ich stehe auf deiner Seite. Ich hoffe, das weißt du.«

»Immer«, erwidere ich ernst.

Die Tür öffnet sich. Eric kommt wieder herein und lässt sich auf seinen Platz vor der Couch plumpsen.

»Ich werde unter die Dusche springen und dann schlafen gehen«, verkünde ich gähnend.

Der Tag war lang und anstrengend. Ich will nur noch ins Bett fallen und tief schlafen. Außerdem ist morgen mein erster Tag bei Coop & Fleur, und für den will ich fit sein.

»Gute Nacht, Rambo«, scherzt Eric, und ich zucke unwillkürlich zusammen.

Toller neuer Spitzname, Liz.

11

Siebzehn Stunden. So lange habe ich es geschafft, nicht über meine skurrilen neuen Talente nachzudenken. Vermutlich wäre es für Camy nicht mal ein großes Thema, wenn ich zugeben würde, mit einer Waffe umgehen zu können. In Texas ist das Schießen etwas Normales. Aber für mich ist es angsteinflößend und aufregend zugleich.

Seit gestern Abend juckt es mich in den Fingern, auf den Schießstand zu fahren und herauszufinden, wie weit meine Kenntnisse reichen.

Frustriert starre ich auf mein Handy und nage am Daumen. Wenn ich nichts unternehme, werde ich die Wahrheit über diese Fähigkeiten nie erfahren. Die Antworten liegen nur eine Fingerbewegung weit entfernt, und Zeit habe ich gerade auch genügend. Mr. Hitch hat mich früher aus dem Büro nach Hause geschickt, damit ich mich vor dem Geschäftsessen mit Ian noch umziehen kann.

»Es ist nur ein blöder Anruf«, rede ich mir gut zu.

Ich habe Hunderte Male mit ihm telefoniert, doch nie war ich so nervös wie in diesem Augenblick. Lächerlich. Wovor habe ich Angst? Ich ringe mich dazu durch, seine Nummer zu wählen, und atme tief ein.

»Eliza! Wie geht es meiner stolzen Absolventin?«

Sobald ich Anthonys vertraute Stimme höre, atme ich zum ersten Mal seit Tagen erleichtert auf. Er war der Einzige, der mich im Krankenhaus regelmäßig besucht hat. Zu Anfang ging es bloß um die Regelung des Nachlasses meiner Eltern und darum, wie es mit mir weitergehen soll. Aber mit der Zeit wurden unsere Gespräche immer vertrauter. Anthony hat mich von der Trauer abgelenkt, mir Hoffnung auf die Zukunft geschenkt und mich aufgebaut, wenn ich am Boden lag. Damit hat er mir das Leben gerettet, auch wenn ihm das vermutlich gar nicht bewusst ist.

»Ich hab einen Job!«, platzt es aus mir heraus.

»Nichts anderes habe ich von dir erwartet, Kleines. Jedes Unternehmen kann sich glücklich schätzen, dich zu bekommen.«

Mein Herz zerspringt fast vor Zuneigung zu diesem Mann. Er ist für mich wie ein naher Verwandter, bei dem man sich behütet fühlt.

»Es ist nicht mein Traumjob«, gestehe ich ihm. »Aber ein erster Schritt in die richtige Richtung.«

»Hmhm«, kommentiert er skeptisch, und ich lache gelöst.

»Ich arbeite bei Coop & Fleur. Das ist eine der größten und einflussreichsten Werbeagenturen in Texas. Die Stelle verschafft mir Kontakte und Erfahrungen, die ich später bestimmt gut gebrauchen kann. Ich bin die persönliche Assistentin von Mr. George Hitch«, erkläre ich stolz. »Er ist ein Genie in der Werbebranche und überraschend sympathisch. Wenn auch sehr verschroben. Heute hat er eine grüne Krawatte mit gelben Enten getragen.«

Anthony lacht entspannt in den Hörer, und ich muss bei der Erinnerung an das scheußliche Teil grinsen.

»Nichtsdestotrotz wird in der Kantine gemunkelt, dass er bald zum Partner befördert wird. Was mich wiederum einen Schritt näher an den Job bringen könnte, den ich mir für die Zukunft wünsche.«

»So, so. Gerade erst neu dabei, und schon beteiligst du dich am Klatsch«, feixt er gut gelaunt, bevor er plötzlich ernst wird und die Stimme senkt. »Kleines, ich freue mich immer, wenn du anrufst, aber gerade ist es leider ungünstig. Ich erwarte einen Klienten und …«

»Was hatte ich mit Kampfsport zu tun?«, unterbreche ich ihn abrupt.

Für einen Moment wird es still in der Leitung. »Anthony, bist du noch dran?«, frage ich vorsichtig und malträtiere nervös meinen Daumen mit den Zähnen.

Nach weiteren unerträglich stillen Sekunden räuspert er sich, und ich höre, wie er mit den Fingern auf irgendetwas rumtrommelt. Kein gutes Zeichen.

»Wieso fragst du das?«, will er wissen.

»Es gab einen Vorfall. Nichts Ernstes«, ergänze ich schnell. »Meine Mitbewohnerin Camy, du kennst sie ja. Ich bin in ihr Zimmer geplatzt, weil ich Geräusche gehört habe. Ihr Freund stand hinter der Tür, und ich hab mich erschrocken. Na ja, die Kurzfassung ist: Ich hab ihm fast die Nase gebrochen, und er hatte den ganzen Abend Magenschmerzen. Jetzt frage ich mich natürlich, wieso ich dazu fähig bin, einen gestandenen Mann beinahe k.o. zu schlagen.«

»Wer ist dieser Mann?«

»Anthony, lenk nicht ab.«

Er atmet tief ein. »Kleines, es ist besser für uns alle, wenn du nicht weiter in deiner Vergangenheit bohrst. Vertrau mir bitte einfach.«

Erschrocken schnappe ich nach Luft und setze mich auf. »Du weißt etwas!«

»Ich weiß sogar eine ganze Menge.« Er lacht bitter.

»Dann erzähl es mir, verdammt! Ich habe ein Recht darauf, alles zu erfahren! Immerhin geht es hierbei um mich.« Meine Stimme zittert vor Zorn und Nervosität.

»Liz, beruhige dich. Ich weiß nicht, wie sicher diese Leitung ist, also kann ich dir nicht viel sagen. Und bevor ich überhaupt etwas erzähle, musst du mir versprechen, danach keine weiteren Nachforschungen anzustellen.«

»Das kann ich nicht«, entgegne ich sofort ehrlich. »Wenn du mir nicht helfen willst, muss ich allein rausfinden, was für ein Mensch ich einmal war, Anthony. Erzähl es mir jetzt, und ich verspreche zumindest, keinen Unsinn anzustellen.«

»Okay«, willigt er hörbar unzufrieden ein. »Ich kann dir nur so viel sagen: Damals war es überlebenswichtig, dass du früh lernst, dich selbst zu schützen. Es wurde zwar für deinen Schutz gesorgt, aber du wolltest schon immer unabhängig sein. Die Initiative für den Kampfsport ging von dir aus, Kleines.«

»Ich verstehe das nicht«, gebe ich irritiert zurück und reibe mir erschöpft über die Stirn. »Wieso musste ich lernen, mich zu verteidigen? Waren meine Eltern etwa gewalttätig?«

»Niemals zu dir«, antwortet er leise, und ich zucke vor Schreck zusammen.

Angst überfällt mich und lässt mich am ganzen Körper zittern. Angst vor dem, was seine Worte bedeuten könnten, und vor dem, was ich noch erfahren werde. Die ständigen Träume flammen in meinem Geist auf. Diese furchteinflößenden grünen Augen. Habe ich mich tatsächlich vor meiner eigenen Familie gefürchtet?

»Meine Eltern waren keine normalen Immobilienmakler, oder?«, bringe ich mit gepresster Stimme hervor.

»Eliza, ich muss jetzt auflegen. Der nächste Klient ist da«, erklärt Anthony, und ich höre die Lüge in jedem Wort.

Doch eigentlich brauche ich seine Antwort sowieso nicht. Es ist mir längst klar. Caroline und Alexander East waren nicht die Menschen, für die ich sie in den letzten fünf Jahren gehalten habe. Jetzt muss ich nur noch herausfinden, wer sie wirklich waren.

»Kleines, ich muss jetzt wirklich auflegen. Tu bitte nichts Unüberlegtes. Ich werde dir alles erklären, sobald ich kann. Und bitte ruf mich an, wenn etwas Seltsames passiert«, bittet Anthony drängend.

Sofort denke ich an die Männer in Schwarz, die Spieluhr und den Anruf. Aber erzählen werde ich ihm davon nichts. Immerhin vertraut er mir auch nicht alles an.

»Danke, Anthony. Ich melde mich, wenn etwas ist.«

Ich beende das Telefonat, ohne auf seine Antwort zu warten, und atme tief durch, um meine Gedanken zu ordnen.

Kurz entschlossen öffne ich den Internetbrowser auf meinem Handy und tue etwas, das ich noch nie getan habe, weil ich bisher zu große Angst davor hatte: Ich google Eliza East.

12

Mich bei Coop & Fleur zu bewerben, war eine der wenigen wichtigen Entscheidungen in den letzten fünf Jahren, die ich selbst getroffen habe. Es gab niemanden, der neben mir stand und sagte, dass es so bereits für mich geplant sei. Und genau das jagt mir nun eine fürchterliche Angst ein. Ich will nicht das Einzige verlieren, das ich mir ohne Hilfe erarbeitet habe, weil ich bereits bei meiner ersten Aufgabe versage. Dementsprechend nervös war ich auf dem Weg hierher.

Amy hatte mir heute Morgen drei Restaurants zur Auswahl vorgelegt, und ich habe mich für das La Vie folle entschieden. Dass ich jetzt von hellen freundlichen Farben und dem verführerischen Duft perfekt gebratener Steaks empfangen werde, lässt mich erleichtert aufatmen.

Das Restaurant liegt in einer sehr noblen Gegend von Rosehill. Teure Boutiquen, exklusive Cocktailbars und gepflegte Grünanlagen dominieren die Straßen. Wer hier wohnt, hat mehr Geld, als er jemals brauchen wird.

Am Empfang des Restaurants sitzt ein kleiner grauhaariger Mann mit zu eng gebundener Fliege, der mich an einen viktorianischen Butler erinnert. Er steht steif hinter einem Stehpult und lächelt mich freundlich an.

»Bonjour, Madame«, begrüßt er mich höflich.

»Bonjour, Monsieur. J'ai réservé une table au Coop & Fleur. Je m'appelle Eliza East.«

Sobald ich den Mund schließe, runzle ich irritiert die Stirn. Ich spreche Französisch?

Jetzt keine Panik, Liz. Du warst auf einer sauteuren Privatschule. Vermutlich war das ein Pflichtfach.

Ich versuche professionell zu bleiben und mich davon nicht irritieren zu lassen, als der ältere Mann meinen Namen auf seiner Liste abhakt und einen Kellner ruft, der mich zum Tisch führen soll. Ich folge ihm dankend, stocke aber bereits nach wenigen Schritten und fluche leise. War ja klar, dass er schon da ist.

Ian sitzt reglos an unserem Tisch und beobachtet jeden meiner Schritte. Wie ein Jäger, der in der Dämmerung darauf wartet, dass sich ihm die ahnungslose Beute nähert.

Sein Anblick entflammt eine Sehnsucht in mir, auf die ich nicht vorbereitet bin. Ich rede mir ein, dass das nur mein verletzter Stolz ist, der da aus mir spricht, und setze meinen Weg bedächtig fort. Dennoch zögere ich, als der Kellner meinen Stuhl zurückzieht, und suche mit den Augen nach dem nächstmöglichen Ausgang. Erst dann setze ich mich widerwillig und murmele »Guten Abend«.

Bevor Ian etwas erwidern kann, sehe ich demonstrativ in

eine andere Richtung in der Hoffnung, dass er mich auf diese Art in Ruhe lässt, bis Mr. Hitch auftaucht. In der Mitte des Restaurants entdecke ich einen Springbrunnen aus grauem geschliffenen Stein. Wasser rinnt aus dem Mund einer Meerjungfrau, die die Hände gen Himmel streckt und dabei wirkt, als würde sie durch das Wasser ihre Wut in die Welt hinausbrüllen. Sie sieht stark und stolz aus. Wie gern wäre ich ebenso stark und stolz.

Mein Blick schweift weiter durchs Restaurant und stoppt abrupt in der hinteren Ecke. Zwei Männer in dunklen Anzügen sitzen steif an einem Tisch, starren betont gleichgültig auf ihre Karten und wirken dabei merkwürdig wachsam und angespannt.

Instinktiv mustere ich sie genauer, kann aber von hier aus nicht viel mehr erkennen. Am liebsten würde ich aufstehen, um nachzusehen, ob es dieselben Männer sind, die ich vor Davids Boutique verfolgt habe.

Verdammt, Liz. Es gibt tausend Möglichkeiten, was die Typen hier treiben. Aber mit Sicherheit stalken sie dich nicht. Obwohl ich das weiß, mustere ich sie weiter und kann das unbestimmte Gefühl nicht abschütteln, sie von irgendwoher zu kennen. Verdammte Paranoia, denke ich seufzend und reibe mir fahrig über die Stirn.

»Liz?«

Ich schließe flüchtig die Augen, ehe ich mich Ian zuwende und ihm ein kühles Lächeln schenke.

»Mr. Green.«

Ian stöhnt gequält und fährt sich frustriert durch die dunklen Haare. Er trägt wieder einen Anzug in sattem

Schwarz mit weißem Hemd und einer dünnen schwarzen Krawatte. Er sieht einfach großartig aus. Mein Mund wird bei seinem Anblick trocken und meine Hände schwitzig wie bei einem bescheuerten verknallten Teenager. Sehnsüchtig gleitet mein Blick über seine feste Brust, die breiten Schultern und bleibt schließlich an seinen perfekt geschwungenen Lippen hängen.

»Bitte sei nicht so abweisend«, fordert er eindringlich.

Ich blicke ihm direkt in die eisblauen Augen und versuche den Sturm darin zu verstehen.

Was steckt hinter deiner kühlen Fassade, Ian? Was verbirgst du vor dem Rest der Welt und vor mir?

»Ich habe dir nichts zu sagen, Ian.«

»Liz, ich …«

»Darf ich Ihnen etwas zu trinken anbieten, während Sie warten?«, unterbricht uns der Kellner.

Mit gezwungenem Lächeln bestelle ich ein Glas lieblichen Weißwein und ein stilles Wasser. Ian wählt einen kräftigen Rotwein und wartet sichtlich angespannt darauf, dass der Kellner endlich verschwindet. Sobald er gegangen ist, beugt Ian sich dicht zu mir vor und sucht erneut meine Aufmerksamkeit.

»Was in dieser Nacht im V's passiert ist, tut mir aufrichtig leid«, beginnt er beschwörend.

Ich will ihm sagen, dass es mich nicht interessiert, was er zu sagen hat. Aber ich kann nicht. Stattdessen versinke ich immer tiefer in diesen verfluchten Augen.

»Dich zu verletzen war das Letzte, was ich wollte, Liz. Du musst mir glauben, dass ich nur dein Bestes will. Aber es wäre ein Fehler gewesen, die Situation auszunutzen und dir in meinem Büro noch näherzukommen.«

»Ach, wäre es das gewesen?«, entgegne ich höhnisch und reiße mich schwerfällig von seinen Augen los. »Und das ist dir erst aufgefallen, als wir kurz davor waren, es mitten auf deinem Schreibtisch zu treiben?« Ich lache bitter und fahre mit dem Finger über den Rand meiner Serviette, um meine Finger zu beschäftigen. »Und was bedeutet überhaupt ausnutzen? Ich bin eine erwachsene Frau, Ian. Ob du's glaubst oder nicht, ich bin sehr wohl in der Lage, selbst zu entscheiden, ob ich mich ausgenutzt fühle«, setze ich nach. »An einem One-Night-Stand kann ich jedenfalls nichts Verwerfliches finden. Man hat seinen Spaß und sieht sich danach nie wieder. Ich hatte nicht vor, mich unsterblich in dich zu verlieben, falls du davor Angst hattest.«

Seine Miene verrutscht, während ein Muskel an seinem Kinn heftig zuckt. Aber Ian ist ein Profi und hat sich schnell wieder im Griff. Bloß keine Emotionen zeigen. Nicht dass noch jemand auf die blöde Idee kommt, du hättest ein Herz, Ian Green.

»Glaub mir, ich hätte nichts lieber getan, als dir dieses verdammte Kleid vom Körper zu reißen. Nach einer Nacht mit mir wäre dir jeder andere Mann unzulänglich vorgekommen. Du hättest mich nie vergessen und dich in einsamen Nächten an den Erinnerungen unserer gemeinsamen Zeit gewärmt«, flüstert er mit heiserer Stimme.

Eine Welle der Erregung fließt wie heiße Lava durch meine Adern und sammelt sich in meiner Mitte. Schwer atmend presse ich die Schenkel zusammen, um das Pochen zu unterdrücken, und rutsche unruhig auf meinem Stuhl hin und her.

»Wieso hast du es dann nicht getan?«, frage ich. »Ich war da, Ian. Ich war bereit, und ich wollte dich. Gott, ich wollte dich so sehr, dass es mich völlig aus der Bahn geworfen hat.«

»Das ist nicht so einfach, wie du es dir vorstellst, Liz«, entgegnet er verhalten. »Auch wenn es dir schwerfällt, bitte ich dich, mir in diesem Punkt zu glauben. Ich will dich nicht verletzen, aber wenn ich mich nicht bremsen würde, würde es irgendwann geschehen. Und zwar auf eine Art, die du dir nicht vorstellen kannst und gegen die ich machtlos sein könnte. Und ich darf nicht riskieren, machtlos zu sein.«

»Wirklich?«, erwidere ich bitter. »Weil du eine Freundin oder sogar eine Ehefrau hast?«

»Weil es falsch wäre«, antwortet er entschieden und setzt sich plötzlich aufrecht hin.

»Was meinst du …«, beginne ich, aber er bringt mich mit einem auffälligen Blick zum Schweigen.

Ich drehe mich um und setze auf der Stelle eine scheinbar unbeschwerte Miene auf. Dabei wundere ich mich darüber, wie leicht es mir fällt, meine Gefühle hinter einer perfekten Maske zu verbergen. Wieder etwas, das ich perfektioniert habe, ohne zu wissen, wann und wieso.

»Mr. Hitch«, begrüße ich meinen Boss höflich und unterdrücke ein Grinsen, sobald er neben meinem Stuhl stehen bleibt.

Er trägt zu seinem schwarzen Anzug und dem weißen Hemd eine giftgrüne Krawatte mit kleinen braunen Pfeilen.

»Miss East. Bitte bleiben Sie sitzen.« Er legt mir zur Begrüßung väterlich eine Hand auf die Schulter. »Ian, ich hoffe, ich habe Sie nicht zu lang warten lassen? Der Verkehr war wieder einmal grausig. Manchmal habe ich das Gefühl, in dieser Stadt herrscht durchgehend Stau.«

Die Männer reichen sich die Hand, und Ian schüttelt – mit einem undeutbaren Blick auf mich – den Kopf.

»Machen Sie sich keine Gedanken, George. Miss East hat mir die Wartezeit vertrieben.«

»Das ist gut«, kommentiert Mr. Hitch erleichtert und nickt mir dankbar zu.

Sobald er sich hingesetzt hat, bringt der Kellner unsere Getränke. Anscheinend hat mein Boss bereits am Empfang bestellt, denn ihm wird direkt ein Glas Rotwein serviert, ehe der Kellner uns die Speisekarten reicht. Während ich so tue, als könnte ich mich nicht entscheiden, was ich essen möchte, nutze ich die Karte als Sichtschutz zwischen Ian und mir. Was wollte er sagen, als Hitch kam? Wieso wäre es ein Fehler gewesen, wenn wir miteinander geschlafen hätten? Ich meine, es ging doch nur um Sex. Oder nicht?

Während der nächsten Stunden kann ich mich kaum auf das Essen konzentrieren. Als wir schließlich fertig sind, will ich der Situation nur noch entkommen. Dass Ian mir so nahe ist, ich ihn aber dennoch nicht haben kann, zerfrisst mich. Hitch bekommt von meinem inneren Kampf anscheinend nichts mit und bestellt für uns alle einen Espresso, was meinen eleganten Abgang weiter hinauszögert.

Immer wieder huscht Ians Blick zu mir. Er registriert

jede meiner Regungen. Dass er mich so unverhohlen beobachtet, macht mich beinahe wahnsinnig.

»Waren Sie schon einmal in einem meiner Klubs, George?«, fragt er beiläufig und leert seine Tasse.

Mr. Hitch lacht, als sei die Frage absurd, und schüttelt amüsiert den Kopf.

»In meinem Alter geht man nicht mehr in Klubs, Ian. Ich bevorzuge Whiskey- und Zigarrenbars.«

»Vielleicht sollte ich mir Gedanken darüber machen, eine solche Bar in Rosehill zu eröffnen. Die Stadt scheint einen erheblichen Mangel an Vergnügungsmöglichkeiten zu haben. Natürlich bräuchte ich Coop & Fleur dann erneut für das Marketing«, sinniert Ian provozierend, und wieder spüre ich seinen eindringlichen Blick auf mir.

Um der Situation zumindest für einen Augenblick zu entkommen, exe ich meinen Espresso und stehe auf.

»Ich muss mal für kleine Assistentinnen«, erkläre ich entschuldigend und schnappe mir meine Tasche.

Ich brauche dringend einen Moment für mich.

Die Toiletten befinden sich in einem breiten Gang zwischen Bar und Küche. Ich flüchte hinein und atme erleichtert durch, als die Tür hinter mir ins Schloss fällt und ich endlich allein bin. Die Clutch lege ich auf dem Waschtisch ab und sehe einen Moment lang stumm in den runden Spiegel. Zwischen Ian und mir besteht ohne Zweifel eine Verbindung. Ich würde gern behaupten, dass es sich dabei auf körperliche Anziehung beschränkt, aber die Stimme in meinem Kopf sagt mir leider etwas anderes. Dieser Typ geht mir unter die Haut und nistet sich in meinen Gedanken ein wie ein Virus. Und mit jedem neuen Aufeinandertreffen wird es schlimmer.

Ich spritze mir kaltes Wasser ins Gesicht und schnappe mir meinen Lippenstift, als sich plötzlich die Tür hinter mir öffnet. Eine junge Frau stöckelt auf mörderisch hohen Schuhen zu mir, stellt sich neben mich vor den Spiegel und kramt geschäftig in ihrer Tasche. Fix ziehe ich meinen Lippenstift nach und zupfe meinen hohen Pferdeschwanz zurecht, ehe ich mir die Clutch schnappe und zur Tür marschiere, um mich wieder in den Tigerkäfig zu wagen.

»Sie sollten aufpassen, in welcher Gesellschaft Sie sich sehen lassen«, ertönt es in beiläufigem Ton hinter mir.

Irritiert bleibe ich stehen und wende mich der Frau zu. Sie steht vor dem Spiegel und tuscht seelenruhig ihre Wimpern.

»Wie bitte?« Ich mustere sie genauer.

Als Erstes fallen mir ihre langen blonden Haare auf, die in sanften Wellen über ihren Rücken fließen. Sie trägt ein enges hellblaues Trägerkleid und dazu diese schwindelerregend hohen High Heels, in denen ich nicht einmal an meinen besten Tagen laufen könnte.

»Es gibt Menschen, die Ihren Begleiter im Auge behalten und nur auf eine Gelegenheit warten, um ihn bei einem Fehler zu erwischen«, ergänzt sie freundlich und steckt ihr Make-up zurück in die winzige Tasche. Ihr Tonfall wirkt aufgesetzt, dennoch scheint sie ehrlich besorgt. Verwirrend.

»Sorry, aber ich habe wirklich keine Ahnung, was Sie damit meinen. Ich bin mit meinem Boss wegen eines Geschäftsessens hier. Sonst nichts.«

Natürlich bin ich nicht so blöd, auch nur für eine Sekunde in Betracht zu ziehen, dass die Frau über Mr. Hitch spricht.

»Seien Sie einfach froh, dass ich es bin, die Sie beide hier erwischt hat, und nicht einer von denen«, fügt sie schulterzuckend hinzu.

»Von denen?« Ich runzle die Stirn.

Ihre Augen funkeln plötzlich verstehend, und sie presst die Lippen zu einem schmalen, wütenden Strich zusammen.

»Sie haben wirklich keine Ahnung.« Eine Feststellung, keine Frage. »Und er weiß, dass Sie völlig unvorbereitet sind, und zeigt sich dennoch mit Ihnen in der Öffentlichkeit.« Sie schnaubt abwertend und schüttelt den Kopf. »Was soll man da noch sagen? Ian war schon immer sehr impulsiv.«

»Okay«, erwidere ich gedehnt. »Sagen Sie mir einfach, worum es geht. Ich hab nämlich wirklich kein Interesse daran, in irgendeinen Mist reingezogen zu werden, bloß weil ich mit Ian Green bei einem Geschäftsessen gesehen werde. Ich hab genug andere Probleme, das können Sie mir glauben.«

Sie seufzt theatralisch und schlendert entspannt an mir vorbei zur Tür, als würde die Situation sie nicht im Mindesten belasten.

»Wenn es nur so einfach wäre, Schätzchen.«

Trotzig verstelle ich ihr den Weg.

»Wissen Sie«, beginne ich betont ruhig, »ich habe wirklich genug davon, dass mir niemand etwas erzählt. Ständig bekomme ich nur Halbwahrheiten und Andeutungen zu hören. Sagen Sie mir klipp und klar, was Sie von mir wollen, oder lassen Sie mich verdammt noch mal in Ruhe.«

Sie lacht amüsiert und sieht mich dabei an, als hätte sie soeben im Lotto gewonnen.

»Da sind Sie ja endlich wieder«, verkündet sie zufrieden. »Für einen Moment dachte ich, Sie hätten Ihren Kampfgeist verloren. Bewahren Sie sich diese Stärke. Sie werden sie noch brauchen.«

Okay, jetzt bin ich völlig verwirrt.

»Kennen wir uns?«

Die Blondine verzieht die Lippen zu einem beinahe traurigen Lächeln und schüttelt bedauernd den Kopf. »Anscheinend nicht«, antwortet sie leise. Auf einmal legt sie mir eine Hand auf die Schulter und sucht beschwörend meinen Blick. »Ich gebe Ihnen einen gut gemeinten Rat, Schätzchen: Wenn Sie mit Ihrem Leben, so wie es jetzt ist, glücklich sind, halten Sie sich von Ian Green fern. Andernfalls wird Ihre Zukunft Ihnen entgleiten, ohne dass Sie es beeinflussen können.«

Sie nimmt ihre Hand von meiner Schulter und greift hinter mich nach dem Türgriff. Verdattert weiche ich zur Seite und lasse sie gewähren.

»Wenn es dafür nicht bereits zu spät ist«, flüstert sie noch, ehe sie die Tür aufreißt und mit klackernden Schritten verschwindet.

Was zur Hölle war das gerade?

13

»Es war mir wie immer ein Vergnügen, Sie zu treffen, Ian«, schmeichelt mein Boss gekonnt.

Augenrollend entferne ich mich einen Schritt und halte nach einem Taxi Ausschau. Ich möchte so schnell wie möglich von hier verschwinden, um jeden Gedanken an Ian und die mysteriöse Blondine weit hinter mir zu lassen.

»Ich kann Sie mitnehmen, Miss East. Wir müssen in die gleiche Richtung«, höre ich Ian beiläufig anbieten.

Ruckartig drehe ich mich zu ihm um und erinnere mich im letzten Moment an meinen Boss, der es sicherlich nicht gern sehen würde, wenn ich Ian lautstark in die Schranken weise.

Mit einem berechnenden Blick auf Mr. Hitch grinst er mich selbstgefällig an.

»Danke, aber ich möchte Ihnen keine Umstände bereiten, Mr. Green. Ich nehme mir ein Taxi«, erwidere ich in zuckersüßem Ton durch zusammengebissene Zähne.

Mistkerl!

»Das ist sehr freundlich von Ihnen, Ian«, übergeht Mr. Hitch meinen Kommentar und schubst mich Ian förmlich in die Arme. »Passen Sie gut auf sie auf. Ich will Miss East morgen im Büro nicht vermissen müssen«, setzt er zwinkernd nach.

Bilde ich mir das ein, oder versucht mich mein Boss gerade mit seinem wichtigsten Kunden zu verkuppeln? Alles für die Agentur, scheint sein Motto zu sein.

Ian nickt ihm amüsiert zu und legt seine Hand auf meinen Rücken, als sei es für ihn das Normalste auf der Welt, mich zu berühren.

»Was soll der Mist?«, flüstere ich entrüstet.

Er schenkt mir einen warnenden Blick und deutet unauffällig auf meinen Boss. Mir bleibt wohl vorerst nichts anderes übrig, als mich von Mr. Hitch zu verabschieden und Ians Spiel mitzuspielen.

Sobald sein Wagen allerdings außer Sichtweite ist, trete ich eilig von Ian weg und schnaube wütend.

»Du arroganter, überheblicher Mistkerl«, zische ich.

»Was für liebevolle Kosenamen du für mich hast. Wirklich erfrischend.« Ian lacht gut gelaunt. »Wollen wir dann?«

Erneut legt er seine Hand auf meinen Rücken und schiebt mich zu einem schwarzen Mercedes, als würde er meinen Widerstand nicht bemerken.

Widerwillig lasse ich mich von ihm dirigieren, bleibe aber nach zwei Schritten abrupt stehen und reiße erschrocken die Augen auf.

»Lässt du mich beobachten?« Aufsteigende Panik lässt

meine Stimme schrill werden und überflutet meine Gedanken wie ein Tsunami.

Neben Ians Wagen stehen zwei Männer in Schwarz.

Vorhin im Restaurant konnte ich sie nicht genau erkennen, und auch jetzt ist es zu dunkel, um ihre Gesichter deutlich zu sehen, aber die Statur und die schwarzen Anzüge passen. Es müssen dieselben Männer sein, wie die, die bei Starbucks einige Tische neben mir saßen. Wahrscheinlich sind es auch dieselben, die vor Davids Boutique standen.

Ian lacht ausgelassen. »Wie kommst du auf so was, Liz?«

Stur deute ich auf die bulligen Typen in den schwarzen Anzügen und überkreuze abwehrend die Arme vor der Brust.

»Hältst du mich ernsthaft für so blöd, Ian? Denkst du, mir fällt nicht auf, dass ich verfolgt werde?«

Er wirkt irritiert, was ich ihm nicht eine Sekunde lang abkaufe, und greift nach meinem Arm.

Ich will mich losreißen, aber Ians Griff ist zu fest. Er tut mir nicht weh, bleibt aber unerbittlich.

»Das sind mein Chauffeur Tobias und mein Bodyguard Josh«, erklärt er so eindringlich, dass meine Entschlossenheit zu wackeln beginnt. »Ich lasse dich nicht beschatten, Liz. Wenn es dich beruhigt, dann frag die beiden bitte. Ich habe nichts zu verbergen.«

Skeptisch sehe ich zwischen Ian und den Männern hin und her. Könnte er die Wahrheit sagen? Bullige Typen in schwarzen Anzügen sehen aus der Entfernung schließlich alle mehr oder weniger gleich aus. Habe ich mir das alles womöglich eingebildet? Liegt es wieder nur an meiner Paranoia, dass ich mich verfolgt fühle?

Fahrig reibe ich mir übers Gesicht und nicke zerknirscht. Vermutlich sagt er die Wahrheit, und ich drehe langsam durch.

Ian lässt behutsam meinen Arm los und bedeutet mir, vorzugehen. Widerstandslos gehe ich zu seinem Wagen und warte, bis Josh uns die Tür geöffnet hat. Ian bugsiert mich sanft auf den Rücksitz und setzt sich dann dicht neben mich.

Nachdem Josh und Tobias vorn Platz genommen haben und sich der Wagen in Bewegung gesetzt hat, erfüllt angespanntes Schweigen den Innenraum. Unruhig rutsche ich hin und her, vermeide bewusst jeden Blick in Ians Richtung und starre stattdessen stumm aus dem Fenster.

Nach ein paar Minuten höre ich ihn resigniert seufzen. Dann spüre ich seine warme Hand auf meiner.

Zuerst bin ich zu überrascht, um zu reagieren, doch dann verschränke ich meine Finger mit seinen und schließe erschöpft die Augen. Ich bin das Misstrauen leid. Es fühlt sich zu gut und zu intensiv an, wenn ich ihn berühre, als dass es falsch sein könnte. Ian will mich, das hat er vorhin deutlich gesagt. Aber er verbietet es sich und damit auch mir, das zu tun, wonach wir uns sehnen. Wieso tut er uns das an?

Langsam gelingt es mir zu entspannen, und ich lehne den Kopf an seine Schulter, als wäre das etwas völlig Normales für mich.

Ian zuckt kurz zusammen, sodass ich befürchte, er wird

mich erneut von sich stoßen. Doch stattdessen streicht er mir zärtlich über den Handrücken und küsst mich sanft auf den Scheitel.

»Du siehst heute wunderschön aus. Aber ich mag deine Haare noch lieber, wenn du sie offen trägst«, flüstert er gedankenverloren.

»Dafür ist es zu heiß«, murmele ich träge und gähne herzhaft.

Ian streichelt weiter über meine Hand, während ich mehr und mehr abdrifte – bis ich schließlich einschlafe.

Der Schmerz hat endlich aufgehört und ist einer gefährlichen Trägheit gewichen. Meine Glieder pochen zwar noch, aber es macht mir nichts mehr aus. Und während ich ins Nichts abdrifte und den Schmerz beinahe nicht mehr spüre, sehe ich eisblaue Augen, die nur dann glücklich leuchten, wenn sie mich erblicken.

»Liz?«, flüstert jemand und streicht liebevoll über meine Wange. »Color, wir sind da.«

Color?

Ruckartig öffne ich die Augen und blicke verwirrt demselben Blau entgegen, von dem ich eben noch geträumt habe.

»Ian«, bringe ich mühsam hervor.

Eine schmerzhafte Sehnsucht breitet sich in meiner Brust aus, während ich mich aufrichte und sein Gesicht betrachte. Es kommt mir vor, als wäre es ein kostbares Geschenk, vor ihm sitzen zu können. Ihm nah sein zu dürfen, ohne Angst empfinden zu müssen.

Instinktiv fahre ich mit dem Daumen über seine Lippen und präge mir jede winzige Rille genau ein.

Ian zuckt zurück, als hätte ich ihn verbrannt, doch dann schließt er kapitulierend die Augen und lässt mich schweigend gewähren. Und das, obwohl es wirkt, als würde jede meiner Berührungen ihn höllisch leiden lassen.

Die Sehnsucht siegt schließlich über die Vernunft, und meine Lippen treffen auf seine. Vorsichtig, zärtlich und gefühlvoll. Und genauso erwidert Ian meinen Kuss. Wir halten einander fest, necken uns mit den Zungen und geben uns ganz dem kostbaren, zerbrechlichen Moment hin.

Nach einer viel zu kurzen Ewigkeit löse ich mich schwer atmend von ihm und komme wieder in der Realität an. Blinzelnd starre ich durch die Scheibe, während mein Verstand rast und zu begreifen versucht, was hier gerade passiert ist. Ich bin zu Hause. Die Fahrt ist vorbei.

Ian sagt nichts, als ich hektisch nach meiner Clutch greife. Auch nicht, als ich fluchtartig die Autotür öffne und aussteige. Er sieht mich einfach nur an und wirkt dabei tief in Gedanken. Seine Augen strahlen etwas so Verlorenes aus, dass es mir beinahe das Herz bricht. Ich könnte jetzt wortlos gehen, er würde mich nicht zurückhalten, da bin ich mir sicher.

»Wieso träume ich von dir? Wieder und wieder?«, frage ich nahezu lautlos.

Ian reißt entsetzt die Augen auf, wirkt schockiert, hoffnungsvoll und erleichtert zugleich. Dann sehe ich dabei zu, wie er sich innerhalb von Sekunden vor mir verschließt. Bis jeder warme Funke aus ihm gewichen ist und mir bloße Kälte entgegenblickt.

»Weil ich einen unverzeihlichen Fehler begangen habe«, antwortet er mit rauer Stimme.

»Und dass du heute mit mir in aller Öffentlichkeit essen gegangen bist? War das auch ein Fehler? Wirst du mich in Schwierigkeiten bringen?«, frage ich und spüre plötzlich eine unbändige Wut in mir aufsteigen.

»Wie meinst du das?«

»Da war vorhin eine Frau«, erkläre ich ihm mit gepresster Stimme. »Auf der Toilette. Sie meinte, ich solle aufpassen, mit wem ich mich sehen lasse, und dass wir froh sein könnten, dass sie uns gesehen hat und nicht einer von *denen*. Wer sind *die*, Ian?«

»Wie sah die Frau aus?«, fragt er gehetzt und wirft Josh einen kurzen bedeutungsschweren Blick zu.

»Sie war groß und hatte lange blonde Haare. Außerdem trug sie mörderisch hohe Schuhe. Was hat sie damit gemeint, und wer zum Teufel sind *die*?«, wiederhole ich.

»Isabella«, murmelt er düster, und Josh nickt zustimmend. »Ich kümmere mich darum, mach dir keine Sorgen«, ergänzt Ian.

Ehe ich fragen kann, was er damit meint, schließt sich die Autotür vor meiner Nase, und der Mercedes rast davon.

Ich bleibe auf der Straße stehen und starre dem Wagen nach, bis seine Rücklichter von der Dunkelheit verschluckt werden. Ians Nähe ist für mich kaum zu ertragen, trotzdem reißt seine Abwesenheit mein Herz in Stücke.

Irgendwann ringe ich mich schließlich dazu durch, mein Wohnhaus zu betreten, und erst als ich die Tür hinter mir schließe und den Kopf erschöpft daran lehne, fällt es mir auf: Ich hatte Ian nicht gesagt, wo ich wohne.

14

Meine Augen brennen vor Müdigkeit, aber der verdammte Schlaf erlöst mich einfach nicht. Wo steckt der Sandmann, wenn man ihn braucht?

Genervt rutsche ich im Bett von einer Seite zur anderen. Trete die Decke weg, ziehe sie wieder über mich und denke letztlich resignierend an die Schlaftabletten in meiner Nachttischschublade. Dr. Munk hat sie mir während der Prüfungsphase am College verschrieben, aber ich habe sie bisher nicht angerührt. Nach dem, was ich mit den Schmerzmitteln in der Reha durchgemacht habe, bin ich bei Tabletten extrem vorsichtig geworden. Um mich abzulenken, ziehe ich die Ausdrucke unter meiner Matratze hervor, die ich heute Nachmittag dort deponiert habe, und betrachte sie nachdenklich.

Heute Nachmittag, bevor es diesen intimen, verwirrenden Moment zwischen Ian und mir gab. Bevor mir die mysteriöse blonde Frau begegnet ist und bevor ich begriffen habe, dass ich tatsächlich seit Wochen von Ian träume, obwohl das unmöglich sein müsste.

Ich kann seine Lippen noch immer auf meinen fühlen. Kann seine Hand auf meinem Rücken spüren und sehe seinen intensiven Blick, der bis in meine Seele sticht.

Nachdenklich starre ich auf die Zettel in meiner Hand und fahre mir müde übers Gesicht. Ich brauche Hilfe, wenn ich hierbei weiterkommen will, und es gibt mittlerweile nur noch eine Person, der ich vorbehaltlos vertraue.

Entschlossen steige ich aus dem Bett und steuere Camys Zimmer am anderen Ende des Flurs an. Ich klopfe kräftig an die Tür und trete ein, nachdem ich ein verschlafenes »Hmhm?« gehört habe.

Camys Zimmer ist genauso wie sie selbst. Schrill, chaotisch und liebenswert. Ihre hellrosa Bettwäsche ist unter den Unmengen an kunterbunten Dekokissen, die sich über das ganze Bett verteilen, kaum noch zu erkennen. Über der dunklen Kommode neben der Tür hängt ein billiger Kunstdruck von der Mona Lisa mit gelber Sonnenbrille, die mit den Fingern das Peace-Symbol formt, und über dem Bett prangt eine Uhr in Form einer lachenden Sonne.

Camy rutscht ein Stück zur Seite und hebt auffordernd ihre Decke. Eilig schlüpfe ich darunter, um meine kalten Füße zu wärmen, und lehne mich mit dem Rücken an die Wand.

»Kannst du nicht schlafen?«, nuschelt sie schlaftrunken und stützt den Kopf auf die Hand, um mich fragend anzusehen.

»Hab zu viel im Kopf. Und du?«

Sie zuckt mit den Schultern und gähnt mir herzhaft ins Gesicht. »Ich hab bis eben für einen Artikel recherchiert.«

Ich deute auf die Zettel in meiner Hand.

»Was ist das?«, fragt Camy kratzig und reibt sich mit der freien Hand über die Augen.

»Ich hab mich gegoogelt«, gestehe ich ihr beschämt und seufze.

Camy nickt verstehend und setzt sich auf. Ich sehe ihr an, wie müde sie ist, aber ihre Neugier siegt, wie immer. Sie ist eben eine echte Journalistin.

»Was hast du herausgefunden, Sherlock?«

Jahrelang habe ich mich geweigert, mich selbst zu googeln. Anthony hat mir davon stets vehement abgeraten. Die Gefahr sei zu groß, dass die Internetergebnisse mich nur mehr verwirren und verhindern, dass meine realen Erinnerungen zurückkehren. Zwar war ich von seiner Argumentation nie gänzlich überzeugt, doch ich habe mich daran gehalten – wahrscheinlich auch aus Angst, was ich über mich selbst und meine Eltern im Internet erfahren könnte. Camy hat das nie verstanden und mir immer zugeredet, es könnte hilfreich sein, mehr über meine Vergangenheit herauszufinden. Allein dafür, dass sie mir das nun nicht vorhält, liebe ich sie umso mehr.

»Ich hab einige Artikel über meine Eltern gefunden, in denen es darum geht, dass sie Immobilien gekauft, restauriert und sehr gewinnbringend weiterverkauft haben«, erkläre ich. »Alles große Anwesen, Villen, Herrenhäuser. Sie scheinen überall in den Staaten gearbeitet zu haben, wobei ihre meisten Projekte in Chicago oder in der Nähe lagen.«

Ich schaue auf das Blatt Papier und hole tief Luft. »Hör mal, was hier steht: Wieder hat es das talentierte Ehepaar East geschafft, aus einer Ruine ein Schloss zu zaubern. Caroline und Alexander East sind in den wenigen Jahren seit ihrer Firmengründung zu den besten Immobilienmaklern Chicagos aufgestiegen.«

Heute Nachmittag habe ich minutenlang auf das Foto meiner Eltern gestarrt, das zum Artikel gehört. Seit dem Unfall war ich dazu nicht mehr in der Lage. Zu überwältigend war die Angst davor, dass ich sie wiedererkennen und noch schmerzhafter vermissen könnte. Doch noch größer war die Angst, dass ich sie nicht wiedererkenne. Und genauso ist es. Ich fühle gar nichts. Nicht einen winzigen Funken von Erkennen oder Vermissen.

»Such nach etwas in ihren Gesichtern, das dich an mich erinnert«, fordere ich Camy nun eindringlich auf und reiche ihr den Ausdruck.

Sie mustert das Bild eingehend, kneift dabei die Augen zusammen und legt grübelnd den Kopf schief. Als sie es mir schließlich zurückgibt, dabei traurig lächelt und tröstend mein Bein drückt, sind Worte überflüssig. Ich weiß auch so, was sie denkt. Mir geht es immerhin genauso.

Caroline ist hellblond, Alexander dunkelblond. Sie ist eine kleine Frau mit braunen warmen Augen, einer spitzen Nase und rundem Gesicht. Alexander hingegen ist mittelgroß, mit blaugrauen Augen, breitem Kinn und einer großen Nase.

Vielleicht komme ich nach meinen Großeltern? Camy sieht ihrer Mom auch nicht ähnlich und ist dennoch unbestreitbar Glorias Tochter.

»Über mich selbst konnte ich kaum etwas finden«, erzähle ich ernüchtert mit Blick auf den nächsten Artikel. »Einmal taucht mein Name in einer Liste von Cheerleadern auf, von einer elitären Privatschule in Chicago. Das war's. Als hätte ich mich mein Leben lang aus der Öffentlichkeit rausgehalten.«

»Du warst ernsthaft Cheerleader?« Camy lacht überrascht und scheint nun endgültig wach zu sein.

»Kannst du dir das wirklich vorstellen?«, frage ich. »Ich, als pomponschwingende Tussi mit Minirock, die Footballspielern zujubelt?«

Augenblicklich wird sie ernst und zuckt vage mit den Schultern. »Es gibt mehr Eliza Easts in den USA als nur dich. Vielleicht bist das nicht du in dem Artikel.«

»Könnte was dran sein. Aber was ist dann damit?«, frage ich und deute mit dem Kinn auf ein weiteres Blatt Papier.

Wieder ein Artikel mit einem Foto. Camy greift neugierig danach und sieht mich fragend von der Seite an.

»Das Foto stammt von einer Spendengala für krebskranke Kinder. Es wurde vor sechs Jahren geschossen«, erläutere ich.

Auf dem Bild bin ich zu sehen, umringt von mir unbekannten Menschen. Ich trage ein langes schwarzes Kleid, welches über und über im Licht funkelt. Genau wie das Kleid in meiner Erinnerung …

Camy nickt verstehend und beginnt laut zu lesen: »Die diesjährige Help-the-Children-Gala fand im neu eröffneten Section 4 in New York statt. Bis in die späten Achtzigerjahre war das Hotel die Topadresse der Upperclass. Als der ehemalige Besitzer sich 1993 nach Drogenskandalen und Geldproblemen schließlich zur Ruhe setzte, wurde das Hotel geschlossen. Nach seinem Tod ergriff das Ehepaar Caroline und Alexander East die Chance, es von den Hotelerben zu erwerben und zu renovieren. Vor einem Jahr wechselte es schließlich erneut den Besitzer. Die Founders Group eröffnete die einstige Topadresse neu und …«

Sie zieht die Augenbrauen zusammen und verstummt. Ich weiß genau, woran sie denkt.

»Seit ich den Artikel gelesen habe, muss ich an den Typen aus dem V's denken. Er war fest davon überzeugt, mich auf einer Gala in New York kennengelernt zu haben, erinnerst du dich? Vielleicht ist da ja doch etwas dran, Camy. Aber wieso hat er mich Violet genannt?«

»Ich weiß es nicht«, antwortet sie unsicher und reicht mir die Zettel zurück.

Ich falte sie mehrmals und lege sie neben mich auf ihren Nachttisch. Dabei werfe ich einen Blick auf die Uhr und seufze frustriert. Kurz nach ein Uhr. Wenn ich nicht bald schlafen gehe, werde ich morgen bei der Arbeit völlig übermüdet sein.

»Ich weiß, du willst davon nichts hören und mir gefällt das ebenso wenig, aber … na ja …«, druckst Camy herum.

Abwartend sehe ich meine Freundin an.

»Ian gehört das V's, und dieser Typ war im VIP-Bereich, in den man nur kommt, wenn man auf der Liste steht. Vielleicht kann er dir helfen, ihn zu finden.«

»Nein«, erwidere ich sofort und schüttle entschieden den Kopf. »Ich kenne Ian kaum und weiß nicht, ob ich ihm trauen kann. Wenn ich an diese Liste kommen will, muss ich mir etwas anderes einfallen lassen.«

»Ist heute Abend irgendwas zwischen euch passiert?«

Mist. Camy kennt mich einfach zu gut.

»Er hat mich in seinem Wagen nach Hause gebracht«, erkläre ich schwammig und weiche beschämt ihrem Blick aus. »Und dann habe ich ihn geküsst.«

»Du ihn?« Erneut zieht sie die Brauen zusammen. »Ich dachte, du wolltest dich von ihm fernhalten?«

Nervös nage ich am Daumen und starre zur Mona Lisa.

»Wollte ich. Will ich, aber … verdammt!« Jetzt blicke ich Camy offen ins Gesicht. »Keine Ahnung, was ich will. Der Typ geht mir unter die Haut. Sobald er in meiner Nähe ist, würde ich ihn am liebsten nah an mich ziehen und gleichzeitig von mir stoßen. Dieses Gefühlschaos macht mich fertig.«

Meine Freundin drückt tröstend meinen Arm.

»Wenn Anthony endlich mit der Wahrheit rausrücken würde, wäre ich vermutlich nicht so abgelenkt und könnte mir Ian leichter aus dem Kopf schlagen.«

»Ich hab das Gefühl, heute ganz schön viel verpasst zu haben«, sagt Camy und schiebt sich eine dunkle Locke aus der Stirn.

»Ich habe Anthony nach der Arbeit angerufen und ihn gefragt, ob ich in der Vergangenheit etwas mit Kampfsport zu tun hatte«, erläutere ich knapp und erschaudere beim Gedanken daran, wie merkwürdig er sich verhalten hat. »Zuerst wollte er nichts dazu sagen, aber dann meinte er, ich hätte mich selbst schützen müssen.«

Erschrocken reißt Camy die Augen auf. »Wieso denn das? Vor wem musstest du dich schützen? Etwa vor deinen Eltern?«

»Nein«, erwidere ich lahm. »Anthony meinte, mir gegenüber waren sie nie gewalttätig.«

»Aber gegenüber anderen?«, ruft sie. »Verdammt, Liz! Deine Eltern waren Immobilienmakler. Solche Leute sind nicht brutal!«

»Das Gleiche hab ich auch gedacht. Deshalb habe ich Anthony gefragt, ob er mir etwas verheimlicht.« Ich stocke und reibe mir erschöpft über die Stirn. Unendlich müde kuschle ich mich an meine Freundin, die schützend den Arm um mich legt und mir sanft über den Kopf streichelt.

»Was hat er geantwortet?«

»Gar nichts«, wispere ich.

»Denkst du, du bist in einem Zeugenschutzprogramm oder so?«, sinniert sie laut. »Das würde zumindest erklären, wieso du keine Ähnlichkeit mit den Leuten auf dem Foto hast und wieso es im Internet keine Fotos von dir gibt.«

»Keine Ahnung. Das Einzige, worin ich mir inzwischen sicher bin, ist, dass Caroline und Alexander East nicht meine Eltern sind.«

Ich bin an einem Punkt angekommen, an dem ich nicht mehr zurück kann. Es gibt inzwischen zu viele offene Fragen, auf die ich eine Antwort brauche, wenn ich je wieder ruhig schlafen will. Natürlich habe ich immer noch Angst davor, was ich erfahren könnte. Aber ich muss wissen, was Anthony vor mir verbirgt. Wurde ich adoptiert und sehe den Easts deshalb nicht ähnlich? Oder hat Camy mit ihrer Vermutung recht, und ich bin im Zeugenschutz? Wieso nannte mich dieser Typ im Klub Violet? Und was zum Teufel ist das zwischen Ian und mir?

»Wenn du willst, forsche ich morgen im Archiv der Zeitung nach. Es wird mit Sicherheit niemanden interessieren, dass die Neue in alten Unterlagen wühlt. Ich könnte auch Eric fragen, ob er sich für uns umhört. Er arbeitet in der Rechtsabteilung einer großen Versicherung. Vielleicht kommt er an Versicherungsunterlagen zu dem Unfall der Easts ran«, schlägt Camy vor. »Und jetzt schlaf. Als wandelnder Zombie hilfst du niemandem. Und am wenigsten dir selbst.«

Sie rutscht tiefer und bettet meinen Kopf auf ihrer Brust. Träge rücke ich näher an sie heran, schlinge einen Arm um ihren Bauch und freue mich auf das vertraute Schnarchen, das mich in den Schlaf begleiten wird.

15

Ein energisches Klingeln an der Tür weckt mich.

Genervt reiße ich die Augen auf und bin wegen des Krachs innerhalb von Sekunden hellwach. Wer zum Teufel klingelt hier mitten in der Nacht Sturm? Irritiert werfe ich einen Blick auf die Uhr über Camys Bett.

»Verdammt, verdammt, verdammt!«

Ich habe verschlafen. Extrem verschlafen. Es ist bereits kurz vor zehn Uhr, und ich hätte vor einer Stunde an meinem Tisch im Büro sitzen sollen.

Erneut klingelt es mehrmals hintereinander an der Tür, und nun bin ich endgültig hellwach.

Hektisch springe ich aus dem Bett und laufe durch die verwaiste Wohnung.

Die benutzte Kaffeetasse auf dem Küchentresen und die fehlenden Schuhe im Flur zeigen mir, dass Camy zur Arbeit gegangen ist und mich einfach hat weiterschlafen lassen. Ganz toll. Ich komme an meinem zweiten Tag zu spät.

Die Kündigung kann ich mir garantiert direkt bei Amy abholen.

Fluchend stolpere ich zur Wohnungstür, reiße sie mit Schwung auf und stehe unerwartet David gegenüber.

»Hey«, begrüße ich ihn verlegen und ziehe das kurze weiße T-Shirt, das ich zum Schlafen trage, so weit es geht über meinen Po. »Was machst du hier?«

»Keine Sorge, ich will nicht zu dir«, erwidert er kurz angebunden und schielt an mir vorbei in die Wohnung. »Camy hat sich letztens das Ladekabel von meinem Laptop geliehen und ich brauch's dringend wieder.«

»Bist du immer noch eingeschnappt, weil du denkst, ich hätte dich belogen?«, erwidere ich kopfschüttelnd.

»Willst du mir immer noch erzählen, du hättest keinen Freund?«, fragt er, und ich verdrehe die Augen.

»Denk halt, was du willst«, erwidere ich genervt. »Camy ist nicht da.«

»Mierda«, flucht er laut und reibt sich über den Nacken. »Was dagegen, wenn ich schnell danach suche?«

Unentschlossen sehe ich zwischen David und dem Wohnzimmer hin und her und klopfe angespannt mit den Fingern auf den Türrahmen.

»Ich werd euch schon nicht ausrauben, Liz. Ich brauche das Teil wirklich dringend, um eine Bestellung zu machen, und störe auch nicht lange«, bittet er.

»Na schön, komm rein«, willige ich ein und lasse ihn an mir vorbei in die Wohnung treten. »Normalerweise lädt sie den Laptop im Wohnzimmer auf. Guck dich um, ich muss mich für die Arbeit fertig machen.«

»Alles klar.«

Nach einem Blick auf die Wanduhr im Wohnzimmer sprinte ich eilig in mein Zimmer. Das Handy auf dem Nachttisch blinkt mir hektisch entgegen, und ich stöhne frustriert auf. Bestimmt hat das Büro schon mehrmals versucht, mich zu erreichen. Zögernd greife ich danach und entdecke mehrere ungelesene Nachrichten. Die erste ist von Camy, die mir einen guten Morgen wünscht und mir mitteilt, dass sie bei Coop & Fleur angerufen und mich krankgemeldet hat. Anscheinend war sie der Meinung, ich bräuchte den Tag, um mit mir selbst ins Reine zu kommen. Keine Ahnung, ob ich jetzt erleichtert oder sauer sein soll. Immerhin wissen sie in der Agentur Bescheid, und ich komme nicht zu spät. Gar nicht hinzugehen ist allerdings auch keine Option für mich. Also entscheide ich, mich anzuziehen und zur Arbeit zu fahren. Am besten erzähle ich Mr. Hitch, ich hätte Kopfschmerzen gehabt und eine Tablette genommen, sodass ich mich jetzt fit genug fühle, um zu arbeiten. Hoffentlich kauft er mir das ab.

Als Nächstes lese ich eine Nachricht von Anthony, in der er einen Besuch ankündigt, damit wir in Ruhe über alles reden können. Als ob ich bis dahin brav rumsitzen und auf Antworten warten würde.

Die anderen Nachrichten sind von einer mir unbekannten Nummer, also ignoriere ich sie fürs Erste und ziehe das T-Shirt aus, um unter die Dusche zu springen.

»Hab's gefunden!«

Erschrocken quietsche ich auf und überkreuze die Arme vor meinen nackten Brüsten.

»Hast du noch nie etwas von Anklopfen gehört?« Wo habe ich bloß das dumme T-Shirt hingeworfen? Ich wende mich von David ab und werfe ihm einen kurzen Blick über die Schulter zu.

Er steht stocksteif in meiner Zimmertür und hält das Ladegerät in der linken Hand. Sein Blick haftet an mir wie Harz an einem Baum. Er wirkt wie hypnotisiert.

»Wie hast du neulich gesagt?«, feixe ich nervös. »Ein schöner Rücken kann durchaus entzücken?«

Ich warte darauf, dass er ebenso peinlich berührt ist wie ich. Dass er nervös lacht, sich entschuldigt und zurück ins Wohnzimmer geht. Doch nichts davon passiert.

»David?«, frage ich mit zittriger Stimme und will nach meinem Kopfkissen greifen, um es vor mich zu halten, als ich etwas hinter mir laut rumpeln höre.

Plötzlich packt David mich von hinten hart an den Schultern und presst sich an mich.

Ich erschaudere vor Schock und Ekel, als er genüsslich an meinem Hals riecht, und winde mich in seinem festen Griff. Dann reagiere ich nur noch instinktiv.

Ich lasse meinen Kopf nach hinten schnellen und verpasse David damit einen schmerzhaften Hieb ins Gesicht. Er keucht auf, lässt mich los und taumelt zurück. Blitzschnell drehe ich mich um und kicke ihn mit dem Fuß hart in den Magen.

Doch David wird durch meine Gegenwehr nur rasender. Mit einem Wutschrei stürzt er sich erneut auf mich und bekommt meine Haare zu fassen. Brutal reißt er meinen Kopf daran nach hinten.

»David, verdammt, lass mich los«, bringe ich mühsam hervor.

Aber David, einer meiner engsten Freunde, der immer lustig und freundlich war, reagiert nicht. Stattdessen saugt er erneut meinen Duft ein und fährt mit der Zunge langsam über meine Ohrmuschel.

Er stößt mich mit dem Gesicht gegen die Wand und umschließt meine Handgelenke auf dem Rücken mit seiner rechten Hand. Dann spüre ich, wie ich gefesselt werde. Wahrscheinlich hat David nach Camys Ladekabel gegriffen. Nur wegen des Kabels habe ich ihn überhaupt in die Wohnung gelassen, und jetzt wird das Teil zu meiner Fessel. Mit unerbittlicher Kraft schnürt er meine Hände damit zusammen und macht mich bewegungsunfähig.

»Du hast keine Ahnung, wie oft ich mir vorgestellt habe, wie du nackt aussiehst, Bella«, raunt er mir zu. »Wie oft ich mir gewünscht habe, dass du dich mir hingibst« ergänzt er und presst seinen Schritt enger an mich.

Ich bekomme eine Gänsehaut vor Ekel und unterdrücke ein Würgen. David packt mich, wirbelt mich herum und sieht mir starr ins Gesicht.

Jetzt sollte ich ihm in den Schritt treten, ihm eine Kopfnuss verpassen, ihn anspucken. Tausend Gedanken jagen mir durch den Kopf, wie ich mich gegen David verteidigen könnte. Doch ein Blick in seine hasserfüllten Augen lähmt mich vor Schock.

Er streichelt mit der Linken über meine Brüste und greift plötzlich so brutal zu, dass ich vor Schmerzen aufschreie.

»Du hast mich hingehalten, Chica«, raunt er gepresst.

»Ich habe den netten Kumpel gespielt. War immer freundlich und hilfsbereit, und was habe ich dafür bekommen? Nichts!« Seine Stimme hat sich mittlerweile zu einem Brüllen gesteigert, das meine Ohren zum Klingeln bringt. »Stattdessen hast du mir deinen verdammten Freund verheimlicht und mich ausgenutzt! Aber damit ist Schluss. Ich nehme mir jetzt, was mir zusteht, und du wirst es genießen. Wenn ich mit dir fertig bin, wirst du mich nie wieder vergessen.«

Ehe ich begreife, was er da tut, dreht er mich erneut mit dem Gesicht zur Wand und reißt mir das Höschen runter.

»Jetzt gehörst du mir«, flüstert er, und erneut überläuft mich ein Schauder vor Abscheu.

Wieder reißt David brutal meinen Kopf an den Haaren nach hinten, und ich schreie vor Schmerz laut auf. Irgendwo in mir legt sich in diesem Augenblick endlich ein Schalter um. Ich brülle um Hilfe und versuche verzweifelt, nach ihm zu treten. Doch er schmettert meinen Kopf hart gegen die Wand. Ich schmecke Blut auf der Zunge, und plötzlich wird mir schwindlig. Meine Knie drohen nachzugeben, und meine Lider werden schwer wie Blei.

David umfasst meine Taille, reißt mich hoch und wirft mich aufs Bett, als wäre ich eine Puppe. Sofort ist er über mir und drängt sich zwischen meine Beine. Ich winde mich unter ihm, aber das schmerzhafte Pochen in meinem Kopf wird mit jeder Bewegung stärker und hindert mich daran, mich ernsthaft zu wehren.

»Fahr zur Hölle, David«, zische ich ihn mit letzter Kraft an und versuche verzweifelt, meine Hände aus den Fesseln zu lösen.

Er lacht kalt, und im nächsten Augenblick spüre ich ihn zwischen meinen Beinen.

Verzweifelte Tränen rinnen mir über die Wangen, als ich realisiere, dass ich mich allein nicht aus Davids Fängen befreien kann. Mit seinem ganzen Körpergewicht drückt er mich nach unten, und ich bin inzwischen zu schwach, um ihn abzuschütteln. Ich habe keine Chance …

Plötzlich spüre ich, wie der Druck von mir genommen wird. David wird von mir weggerissen und landet hart auf dem Boden.

Unvermittelt steht Josh vor mir, Ians Bodyguard. Er löst gekonnt meine Fesseln und wickelt mich dann behutsam in eine Decke ein.

»Alles in Ordnung mit Ihnen? Sind wir zu spät?«

Ich schüttle zitternd den Kopf, und er atmet erleichtert aus.

Keine Ahnung, was Josh in meiner Wohnung zu suchen hat, aber ich bin unendlich dankbar, dass er da ist.

»Wir?«, frage ich heiser.

Josh nickt knapp und tritt einen Schritt zur Seite.

Der Anblick, der sich mir nun bietet, bestürzt und beruhigt mich gleichermaßen.

David liegt auf dem Rücken wie eine hilflose Schildkröte. Über ihm steht Ian. Er hat mich gerettet.

»Ian«, bringe ich mühsam unter Tränen hervor.

Sein Blick aus diesen eisblauen Augen trifft mich für einen Moment, ehe er ihn erneut auf David richtet. Doch der Augenblick hat bereits ausgereicht, um zu erkennen, wie mordlüstern er ist. Ian bebt vor Wut, seine Kiefer mahlen aufeinander, und seine Hände sind zu Fäusten geballt.

»Bring Liz hier raus. Am Ende des Flurs liegt das Zimmer ihrer Mitbewohnerin. Da kann sie sich ausruhen«, weist er Josh an.

»Ian, was …«

»Raus hier!« Seine Stimme ist schneidend wie die Klinge eines Messers, und ich zucke zusammen.

Josh wirft mir einen unsicheren Blick zu, und ich schlinge schützend die Decke fester um mich.

»Können Sie laufen?«, fragt er mich leise.

Ich nicke zögernd und stehe wackelig auf, dabei verrutscht die Decke ein wenig und entblößt einen Teil meiner Quetschungen am Oberkörper.

»Damn!«, brüllt Ian. »Das wirst du büßen«, prophezeit er zwischen zusammengebissenen Zähnen und tritt David so hart in den Bauch, dass dieser sich vor Schmerzen krümmt.

Vermutlich sollte ich bei der Gewalt etwas empfinden. Sollte nicht hinsehen können oder sie vielleicht sogar unterbinden. Stattdessen fühle ich gar nichts. In mir ist nur noch dumpfe Leere.

»Liz, ich …«, röchelt David, aber Ian unterbricht ihn sofort mit einem weiteren harten Tritt in die Leiste.

»Sieh dir an, was du ihr angetan hast, du Stück Dreck!«

Ängstlich folge ich Ians Blick und schlucke trocken.

Mein Dekolleté ist voller Kratzspuren und blauer Flecke. Panisch untersuche ich meine brennenden Handgelenke und versuche hartnäckig, die Tränen zurückzuhalten. Sie sind rot und angeschwollen.

»Bring sie raus«, befiehlt Ian erneut und beugt sich tief über David. »Ich werde nicht lange für dieses Arschloch brauchen«, flüstert er.

»Liz, bitte!«, beginnt David erneut zu betteln. »Ich wollte dir nie wehtun, ich wollte nur …«

»Sei still!«, entgegne ich ihm kalt. Unbändige Wut überkommt mich, aber gleichzeitig erlange ich endlich wieder die Kontrolle über mich und meinen eigenen Körper zurück. »Sei still, oder ich mache dich persönlich kalt, du elendiger Mistkerl! Ich will dich nie wieder sehen oder nur an dich denken müssen. Ich will nie wieder daran erinnert werden, dass du existierst.«

»Du hast die Dame gehört«, verkündet Ian düster. »Und es wird mir ein Vergnügen sein, ihren Wünschen nachzukommen.«

16

»Wieso seid ihr hier?«, flüstere ich dumpf und spiele mit einem Zipfel der dünnen Decke vor meiner Brust.

Josh legt das Buch, das er lustlos durchgeblättert hat, zurück auf Camys Kommode und wendet sich mir zu. Mittlerweile ist einige Zeit vergangen, seit Ian David aus meiner Wohnung geschleift hat.

»Sie haben nicht auf die Nachrichten vom Boss reagiert«, antwortet Josh. »Mr. Green wollte sich erkundigen, wie es Ihnen nach gestern Abend geht. Da Sie nicht geantwortet haben, rief er in Ihrem Büro an, und die sagten, Sie seien krank.«

»Das war meine Mitbewohnerin«, erkläre ich leise und ziehe mir die Decke bis unters Kinn. »Sie hat meinen Wecker ausgestellt und mich krankgemeldet, weil ich nicht gut geschlafen habe.«

Josh nickt verstehend und überkreuzt die Arme vor der breiten Brust, ehe er sich lässig an die Wand neben der Tür lehnt und den Blick durchs Zimmer gleiten lässt.

»Mr. Green wollte nachsehen, wie es Ihnen geht, und als wir hier ankamen, haben wir Ihre Schreie gehört.«

Beschämt wende ich den Blick ab. Warum hat keiner der Nachbarn die Cops gerufen?

»Was wird aus David?«, flüstere ich heiser.

»Das kommt darauf an, wie viel der Boss von ihm übrig lässt«, antwortet Josh trocken.

Sollte ich jetzt erschrocken sein? Garantiert. Aber das bin ich nicht. Im Gegenteil. Ich wünschte, dass ich es wäre, die den Lauf einer Pistole auf Davids Schoß richtet und dafür sorgt, dass er so etwas nie wieder einer Frau antun kann.

»Will ich wissen, woran Sie gerade denken?«, fragt Josh mit einem leisen Lächeln.

Peinlich berührt schüttle ich den Kopf und spüre, wie ich rot anlaufe.

In dem Moment öffnet sich die Tür.

Ian tritt ins Zimmer, ohne mich anzusehen, und gibt Josh ein knappes Zeichen. Routiniert zückt der daraufhin sein Handy und wählt eine Nummer.

»Aktueller Standort. Seid unauffällig«, befiehlt er dem Angerufenen.

»Was ist los? Wird David sich an mir rächen?«, frage ich verängstigt.

Blitzartig zuckt Ians Blick zu mir. Seine Augen sind unergründlich. Unsicher schaue ich nach unten und klammere mich fester an die Decke.

»Josh«, höre ich ihn sagen. »Kümmere dich um unsere Männer und sorg dafür, dass sie leise sind.«

Einen Moment später fällt die Tür ins Schloss, und ich spüre, dass ich jetzt mit Ian allein bin. Spüre seinen eindringlichen Blick auf mir und atme tief durch, um mein galoppierendes Herz zu beruhigen.

Nach einem Moment des Schweigens tritt Ian zu mir heran und setzt sich neben mich auf Camys Bett.

»Liz, sieh mich an«, sagt er sanft.

Ich hebe den Blick und kann die aufgestauten Tränen nicht länger zurückhalten. Ian zieht mich behutsam in seine Arme und reibt mir tröstend über den Rücken. Es ist verrückt, wie sicher ich mich in seiner Nähe fühle. Wie behütet und beschützt.

»Es tut mir so leid«, flüstert er in mein Haar.

»Was tut dir leid?«, frage ich und nehme vorsichtig den Kopf von seiner Brust.

Ian legt sacht eine Hand an meine Wange und streicht zärtlich mit dem Daumen über meine tränennasse Haut. Dabei liegt in seinen Augen ein Selbsthass, den ich nicht nachvollziehen kann und der mir im Herzen wehtut.

»Hätte ich dich gestern Nacht nicht gehen lassen, wäre dieser Mistkerl nicht an dich rangekommen«, erklärt er.

»Du bist nicht schuld an dem, was beinahe passiert wäre, Ian«, antworte ich beschwörend. »Du hast mich gerettet.«

Er schüttelt den Kopf und wirkt erneut so verloren wie gestern in seinem Auto, kurz bevor ich ihn geküsst habe.

»Ich hätte früher hier sein müssen.«

»Du konntest es nicht wissen.«

»Es ist meine Aufgabe, dich zu beschützen. Und darin habe ich versagt.« In seiner Stimme liegt so viel Resignation und Verachtung, dass es mir vor Mitleid kurz die Luft abschnürt.

Entschieden schüttle ich den Kopf. »Wieso sollte es deine Aufgabe sein, mich zu beschützen, Ian? Wir kennen uns kaum. Du bist mir nichts schuldig.«

Er schweigt. Mit seinem Daumen zieht er winzige Kreise auf meiner Wange und verreibt die Tränen, während er mich mit dem anderen Arm fest umschlingt.

Plötzlich wird die Wohnungstür geöffnet, zugeknallt, und eilige Schritte ertönen auf dem Flur. Jemand klopft an die Tür, und Ian schließt flüchtig die Augen, als müsse er sich sammeln. Quälend langsam zieht er sich von mir zurück und nimmt mir damit die Geborgenheit, die ich im Augenblick so dringend brauche.

Mit einem kurzen unglücklichen Blick zu mir geht Ian zur Tür und öffnet sie einen winzigen Spalt. Jemand sagt leise etwas zu ihm und er nickt kurz.

»Seid leise und benehmt euch unauffällig. Falls doch jemand etwas mitbekommt, wisst ihr, was zu tun ist.«

Sein Gegenüber erwidert etwas, das ich nicht verstehe, aber Ian ruckartig die Schultern anspannen lässt.

»Das ist mir egal«, zischt er wütend. »Wenn ihr das versaut, wisst ihr, was passiert.«

Er knallt die Tür mit Wucht zu und bleibt davor stehen.

»Frag mich«, verlangt er plötzlich düster.

»Was soll ich dich fragen?« Erneut schlinge ich die Decke fester um mich.

»Was ich mit dem Drecksack gemacht habe.«

Für einen Moment schweige ich. »Wird er jemals wieder einer Frau so etwas antun können?«, bringe ich dann zögerlich hervor.

Ian lacht kurz und hart, ehe er sich ruppig durchs Haar fährt und sich mir zuwendet.

»Niemals«, antwortet er schlicht.

Mehr muss ich nicht wissen.

»Komm her«, wispere ich und richte mich auf.

Doch Ian verharrt, wo er ist.

»Ich brauche dich, Ian«, sage ich leise. »Bitte wende dich jetzt nicht von mir ab. Zeig mir, dass ich nicht kaputt bin.«

Schlagartig ist er bei mir und nimmt mein Gesicht zwischen die Hände. Ian hebt meinen Kopf an, sodass ich ihm direkt in die Augen sehen muss.

»Sag so etwas nie wieder. Denk nicht einmal, dass du kaputt bist«, befiehlt er mir. »Dass ich dir nicht näher komme, hat nichts mit dem zu tun, was heute passiert ist.«

Traurig senke ich den Blick und starre auf meine Knie. Er will mich nicht an sich heranlassen, selbst jetzt, wo ich seine Nähe so sehr brauche.

Erschrocken ziehe ich die Luft ein, als Ian mich plötzlich auf die Arme hebt, und schlinge reflexartig die Hände um seinen Nacken.

Behutsam trägt er mich in Camys Badezimmer und stellt mich vor ihrer Duschkabine vorsichtig auf die Beine. Die Decke, die ich eng um mich geschlungen hatte, rutscht mir vom Körper.

»Steig in die Dusche«, befiehlt er leise, und ich folge seiner Anweisung, ohne ihn aus den Augen zu lassen.

Ian zieht seine Schuhe und Socken aus. Dann folgt sein Jackett und gibt den Blick auf tiefrote Flecken auf seinem weißen Hemd frei. Erschrocken presse ich die Hände auf den Mund, als ich das viele Blut sehe. Ein Muskel an seinem Kiefer zuckt bei meiner Reaktion verräterisch.

Dennoch bleibt er still, knöpft sein Hemd auf und wirft es zu seiner restlichen Kleidung auf den Boden, bevor er zu mir in die Dusche steigt.

Kein einziges Mal hat er meinen nackten Körper gemustert, was mich beschämt die Arme vor den Brüsten verschränken lässt. Ich starre zu Boden und unterdrücke ein trauriges Seufzen. Er kann mich nicht einmal ansehen.

»Liz, vertrau mir«, bittet Ian sanft.

Ich hebe den Blick, und was ich nun in seinem Gesicht erkenne, raubt mir den Atem. Pure Lust macht aus seinen blauen Augen reißende Flüsse. Wild, stürmisch und bereit, alles aus dem Weg zu räumen, was ihn von mir fernhält. Doch gleichzeitig erkenne ich, wie er sich unter Kontrolle hält, mühsam, unerbittlich mit sich selbst.

Ian dreht das Wasser auf, stellt die Temperatur ein und richtet den Strahl dann auf meine Beine. Fürsorglich lässt er das Wasser meinen Körper entlangprasseln. Als er bei meinen Brüsten ankommt, zucke ich zusammen und presse die Zähne aufeinander. Ian bemerkt meine Reaktion sofort und richtet das Wasser wortlos auf eine andere Stelle.

Er greift nach dem Waschschwamm auf der Ablage und schnappt sich eins von Camys bunten Duschgels. Verunsichert sehe ich dabei zu, wie er die lilafarbene Creme auf dem Schwamm verteilt und sich dann vor mich kniet.

»Deine Hose«, bemerke ich mit Blick auf den nassen Stoff.

»Egal«, erwidert er lapidar und beginnt mich zu waschen.

Abwechselnd hebt er meine Füße an und schäumt sie ein. Dann gleitet er mit dem Schwamm weiter nach oben, fährt vorsichtig meine Beine hinauf und stockt zögernd auf meinen Oberschenkeln.

»Stell die Füße etwas weiter auseinander«, sagt er mit kratziger Stimme.

Ich schlucke hart und folge auch diesem Befehl ohne Widerspruch. Sobald der Schwamm auf meine Mitte trifft, keuche ich auf und stütze mich haltsuchend an der Wand ab. Immer wieder fährt Ian mit dem Schwamm über meine empfindlichste Stelle. Reibt erst sanft, dann drängend darüber, bis ich ein Stöhnen nicht länger unterdrücken kann.

»Ich werde nicht mit dir schlafen, Liz. Aber das bedeutet nicht, dass ich dich nicht begehre oder dir nicht auf andere Weise Lust bereiten kann und auch will.«

»Oh Gott!«, keuche ich atemlos und blicke auf ihn hinunter.

Ian vor mir knien zu sehen ist das Erregendste, das ich jemals gesehen habe. Wasser rinnt über sein Gesicht, an seiner muskulösen, festen Brust hinunter und durchtränkt seine Hose, die inzwischen klatschnass an seinen Beinen klebt.

Sanft fährt Ian mit dem Schwamm die Innenseiten meiner Schenkel entlang, und ich schließe genießend die Augen. Plötzlich spüre ich seinen Kopf zwischen meinen Beinen und halte nervös den Atem an.

»Ian«, wispere ich mit vor Erregung bebender Stimme.

Er lacht auf. »Genieß es, meine Schöne. Lass dich fallen.«

Ohne weitere Vorwarnung trifft seine Zunge auf meine pochende Perle. Meine Knie werden weich, und ich lehne mich an die Duschwand, um Halt zu finden. Ian leckt mich drängend, gekonnt und lustvoll. Ich kann hören, wie er immer wieder leise Stöhnlaute von sich gibt.

»Du schmeckst so gut«, flüstert er und zieht mit der Zunge einen langsamen Kreis über meine Klit. »Du gehörst nur mir, Color.«

Irgendwo im Nebel der Lust erinnere ich mich daran, dass er mich schon einmal Color genannt hat, aber seine immer schneller werdende Zunge lässt jeden klaren Gedanken in meinem Kopf sofort verschwinden. Ians Rhythmus wird drängender, und schon bald verliere ich jegliche Kontrolle. Immer wieder flüstert er, dass ich nur ihm gehöre, und Gott, ja! Ich will nur ihm gehören! Will, dass er mich voll in Besitz nimmt.

Ians Zunge trifft erneut gekonnt den Punkt in meiner Mitte, der alles zum Erbeben bringt, und ich stöhne haltlos seinen Namen. Der Orgasmus überrollt mich so plötzlich und heftig, dass meine Beine nachgeben und ich kraftlos und zitternd auf dem Boden der Dusche zusammensacke. In mir tobt ein Orkan der Gefühle, während ich die letzten Ausläufer des atemberaubenden Orgasmus genieße, die in Wellen durch meinen Körper zucken.

Irgendwann öffne ich die Augen und entdecke Ian, der mich grinsend beobachtet.

»Wehe du kommentierst das jetzt«, drohe ich lächelnd.

Ergeben hebt er die Hände und betrachtet mich so sorglos und gelöst, wie ich es bei ihm nie für möglich gehalten hätte.

Ich werfe einen Blick auf seine Hose und schlucke, sobald ich die eindeutige Beule in seinem Schritt entdecke. Wortlos beuge ich mich vor und greife nach seinem Gürtel, aber Ian packt meine Hand und schüttelt den Kopf.

»Das war nur für dich«, erklärt er zärtlich.

»Aber ich will es, Ian. Ich will dich.«

Gequält senkt er den Blick und fährt sich mutlos durchs Haar. »Das ist meine Strafe.«

»Strafe wofür? Wieso tust du dir das an?«, wispere ich.

Er schluckt hart und greift wortlos nach dem Waschschwamm.

Stumm seift Ian meinen restlichen Körper ein. Ich hocke weiter auf dem Boden, während er mich abspült, das Wasser abdreht und nach einem Handtuch greift, in das er mich vorsichtig einwickelt. Anschließend hebt er mich erneut auf seine Arme, und ich dränge mich an seine feste Brust. Ian gibt mir einen zärtlichen Kuss auf den Scheitel und trägt mich in mein Zimmer.

Anscheinend sind seine Männer gegangen, denn die Wohnung ist totenstill. Mein Bett ist frisch bezogen, und von dem, was in diesem Raum geschehen ist, ist nichts mehr zu sehen.

Sanft legt Ian mich auf meinem Bett ab und deckt mich

zu. Dann dreht er sich zur Tür, doch ich schnappe eilig nach seinem Handgelenk und zwinge ihn, stehenzubleiben.

»Bleib bei mir«, flehe ich ihn an. »Bitte, Ian. Lass mich nicht allein.«

Seine Schultern spannen sich kurz an. Dann wendet er sich mir erneut zu und nickt ergeben.

Glücklich drehe ich mich auf die Seite und rutsche vor, um ihm Platz zu machen. Es dauert einen Moment, bis Ian die Decke anhebt und mich von hinten umarmt. Und als ich die nackte Haut an den Beinen spüre, weiß ich auch, wieso. Er hat sich seiner nassen Hose entledigt, was mich nervös einatmen lässt. Wer hätte das gedacht? Ich liege nur mit einem Handtuch bekleidet mit Ian Green im Bett. Und dennoch wird es keinen Sex geben, weil er sich damit für irgendetwas bestrafen will, von dem ich nichts weiß.

»Erzähl mir etwas«, bitte ich müde und dränge mich dichter an ihn. »Eine Geschichte, zur Ablenkung.«

Sekunden vergehen. Wortlos. Still. Doch dann höre ich Ian Luft holen.

»Es war einmal ein kleiner Junge, der in einer gut bewachten Burg aufwuchs. Er hielt seinen Vater für einen Ritter und seine Mutter für eine gute Fee.«

Ich schließe die Augen. In meinem Kopf formt sich das Bild eines kleinen schwarzhaarigen Jungen mit strahlend blauen Augen, der auf einer Burgmauer mit Steinen spielt.

»Seine Kindheit war schön, seine Eltern liebevoll. Doch der Junge wurde älter und neugieriger. Eines Nachts schlich er sich aus dem Bett und hörte seinen Vater mit einem Halunken aus dem Dorf sprechen. Der Junge wunderte sich darüber, dass sein Vater, der edle Ritter, mit solchen Menschen verkehrte, und fragte ihn am nächsten Morgen danach. Sein Vater zögerte, doch er liebte und vertraute seinem Sohn, und so erfuhr dieser, dass sein Vater viele Spelunken besitzt und nicht immer eine Wahl hat, ob dort dunkle Magie betrieben wird oder nicht.«

»Aber seine Mutter war doch eine gute Fee? Sie hätte etwas tun können«, werfe ich schläfrig ein und spüre, wie Ian an meinem Rücken langsam nickt.

»Das tat sie auch. Doch ihre Zauber waren nicht stark genug. Ein sehr dunkler Magier belegte sie mit einem bösen Fluch, und die gute Fee …«, Ian schluckt plötzlich hart, und ich greife tröstend nach seiner Hand an meinem Bauch.

»Die gute Fee verschwand durch den Zauber, und der inzwischen beinahe erwachsene Junge war mit dem Ritter allein. Er begann seinem Vater in dessen Spelunken zu helfen und folgte dem Weg, der vor ihm leuchtete, an dessen Ende es jedoch stockdunkel war. Als sein Vater starb, musste der nun erwachsene Junge die Spelunken für seinen Vater betreiben, doch auch er konnte sich nicht gegen jeden dunklen Zauber wehren. Er versuchte es mit aller Kraft und besiegte so zumindest die meisten Bösewichte. Doch einen besiegte er nie. Er war der größte und böseste von allen und besaß den kostbarsten Schatz, den sich der Junge vorstellen konnte.«

»Was war das für ein Schatz?«, nuschle ich schlaftrunken.

»Die Liebe«, sagt Ian fast lautlos.

17

Hier herumzustehen und darauf zu hoffen, dass jemand öffnet, ist verschwendete Zeit und absolut sinnlos. Und doch stehe ich mitten am Tag vor einem geschlossenen Klub, um mich zum Affen zu machen.

Als Camy mich gestern geweckt hat, war ich allein. Von Ian, seinen Männern oder dem Vorfall mit David war keine Spur mehr zu finden. Ich erinnerte mich an Joshs Worte und suchte auf meinem Handy die Nachrichten mit unbekannter Herkunft, die mir morgens geschickt worden waren. Aber sie waren nicht mehr da. Anscheinend hat Ian die Zeit genutzt, in der ich geschlafen habe, um alle Spuren zu löschen, die zu ihm führen könnten. In dem Moment, in dem mir das klar wurde, fühlte ich mich betrogen und benutzt. Ich weiß, er hat mich gerettet. Doch es tat so weh, nach diesem Erlebnis allein aufzuwachen statt in den Armen meines Retters.

Camy habe ich nichts von alledem erzählt. Ich habe

keine Ahnung, was aus David geworden ist, und sollte die Polizei eine Untersuchung wegen seines Verschwindens oder wegen Körperverletzung einleiten, will ich sie nicht mit hineinziehen.

Ich atme tief ein und klopfe fest an die schwarze Eisentür des V's. Vielleicht hätte ich es am Personaleingang versuchen sollen, denke ich ungeduldig und schiebe mir die Sonnenbrille ins Haar.

Ich bin aus zwei Gründen hier: erstens, um mit Ian über gestern zu sprechen und endlich zu klären, was das zwischen uns ist. Zweitens, um an den Namen des Typen zu gelangen, der damals im VIP-Bereich behauptete, mich wiedererkannt zu haben, und der mich Violet nannte.

Ich warte einige Sekunden, ehe ich erneut an die Tür klopfe.

Gerade als ich mich umdrehen und gehen will, höre ich einen Schlüssel im Schloss rucken. Im nächsten Augenblick stehe ich einem Typen gegenüber, der mich überrascht anstarrt.

Der Kerl ist groß, was vermutlich zur Voraussetzung gehört, wenn man Türsteher werden will. Sein athletischer Körper steckt in einer Bluejeans, die ihm locker auf den Hüften sitzt, und in einem engen schwarzen Langarmshirt. Er hat hellblonde Locken, die ihn deutlich weicher wirken lassen, als seine Statur es auf den ersten Blick vermuten lässt. Sie verleihen ihm etwas Freches, das perfekt zu dem jungenhaften Funkeln in seinen blauen Augen passt.

Sein Blick gleitet bedächtig an mir auf und ab, und ich laufe knallrot an.

Ich räuspere mich extra laut und verschränke tadelnd die Arme vor der Brust. Blondie guckt mir ruckartig wieder ins Gesicht. Er grinst frech, und ich stocke irritiert. Sein Blick kommt mir bekannt vor. Oder?

»Ich möchte zu Ian Green«, erkläre ich unkonzentriert.

Woher kenne ich den Kerl? Hat er an dem Abend gearbeitet, als ich mit Camy hier war?

Er nickt, als sei es völlig normal, dass jemand mitten am Tag vor dem geschlossenen Klub steht, um mit seinem Boss zu sprechen. Dann öffnet er die Tür, sodass ich durchschlüpfen kann, um der brennenden Sonne zu entkommen, und lässt sie hinter mir laut ins Schloss fallen.

»Ian müsste jeden Moment kommen. Du kannst in seinem Büro warten, wenn du willst. Den Weg kennst du ja.«

Ich versuche mir meine Irritation nicht anmerken zu lassen und nicke dumpf. Vermutlich kommen öfter Frauen her, um sich mit Ian zu treffen. Dieser Gedanke versetzt mir einen bitteren, eifersüchtigen Stich, über den ich mich selbst ärgere. Ian gehört mir nicht, also habe ich auch kein Recht, eifersüchtig zu sein.

»Du findest mich an der Bar, wenn du was brauchst, Color«, erklärt Blondie zwinkernd und marschiert fröhlich davon.

»Hey, warte!«, rufe ich schrill.

Prompt dreht er sich um und hebt grinsend eine Braue.

»Wieso …« Wieso hast du mich so genannt und wieso wird mir warm ums Herz, wenn du es tust? will ich fragen. Aber etwas hält mich davon ab. »Wie heißt du?«, frage ich stattdessen.

»Ach, wie gut, dass niemand weiß, dass ich wie noch einmal heiß?«, trällert er fröhlich und schlendert grinsend weiter.

Freak, denke ich und muss leise lachen, als ich ihn an der Bar gut gelaunt Kinderlieder singen höre.

Da ich den Weg zu Ians Büro tatsächlich noch kenne, durchquere ich die untere Etage und steuere die geschwungene Treppe an, die zum VIP-Bereich führt. Zielsicher steige ich die Stufen hinauf, trete an den leeren Tischen vorbei und betrete den Gang neben der Bar. Vor Ians Büro halte ich schließlich zögernd inne. Tausend Fragen schießen mir durch den Kopf. Zu meinen Eltern, zu den Online-Artikeln, zu Anthony, zu den schwarz gekleideten Männern, zu der wertvollen Spieluhr.

Was hat Ian mit all dem zu tun? Er ist der Schlüssel zu meiner Vergangenheit. Das spüre ich, auch wenn ich noch nicht weiß, wieso.

Entschlossen drücke ich den Rücken durch und greife nach dem Türgriff. Jetzt oder nie.

Sobald ich die Tür geöffnet habe, überwältigen mich die Erinnerungen an unsere erste Begegnung in diesem Raum. Wie Ian sich nah an mich gedrängt hat. Wie sehr ich ihn begehrt habe – und es immer noch tue. Ich schließe leise die Tür hinter mir und sehe mich um. Ians Büro ist minimalistisch eingerichtet. Ich finde nichts Persönliches, das mir mehr über ihn verraten könnte. Keine Fotos, Erinnerungsstücke oder Ähnliches. Kurz entschlossen trete ich hinter den Schreibtisch und blättere die Unterlagen darauf durch. Getränkebestellungen, Lohntabellen und eine Liste mit Daten für zukünftige Veranstaltungen hier im Klub. Nichts, was mir weiterhelfen könnte. Den Laptop ignoriere ich. Er ist mit Sicherheit passwortgeschützt.

Als ich die oberste Schreibtischschublade öffne, entfährt mir ein freudiges Quietschen. Jackpot. Vorsichtig nehme ich die Listen heraus, die mit *VIPs* überschrieben sind, und blättere bis zu dem Datum vor zwei Wochen zurück. Camys und meinen Namen entdecke ich im unteren Drittel der zweiten Seite und runzle bei dem Anblick die Stirn. Sie wurden rot umrandet. Hinter ihnen hat jemand in ordentlicher Schrift *dauerhafter Zutritt* notiert.

Wieso erhalten wir dauerhaften Zutritt zum VIP-Bereich? Ist das Glorias Werk, oder hat Ian die Anweisung dazu gegeben? Ich zücke mein Handy und fotografiere alle drei Seiten ab. Darauf stehen so viele Namen, dass ich ewig brauchen werde, um den Typen zu finden.

Obwohl ich zu gern weiter in Ians Unterlagen stöbern würde, lege ich die Zettel ordentlich zurück in die Schublade und schließe sie. Blondie hat gesagt, dass Ian jeden Moment kommen wird, und ich sollte mein Glück nicht länger als unbedingt nötig herausfordern.

Seufzend wende ich mich zum Fenster und lehne mich mit der Hüfte dagegen. Hinter dem V's liegt ein kleiner Park, was mich überrascht. Ich hatte mit einem verwilderten Hinterhof gerechnet, in dem sich leere Bierfässer und Kisten stapeln. Stattdessen sehe ich gepflegte Bäume und Büsche, die von einem hohen Zaun umgeben sind. Ich entdecke zwei Sitzbänke, eine offene Feuerstelle mit verglühter Kohle und sogar einen niedlichen Teich, auf dem Wasserrosen treiben.

Ein Garten Eden inmitten der Hölle, schießt es mir durch den Kopf – und plötzlich stehe ich nicht mehr am Fenster.

Ich bin in einem riesigen Garten. Irgendwo zwitschern Vögel, und ich höre das leise Plätschern von Wasser. Es wirkt so weitläufig, dass man meinen könnte, es sei ein öffentlicher Park. Aber ich weiß, es ist ein Garten. Sein Garten.

Ich schlendere zu einem uralten Baum und genieße, wie mich das Gras bei jedem Schritt zwischen den nackten Zehen kitzelt. Entspannt lehne ich mich mit dem Rücken an den dicken Stamm und schließe verträumt die Augen.

Hier ist es so friedlich und still. Man könnte glauben, die Hölle, die hinter dem Zaun wartet und sich trügerisch mein Leben nennt, könne mich hier nicht finden. In diesem Garten bin ich glücklich und frei. Dann merke ich, wie jemand auf mich zutritt. Ians herber Duft hüllt mich ein. Er ist mir so vertraut. Ich spüre, wie er seine Arme um mich legt, und fühle mich augenblicklich sicher und geliebt.

Ich brauche die Augen nicht zu öffnen, um zu wissen, dass Ian auch in der Realität dicht bei mir steht. Ich spüre ihn. Spüre seine Nähe, seine Stärke und meine Liebe zu ihm mit jeder Faser meines Körpers. Es ist doch Liebe, oder? Es muss Liebe sein. Was sonst könnte sich so vollkommen anfühlen?

»Color«, raunt Ian und streicht mir zärtlich den Pony aus der Stirn. »Was ist los? Du wirkst unglücklich.«

Langsam öffne ich die Augen, wende mich ihm zu und

nehme seinen Anblick in mir auf. Dieser Mann ist wie eine Droge, von der ich nicht loskomme. Und genau wie eine Droge wird er irgendwann mein Untergang sein.

»Natürlich bin ich unglücklich«, flüstere ich tonlos. »Ich habe mich in dich verliebt, ohne dich zu kennen. In einen Mann, der nie ganz mir gehören wird. Welche Zukunft kann diese Liebe haben, wenn sie auf Lügen und Geheimnissen beruht?«

Behutsam umfasst er mein Gesicht und küsst mich zärtlich auf den Scheitel.

»Wir werden eine Zukunft haben. Das verspreche ich dir.«

»Wie kannst du das versprechen, wenn du mir nicht mal die Wahrheit über gestern sagen kannst?«, erwidere ich hoffnungslos.

»Eines Tages werde ich dir alles erklären können. Dafür kämpfe ich«, antwortet er eindringlich. »Nichts auf der Welt ist es mehr wert, dass ich darum kämpfe, als deine Liebe.«

»Lügner«, erwidere ich wütend und taumele mit der Hüfte gegen den Schreibtisch.

Meine Seele brennt und treibt Sturzbäche aus Tränen in meine Augen. Ich versuche sie wegzublinzeln, aber sie sind unaufhaltbar. Strömen über meine Wangen und beweisen, wie verzweifelt ich bin.

»Lügner!«, brülle ich nun lauter und schlage mit der Faust hart auf den Tisch.

Ohne nachzudenken, schnappe ich mir den Laptop und feuere ihn gegen die Wand. Krachend fällt das Teil zu

Boden und zerbricht in tausend Stücke. Schwer atmend stütze ich mich am Tisch ab und versuche den Sturm in meinem Inneren in den Griff zu bekommen.

»Liz.« Ian tritt zu mir.

Warnend hebe ich eine Hand und wische mir mit der anderen fahrig die Tränen von den Wangen.

Ich habe ewig nicht mehr so geweint. Das letzte Mal, dass ich so hoffnungslos war, war vor fünf Jahren. Ich lag im Krankenhaus in Chicago und musste damit zurechtkommen, meine Eltern und meine Erinnerungen verloren zu haben.

Ich hätte Ian damals gebraucht. Wieso war er nicht für mich da? War es ihm zu anstrengend mit einer Freundin ohne Gedächtnis? Hat er mich nach dem Unfall fallen gelassen und sich lieber eine gesunde Frau gesucht?

»Liz, sprich mit mir«, sagt er besorgt.

Bitter lachend hebe ich den Blick und zwinge mich, ihm direkt in die eisblauen Augen zu sehen. Auch wenn mein Herz bei seinem Anblick blutet.

»Ich habe dich geliebt«, sage ich leise.

Ian erblasst schlagartig.

»Woran erinnerst du dich?«, fragt er mit Bedacht. Er versucht, aufrecht und stark zu wirken, aber ich sehe die Unsicherheit deutlich in seinen Augen funkeln.

»An dich und mich. In einem Garten. Ich habe dich geliebt, Ian«, wiederhole ich monoton.

Wütend fege ich die Akten vom Tisch.

»Wieso habe ich dich geliebt? Wer zum Teufel bist du? Und wer bin ich?«, schreie ich außer mir, ehe ich auf die

Knie sacke und schluchzend den Kopf in die Hände nehme.

Ich bin am Ende. Die Easts sind nicht meine Eltern, dessen bin ich mir mittlerweile sicher. Nichts von dem, woran ich mich fünf Jahre lang klammerte, ist echt. Ich bin nicht der Mensch, der ich dachte zu sein. Ich stamme aus einer brutalen Familie, wegen der ich lernen musste, mich selbst zu verteidigen. Nun tauchen die Schatten meiner Vergangenheit wieder auf und verfolgen mich – nicht nur in meinen Träumen, sondern auch ganz real. Und als ob das nicht reichen würde, ist Ian plötzlich wieder in meinem Leben. Er hat mich im Stich gelassen, als ich ihn am dringendsten brauchte. Mein Leben ist wie ein Schiff, das geradewegs auf einen Eisberg zusteuert.

Irgendwann hebt Ian mich hoch, und statt mich zu wehren, klammere ich mich trostsuchend an ihm fest. Ich schlinge die Arme um seinen Hals und berge das Gesicht an seiner breiten Brust. Tränen durchtränken sein schwarzes Hemd. Tränen der Wut. Der Trauer und der Scham. Denn trotz allem fühle ich mich bei ihm sicher.

»Shhht. Ich bin ja da, Color«, flüstert er sanft und streicht mir beruhigend über den Rücken.

Wir steigen Stufen hinunter. Ich höre jemanden fragen, was passiert sei, und Ian kurz angebunden antworten, dass wir sofort den Wagen brauchen. Als Nächstes umfängt mich die spätsommerliche Hitze von Texas, die sich auf mich legt wie eine schwere Decke. Dann sinken wir plötzlich ab, und ich finde mich auf Ians Schoß wieder. Wie ein kleines Kind klammere ich mich an ihm fest. Genieße seinen Trost ebenso, wie ich es hasse, ihn zu brauchen.

Die Autotür öffnet sich, und Ian bewegt sich unter mir, als würde er sich zur Seite beugen. Dann schließt sich die Tür erneut, und wir sind wieder allein.

»Trink das«, bittet er mich leise.

Entkräftet öffne ich den Mund und schlucke die kühle, bittere Flüssigkeit, die er mir schlückchenweise einflößt. Es dauert nicht lange, bis ich die Wirkung deutlich spüre. Meine Glieder werden träge und meine Lider schwer wie Blei.

»Ich passe auf dich auf. Ruh dich aus«, flüstert Ian, und ich will abfällig schnauben, ihm entgegenbrüllen, dass er in den letzten fünf Jahren auf mich hätte aufpassen sollen.

Doch ich bin viel zu müde. Also nicke ich bloß schwach und bette meinen Kopf an seiner Schulter.

Wie ein Klammeräffchen hänge ich an dem Mann, den ich einst geliebt und dann vergessen habe, bis alles dunkel und friedlich wird.

18

Als Erstes spüre ich den dröhnenden Kopfschmerz. Am liebsten würde ich mich einfach auf die Seite drehen und den Schmerz wegschlafen. Aber es gelingt mir nicht. Also öffne ich die Augen und finde mich in einem fremden abgedunkelten Raum wieder.

Verunsichert fahre ich mit den Händen über meinen Körper und atme erleichtert aus, als ich Stoff ertaste. Ich trage noch dasselbe Kleid wie gestern, und verletzt bin ich anscheinend auch nicht.

Neben mir auf einem kleinen schwarzen Nachttisch entdecke ich meine Handtasche. Ächzend richte ich mich auf und krame zwei Aspirin aus der Tasche – eines der wenigen Medikamente, mit dem ich keine Probleme habe.

Beim Aufstehen wanke ich von einem Fuß auf den anderen und muss mich an der Bettkante abstützen, um nicht hinzufallen. Tief durchatmen. Jetzt ist keine Zeit fürs Umkippen.

Während mein Kreislauf langsam die Arbeit aufnimmt, trete ich auf eine angelehnte Tür zu, hinter der ich das Badezimmer finde. Argwöhnisch sehe ich mich um. Es gibt sowohl eine riesige Eckbadewanne als auch eine luxuriöse Regenwasserduschkabine mit unzähligen Knöpfen. Alles wirkt ausgesprochen edel.

Ich stelle mich vor eins der Waschbecken und mustere mich im Spiegel darüber. Ich sehe aus, als hätte ich die ganze Nacht gefeiert und getrunken. Meine Augen sind rot gerändert, die Lippen trocken und meine Haut blass.

Stöhnend drehe ich den Wasserhahn auf, wasche mir die Überreste des Mascaras von den Wangen und spüle die zwei Aspirin mit gierigen Schlucken Wasser hinunter. Mit den Fingern kämme ich meine Haare durch, bis sie wieder halbwegs vernünftig aussehen, und richte anschließend mein Kleid. Zwar gewinne ich so keinen Schönheitswettbewerb, aber für den Heimweg wird es reichen.

Auf dem Waschbeckenrand entdecke ich eine eingepackte Seife mit dem Schriftzug des Royal-Inn-Hotels und stutze. Wieso bin ich im teuersten Hotel von Rosehill? Ian hätte mich doch einfach nach Hause fahren können.

Kopfschüttelnd gehe ich zurück ins Schlafzimmer und wühle in meiner Tasche nach meinem Handy.

Mehrmals versuche ich, Camy zu erreichen. Nach dem dritten Versuch gebe ich frustriert auf und setze mich aufs Bett. Sie ist bestimmt bei Eric. Immerhin ist es kurz nach Mitternacht, wie ich nach einem Blick auf mein Handydisplay registriere.

Neben dem Bett erspähe ich meine schwarzen Peeptoes

und schlüpfe umständlich hinein. Zeit zu gehen. Mit der Tasche über der Schulter wanke ich zur Zimmertür und öffne sie lautlos. Überrascht blinzle ich gegen das grelle Licht an, das mir nun entgegenstrahlt. Nachdem meine Augen sich an die Helligkeit gewöhnt haben, versuche ich mir einen Überblick zu verschaffen.

Ich stehe in einer riesigen offenen Suite. Allein. Von Ian keine Spur. Er hat mich doch nicht einfach hier allein gelassen, oder?

Müde fahre ich mir übers Gesicht, versuche den Stich im Herzen zu ignorieren und sehe mich weiter um. Es gibt ein weißes Dreisitzersofa und zwei dazu passende Sessel. An der Wand davor thronen ein monströser Flachbildfernseher und eine Stereoanlage mit zwei großen Lautsprechern. Die gesamte rechte Wand des Raums besteht aus bodentiefen Fenstern, die einen atemberaubenden Blick auf Rosehills Skyline bieten. Dicht vor dem Fenster stehen ein Schreibtisch, auf dem sich Unterlagen stapeln, sowie ein kleiner runder Glastisch mit Getränken darauf und eine Minibar. Über der Sofalehne bemerke ich schließlich Ians schwarzes Jackett. Er hat mich also nicht hier abgelegt wie Müll und ist direkt wieder abgehauen.

Einem inneren Impuls folgend greife ich nach seinem Jackett und rieche daran. Verträumt schließe ich die Augen und beginne unwillkürlich zu lächeln. Sein Duft ist unverwechselbar. Herb, doch mit einer sanften Note. Als würde man auf einer frisch gemähten Wiese stehen und an der Rinde eines starken Baumes riechen. Für mich ist es ein Wiedererkennen, kein Neuentdecken. Ich fühle, dass ich mich schon unzählige Stunden in seinen Armen befunden habe und dabei tief in seinem Duft versunken bin.

Reiß dich zusammen, Liz. Du bist kein verknallter Teenie mehr.

Seufzend hänge ich das Jackett zurück über die Lehne. Dabei fällt etwas aus der Jackentasche zu Boden. Neugierig hebe ich das kleine viereckige Etwas auf und halte den Atem an, sobald ich begreife, was es ist. Ich halte ein abgegriffenes Foto in den Händen, das Ian und mich zeigt. Er steht hinter mir, hat die Arme um meine Taille geschlungen und lächelt in die Kamera. Seine blauen Augen funkeln hell, und alles an ihm strahlt absolute Zufriedenheit aus. Meine Haare sind zu einem Zopf geflochten, der mir über die Schulter fällt. Verträumt strahle ich in die Kamera und umfasse Ians Hände mit meinen.

Er hat also ein Foto von uns aufgehoben. Heißt das, dass ich ihm noch etwas bedeute? Wir wirken darauf so vertraut, verliebt und glücklich, dass sich mein Herz bei dem Anblick sehnsüchtig zusammenzieht. Wie ist es möglich, dass ich all die Jahre nicht einmal eine Ahnung davon hatte, dass Ian existiert?

Ich stecke das Foto in meine Handtasche und steuere die Tür an. Ich brauche Zeit, um nachzudenken. Jetzt mit Ian zu sprechen würde das Chaos in meinem Kopf und meinem Herzen nur verschlimmern.

In dem Moment, in dem ich nach dem Türgriff greife, öffnet sie sich, und ich mache einen überraschten Sprung nach hinten. Irritiert blicke ich dem blonden Typen von heute Nachmittag entgegen und trete schnell einen weiteren Schritt zurück. Dieses Mal grinst er nicht. Stattdessen lächelt er sanft und wirkt erleichtert, mich zu sehen.

»Ich hab ihm gesagt, dass du nicht die ganze Nacht schlafen wirst. Aber du kennst ihn ja. Er hört nie auf andere«, sagt Blondie lapidar, tritt ein und schließt die Tür hinter sich.

Als wäre es sein Zuhause, schlendert er zum Glastisch, füllt Eis in ein Glas und schenkt sich einen Scotch ein.

»Auch einen?«, fragt er und wedelt einladend mit der Flasche.

Als ich den Kopf schüttle, stellt er die Flasche zurück und öffnet stattdessen die Minibar.

»Stimmt. Martini, Weißwein und Cosmo. Oder hat sich daran etwas geändert? Fünf Jahre sind immerhin eine verdammt lange Zeit. Da können sich Vorlieben ändern.«

Jeder Gedanke, abzuhauen, verflüchtigt sich. Vielleicht erfahre ich durch ihn etwas mehr über meine Vergangenheit. Blondie wirkt zumindest redseliger als Ian und Anthony.

Betont gelassen werfe ich meine Handtasche aufs Sofa und schlendere auf ihn zu.

»Richtig. Menschen und Vorlieben ändern sich.«

»Martini?«, fragt er grinsend.

»Gern. Nicht zu trocken.«

Er macht eine wegwerfende Handbewegung und zieht lächelnd eine Braue hoch.

»Ich leide nicht unter Gedächtnisverlust.«

»Autsch«, kommentiere ich trocken. »Der war unter der Gürtellinie.«

Er zuckt mit den Schultern und reicht mir meinen Drink.

»An was erinnerst du dich, Color?«

Für einen Moment schweige ich. Die Gedanken rasen in meinem Kopf wild durcheinander. »Ich bin gut in Kampfsport und kann mit Waffen umgehen. Obwohl ich das mit dem Schießen nicht ausgetestet habe, seit ich es wieder weiß«, sage ich schließlich.

Ich nippe am Drink und sehe Blondie dabei zu, wie er eine Zigarette anzündet und mir einladend entgegenhält. War ich Raucherin?

»Wenn du gestresst, genervt oder betrunken warst«, erklärt er, als könnte er meine Gedanken hören.

»Wer bist du?«, frage ich perplex und greife nach der Zigarette.

Er verneigt sich, und ich kann nicht anders, als zu lachen.

»Darf ich mich vorstellen? Christian Green. Doch Sie dürfen mich Chris nennen, my Lady.«

»Green?«, hake ich nach, als er sich wieder erhebt und sich selbst auch eine Zigarette anzündet.

»Ians geliebter Cousin«, erklärt er schmunzelnd und inhaliert den Rauch.

In diesem Moment fällt es mir wie Schuppen von den Augen, und ich deute anklagend mit der Zigarette auf ihn.

»Die blonden Locken!«, rufe ich aus. »Du hast die Spieluhr bei David für mich abgegeben.«

Chris verzieht das Gesicht, als würde die Erwähnung dieses Namens ihn unendlich wütend machen, und ballt die freie Hand zur Faust.

»Hätte ich damals schon gewusst, was für ein mieser

Typ das ist, hätte ich ihn auf der Stelle kaltgemacht«, knurrt er.

»Wieso hast du das getan? Mir die Spieluhr gebracht.«

Er zuckt mit den Schultern. »Weil Ian es so wollte.«

»Wo wir auch schon beim Thema wären. Wo steckt er?«

»Er musste etwas Dringendes erledigen und hat mich zu dir geschickt, damit jemand da ist, wenn du aufwachst.«

»Wie nobel von ihm«, schnaube ich, und Chris runzelt fragend die Stirn. »Ich hätte jemanden gebraucht, der nach meinem Unfall im Krankenhaus an meiner Seite ist. Jemanden, der mir die Wahrheit über meine Vergangenheit sagt«, bringe ich mühsam hervor und drücke die Zigarette im Aschenbecher auf dem Glastisch aus. »Aber vermutlich war euch das zu anstrengend. Eine verletzte Frau ohne Erinnerung kann bestimmt nervig sein. Es ist wesentlich einfacher, alles einem Anwalt zu überlassen.«

»Es ist Ian verdammt schwergefallen, sich von dir fernzuhalten. Ich habe meinen Cousin noch nie so am Boden zerstört erlebt, Color«, beschwört Chris mich eindringlich. »Wenn du dich erinnern könntest, wüsstest du, dass er unter enormem Druck stand und leider immer noch steht. Er muss jeden seiner Schritte sorgfältig wählen.« Chris klingt verletzt, als hätte auch er sehr gelitten. Ich will ihn in den Arm nehmen und trösten. Will ihm sagen, dass ich wieder da bin und es mir gut geht. Aber ich tue es nicht. Stattdessen konzentriere ich mich auf meine Wut. Mit ihr kann ich besser umgehen als damit, dass mir Ian und Chris wichtig sind.

»Wieso ist er nicht zu mir gekommen, wenn er unter der Trennung angeblich so sehr gelitten hat?«, frage ich.

»Sich fernzuhalten war die einzige Möglichkeit, um dich zu beschützen.«

»Wovor zu beschützen?«

Chris schüttelt entschieden den Kopf und kippt seinen Scotch in einem Zug hinunter. »Das musst du Ian fragen, Color.«

»Wieso nennt ihr mich andauernd Color?« Meine Stimme wird immer verzweifelter und drängender.

»Sorry, aber das muss auch Ian dir erklären. Erzähl mir lieber, woran du dich noch erinnerst.«

»Nein! Wieso sollte ich dir irgendwas verraten, wenn du mir im Gegenzug nichts erklärst?« Wütend knalle ich das Glas auf den Tisch.

»Weil es nicht an mir liegt, dir irgendwas zu erklären, sondern an Ian. Es ist eure Geschichte. Ich bin bloß ein gut aussehender Nebendarsteller in diesem Schauspiel«, erwidert er gelassen.

Schnaubend drehe ich mich um und greife nach meiner Tasche. »Wenn das so ist, habe ich hier nichts mehr verloren.«

»Ich werde dich nicht aufhalten. Aber du solltest dich fragen, wovor du davonläufst, Color«, ruft er mir nach. »Vor mir, vor Ian oder vor der Angst, die Wahrheit über dich zu erfahren und mit ihr nicht umgehen zu können.«

»Bullshit!«, brülle ich, ohne ihn anzusehen, und steuere bebend die Tür an. »Sag Ian, er hätte sich weiter von mir fernhalten sollen. So wie er es nach dem Unfall getan hat. Ich will nichts mit ihm zu tun haben. Mein Leben war okay, bevor ich ihm begegnet bin. Nicht perfekt, aber ich war zufrieden mit dem, was ich hatte.«

»Unfall?« Er lacht auf, und ich bleibe augenblicklich stehen. »Glaubst du immer noch diesen Unsinn? Und dass du die Tochter dieser Immobilientypen bist, glaubst du auch?«

Ohne zu zögern schüttle ich den Kopf. Caroline und Alexander East sind nicht meine Eltern, und ich bin nicht Eliza East, das steht fest. Aber wer bin ich dann?

»Sag Ian Lebewohl«, bringe ich tonlos hervor und stürme aus der Suite.

Sobald die Tür hinter mir ins Schloss gefallen ist, renne ich zum Fahrstuhl und fahre ins Erdgeschoss. Ich eile durch die Hotellobby, ignoriere den alarmierten Blick des Empfangschefs und steige ins nächste Taxi.

Nachdem ich dem Fahrer meine Adresse genannt habe, lehne ich den Kopf ans Fenster und nage am Daumen. Chris' Frage zerrt an mir. Laufe ich tatsächlich vor der Wahrheit davon? Ich will wissen, was passiert ist und wer ich bin. Aber werde ich damit umgehen können?

19

»Stimmt so.« Ich drücke dem Fahrer ein großzügiges Trinkgeld in die Hand und steige eilig aus. Er hat weder blöde Fragen zu meinem tränenüberströmten Gesicht gestellt noch versucht mich vollzuquatschen. Damit hat er sich jeden Dollar mehr als verdient.

Ohne mich zu verabschieden, schlage ich die Autotür zu und renne ins Haus. Inzwischen ist es kurz nach ein Uhr nachts, und ich bin todmüde.

Zitternd steige ich die Treppe hoch, als mich ein merkwürdiges Gefühl überfällt. Es ist wie der Moment, in dem man eine dunkle Wolke am Himmel sieht und weiß, dass es gleich gewittern wird.

Einem Impuls folgend streife ich die Schuhe von den Füßen und schleiche auf Zehenspitzen weiter zu meiner Wohnung. Ich biege um die letzte Ecke im Flur und schlage bei dem Anblick, der sich mir bietet, die Hände vor dem Mund zusammen, um einen Schrei zu unterdrücken.

Wie gelähmt starre ich auf die aufgebrochene Wohnungstür. Sofort denke ich an Camy. Hoffentlich schläft sie diese Nacht bei Eric und ist in Sicherheit. Wenn ihr meinetwegen etwas zustoßen würde, könnte ich mir das niemals verzeihen.

Lautlos stelle ich die Schuhe auf den Boden und drücke die Tür zitternd auf. Dahinter erwartet mich ein Schlachtfeld.

Die Schränke im Wohnzimmer und der Küche wurden durchwühlt, und die Schubladen wurden herausgerissen. Besteck, Zettel, Bücher, CDs. Alles liegt auf dem Fußboden verteilt und ist zerrissen oder zerbrochen. Doch die wertvollen Gegenstände sind noch da: der Fernseher, die Stereoanlage, unsere Laptops.

Ich greife mir ein Brotmesser vom Boden und halte es schützend vor meine Brust. So leise wie möglich spähe ich hinter jedes Möbelstück und in jede Ecke. Es ist niemand da. Auch Camys Zimmer wurde durchwühlt, die Kissen aufgeschnitten und die Bilder von den Wänden gerissen. Die Mona Lisa entdecke ich zerschnitten auf dem Boden.

»Was ist hier bloß passiert?«, frage ich laut in die Leere hinein und verlasse Camys zerstörten Mädchentraum.

Vor meinem Zimmer bleibe ich stehen und hole tief Luft, ehe ich die Tür aufstoße und schockiert zurücktaumle. Als Erstes fällt mein Blick auf ein Foto, das mit einem Messer an die Wand über meinem Bett gepinnt wurde. Mein gesamtes Hab und Gut liegt zertrümmert auf dem Boden verteilt. Auch im Bad sieht es nicht anders aus. Sogar meinen Spiegel haben sie eingeschlagen. Mein Leben ist ein Trümmerhaufen.

Da ich inzwischen sicher bin, allein zu sein, renne ich zurück zur Wohnungstür und schließe sie von innen ab.

Dann gehe ich zurück in mein Zimmer und schaue in die Nachttischschublade neben meinem Bett. Verblüfft nehme ich die Spieluhr heraus und lege sie aufs zerwühlte Bett. Warum haben die Einbrecher ausgerechnet sie verschont?

Mit zitternden Fingern ziehe ich schließlich das Foto von der Wand. Beim Anblick des Messers wird mir eiskalt. Es ist so lang und scharf, dass man damit problemlos durch einen menschlichen Körper schneiden könnte wie durch Butter. Vorsichtig hocke ich mich auf die Bettkante und betrachte das Foto. Es zeigt eine junge Frau mit rötlichen Haaren in Yogahosen und Top auf einer Wiese. Die Frau steht seitlich zum Fotografen und lächelt verträumt in die Sonne. Sie wirkt glücklich.

Es ist ein Foto von mir. Ich weiß, dass ich diese junge Frau bin, und doch fällt es mir schwer, mich mit ihr zu identifizieren. Sie wirkt so voller Träume und Hoffnungen, dass es mir das Herz bricht, was aus ihr geworden ist.

Auf einmal überfällt mich die Erkenntnis, dass ich nun endlich den Beweis dafür habe, nicht paranoid zu sein. Jemand hat mich verfolgt und beobachtet. Ich habe mir das alles nicht eingebildet. Dass ich nicht verrückt bin, tröstet mich tatsächlich ein wenig.

Ich versuche meine Gedanken zu ordnen und atme tief durch, um mich zu sammeln.

Eins ist klar: Hier bin ich nicht sicher. Wer auch immer das war, er wollte mich einschüchtern. Er weiß, wo ich wohne, und kann jederzeit wiederkommen und es beim nächsten Mal nicht bei einer verwüsteten Wohnung belassen.

Auf einmal frage ich mich, ob Ian bei mir eingebrochen ist. Er hat mir ein Schlafmittel verabreicht, mich betäubt im Hotel zurückgelassen und hätte dann genügend Zeit gehabt, um meine Wohnung auseinanderzunehmen. Das würde auch erklären, warum die Spieluhr noch an Ort und Stelle ist. Schließlich stammt sie von Ian. Er hatte Chris damit beauftragt, sie mir zu überbringen. Vielleicht ist das hölzerne Kästchen eine Warnung? Vielleicht hat Ian mitbekommen, dass ich sein Büro durchsucht habe, und hat etwas vor mir zu verbergen. Etwas aus unserer gemeinsamen Vergangenheit. Er weiß ja nun, dass meine Erinnerungen Stück für Stück zurückkehren. Ein eisiger Schauder überfällt mich und lässt mich zittern. Wie passt das alles zusammen? Ich war mir so sicher, Ian einst geliebt zu haben. Und vor allem habe ich gerade erst wieder Gefühle für ihn entwickelt. Aber wer sonst hätte einen Grund, bei mir einzudringen? David kann es nicht gewesen sein. Ich gehe davon aus, dass er nach Ians Abreibung zu so einer Tat nicht in der Lage ist.

Kurz entschlossen greife ich nach meinem Handy und wähle Camys Nummer. Nach endlosem Klingeln bekomme ich sie endlich ans Telefon und lasse mir versichern, dass es ihr gut geht. Sie ist tatsächlich bei Eric, und ich schicke ein stummes Stoßgebet zum Himmel, weil sie zum Glück nicht hier war. Ich erwähne erst mal nichts von dem Einbruch, um sie nicht zu beunruhigen, und wünsche ihr eine gute Nacht. Etwas gefasster lege ich auf und wähle schließlich Anthonys Nummer.

In New York müsste es drei Uhr morgens sein. Ich bete, dass er sein Handy über Nacht nicht lautlos stellt.

Als ich ein verschlafenes »Kleines?« höre, atme ich erleichtert auf.

»Hey. Entschuldige, dass ich dich wecke«, bringe ich mühsam hervor.

»Was ist passiert? Geht es dir gut?«, fragt er alarmiert und klingt plötzlich hellwach.

»In meine Wohnung wurde eingebrochen«, berichte ich ihm schaudernd. »Alles wurde verwüstet, und über meinem Bett hing ein Foto von mir.« Ich schlucke hart. »Anthony, es wurde mit einem Messer an die Wand gepinnt.«

»Wo bist du jetzt?«

»Zu Hause. Ich hab die Tür von innen abgeschlossen.«

»Sie waren schon einmal in deiner Wohnung, Kleines. Dass du abschließt, wird sie nicht davon abhalten, ein weiteres Mal reinzukommen.«

Wieder beginne ich zu zittern.

»Du wirst jetzt genau das tun, was ich dir sage, verstanden?«

»Ja«, murmele ich und nage angespannt am Daumen.

»Gut«, erwidert Anthony. »Ich werde einen Wagen zu dir schicken. Der Fahrer holt dich direkt aus deiner Wohnung ab. Du gehst unter keinen Umständen vor die Tür, bevor er da ist. Er wird dir den Namen meines Lieblingssongs nennen, damit du weißt, dass du ihm vertrauen kannst. Du wirst ihm folgen und dich zum Flughafen bringen lassen. Dort nimmst du einen Ausweis von ihm entgegen und holst am Schalter ein Ticket ab, das auf den Namen des Ausweises ausgestellt worden ist.«

»Anthony, wie kannst du das alles so schnell organisieren?«, frage ich überfordert und reibe mir müde über die Stirn. Ich brauche dringend einen Kaffee. Am besten intravenös.

»Glaubst du wirklich, ich hätte dich ohne Sicherheitsnetz allein gelassen, Kleines? Ich habe mehrere Fluchtmöglichkeiten für dich geplant.«

»Ich verstehe das alles nicht«, bringe ich erstickt hervor und wische mir eine Träne von der Wange.

»Jetzt ist keine Zeit für weitere Erklärungen, Kleines. Wir sprechen, wenn du in Sicherheit bist«, erwidert er entschieden. »Wo ist Camy?«

»Bei Eric.«

»Gut. Ich werde einen Trupp in eure Wohnung schicken, der alles aufräumt und das Schloss auswechselt. Dann informiere ich Camy, dass du für einige Tage nicht in der Stadt sein wirst, und stelle ihr einen Bodyguard zur Seite. Zwar glaube ich nicht, dass es jemand auf sie abgesehen hat, aber ich gehe ungern Risiken ein.«

»Was ist mit meinem Job?«

»Scheiß auf deinen Job!«, erwidert er hart, und ich zucke erschrocken zusammen. »Du bist steinreich, Kleines. Auf dein Gehalt bist du nicht angewiesen. Und auch wenn ich mir gewünscht hätte, dass du länger dein normales Leben führen kannst, ist es damit fürs Erste vorbei.«

»Ich bin nicht …«, beginne ich irritiert, aber Anthony unterbricht mich.

»Doch, das bist du. Du besitzt momentan nur einen Bruchteil deines eigentlichen Vermögens. Den Rest habe ich auf verschiedene Konten verteilt, die nicht mit dir in Verbindung gebracht werden können.«

»Du hast mir einiges zu erklären, Anthony Reed. Und mit Ausflüchten oder Halbwahrheiten lasse ich mich nicht mehr abspeisen. Nicht nach allem, was vorgefallen ist.« Langsam finde ich zu meiner alten Stärke zurück und spüre, dass das Zittern endlich nachlässt.

»Das verstehe ich«, erwidert er knapp. »Ich erkläre dir alles, sobald wir uns sehen.«

»Ich hab Ian Green getroffen«, flüstere ich.

»Ich weiß.«

Diese Antwort überrascht mich so sehr, dass ich leise keuche. Dass Ian und Anthony sich von früher kennen könnten, habe ich mir schon gedacht, aber woher weiß Anthony, dass wir uns in Rosehill wiederbegegnet sind?

»Pack ein paar Sachen zusammen, sonst wirkt es merkwürdig am Flughafen. Du darfst kein Aufsehen erregen.«

»Alles klar.« Ich sehe mich in dem Chaos nach meiner kleinen Reisetasche um. Hoffentlich ist überhaupt noch etwas übrig, das ich einpacken kann.

»In zehn Minuten ist der Fahrer da, Kleines. Ich muss jetzt auflegen und alles Weitere organisieren. Verhalte dich unauffällig. Und wenn jemand fragt, bist du unterwegs zu deinem Patenonkel.«

»Noch mehr Lügen«, stelle ich resignierend fest.

»Nein, das ist ausnahmsweise die Wahrheit«, erwidert Anthony und klingt beinahe etwas amüsiert.

»Aber heißt das, du bist …«

»Ja«, antwortet er schlicht, und ich kann nicht anders, als

breit zu lächeln und so etwas wie Glück inmitten dieses Trümmerhaufens zu empfinden.

In Windeseile packe ich meine Tasche mit den wenigen Kleidungsstücken, die nicht zerrissen worden sind. Die Spieluhr wickle ich in einen Schal, damit sie in der Tasche nicht kaputtgeht. Ich muss sie mitnehmen und herausfinden, was es damit auf sich hat. Sie muss etwas zu bedeuten haben, wenn die Eindringlinge sie verschont haben. Als Nächstes entferne ich die Fotos von Camy und mir aus den kaputten Rahmen und lege sie zu den Kleidern in meine Tasche. Obenauf landet das Foto, das aus Ians Jackett gefallen ist. Anschließend fülle ich meinen Thermobecher mit Kaffee. Wenn ich schon um zwei Uhr morgens aus meinem Leben gerissen werde, dann will ich dabei wenigstens wach sein.

Als es schließlich klingelt, zucke ich erschrocken zusammen. Ehe ich die Tür öffne, frage ich nach Anthonys Lieblingssong, so wie er es von mir verlangt hat.

Der Fahrer antwortet, ohne zu zögern, mit »*Hey Jude* von den Beatles«, und ich entspanne mich und öffne die Tür.

»Sie?«, bringe ich fassungslos hervor.

Vor mir steht Josh, Ians Bodyguard. Er grinst verlegen und reibt sich unsicher über den Nacken.

»Was machen Sie hier? Woher kennen Sie Anthony? Was hat das zu bedeuten?«

Ians Bodyguard schaut mich zerknirscht an und greift nach meiner Tasche.

»Anweisung vom Boss«, erklärt er kleinlaut, und ich schnaube. »Ich muss Sie bitten, Ihr Handy zurückzulassen.

Es besteht die Gefahr, dass man Sie sonst orten könnte. Sollten Sie einen Laptop oder Ähnliches eingepackt haben, lassen Sie auch das bitte hier«, rattert er professionell runter.

»Nein! Ich komme nicht mit. Wer sagt mir, dass nicht Ian hinter diesem Einbruch steckt und er mich jetzt entführen lassen will. Warum sollte ich Ihnen trauen?«

»Bitte seien Sie vernünftig. Woher sollte ich denn dann den Lieblingssong Ihres Patenonkels kennen? Außerdem: Hätten der Boss oder ich Sie entführen wollen, hätten wir schon längst die Gelegenheit dazu gehabt. Schon vergessen? Es ist noch nicht lange her, dass ich hier in dieser Wohnung auf Sie aufgepasst habe.« Josh sieht mich eindringlich ein.

Zögernd lasse ich meine zu Fäusten geballten Hände sinken. Er hat recht. Und außerdem weiß er, dass Anthony mein Patenonkel ist. Eine Information, die ich selbst gerade eben erst bekommen habe.

Schweren Herzens lege ich also mein Handy auf die Kücheninsel und folge Josh zum Wagen. Meine Gedanken rotieren um Ian. Steckt er mit Anthony unter einer Decke? Haben sie mich beschatten lassen oder wollen sie mich beschützen? Die Ereignisse der letzten Wochen werden in meinem Hirn so wild durcheinandergeworfen, bis ich das Gefühl habe, mein Kopf könnte gleich platzen. Auf einmal spüre ich, wie Wut wie heiße Lava durch meine Venen schießt und die kalte Angst vertreibt. Jahrelang dachte ich, ich sei verrückt. Doch ich war nie paranoid. Ich wurde tatsächlich verfolgt. Nur weiß ich noch immer nicht, warum.

Während der Fahrt spricht Josh kein Wort mit mir, was mir nur recht ist. Ich bin viel zu durcheinander.

Am Flughafen überreicht er mir einen Ausweis, auf dem das Foto von meinem Studentenausweis prangt. Anscheinend heiße ich ab jetzt Emma Stealing. Noch ein falscher Name, denke ich frustriert. Ich will endlich wissen, wer ich wirklich bin und wie ich vor dem Unfall hieß. Innerlich mahne ich mich zur Geduld. Anthony hat versprochen, mir alles zu erklären, sobald wir uns sehen.

Am Schalter hole ich das hinterlegte Ticket ab und registriere überrascht, dass Anthony mich nach New York schickt. Was hat das zu bedeuten?

Mein Flug ist der erste an diesem Tag und das Flugzeug nicht besonders voll. Müde lasse ich mich in meinen Sitz in der ersten Klasse fallen und starre wehmütig aus dem Fenster.

Mein Leben in Rosehill scheint vorbei zu sein, bevor es richtig begonnen hat. Keine Ahnung, wann ich Camy wiedersehen werde. Ich hoffe, dass es einen Weg gibt, mich wenigstens bei ihr zu melden, ohne sie damit in Gefahr zu bringen. Mit Amy konnte ich mich kein einziges Mal außerhalb der Arbeit treffen, was ich wirklich schade finde. Die Arbeit. Tja, der neue Job bei Coop & Fleur ist damit auch dahin.

Doch immerhin weiß ich jetzt, dass ich nicht ganz allein auf der Welt bin. Anthony ist mein Patenonkel. Das heißt, er kennt mich, seit ich ein kleines Kind war. Er ist die einzige Familie, die mir geblieben ist.

Nachdenklich ziehe ich das abgegriffene Foto aus meiner Tasche und betrachte es. Ist Ian womöglich der Grund dafür, dass ich ein neues Leben beginnen musste? Ist mir das alles nur passiert, weil ich mich in den falschen Mann verliebt habe?

20

Mit der kleinen roten Reisetasche im Arm stehe ich an einem der Ausgänge vom J.F.K.-Flughafen und habe keine Ahnung, wie es ab jetzt weitergeht. Ohne Handy kann ich Anthony nicht erreichen. Mir bleibt also nichts anderes übrig, als hier doof rumzustehen und darauf zu vertrauen, dass er mich findet.

»Emma?«

Eine schlanke Frau mit beneidenswerter Taille und perfekt frisierten blonden Haaren kommt zügig auf mich zugelaufen. Ehe ich überhaupt reagieren kann, umarmt sie mich fest.

»Gott sei Dank geht es dir gut«, flüstert sie.

»Ich kenne Sie«, murmele ich erstaunt und drücke die Frau von mir weg, um sie genauer ansehen zu können.

Ein feines Lächeln umspielt ihre schmalen, glänzenden Lippen. Sie hat große graue Augen, umringt von winzigen Lachfalten, und eine Stupsnase, die perfekt in ihr herzförmiges Gesicht passt. Sie wirkt freundlich und harmlos, aber ein Blick in ihre Augen verrät mir, dass sie verdammt schlau ist.

»Natürlich kennst du mich, junge Dame«, sagt sie und legt mir freundschaftlich einen Arm um die Schulter.

Als wären wir alte Freundinnen, führt sie mich zu einem weißen Prius, der in der Halteverbots-Zone steht. Eifrig greift sie nach meiner Reisetasche und wirft sie auf die Rückbank. Dann tritt sie um den Wagen herum und setzt sich auf den Fahrersitz.

Ich beobachte sie abwägend und lege nachdenklich den Kopf schief. Zwar bin ich mir sicher, die Frau zu kennen, aber wer sagt mir, dass ich ihr vertrauen kann?

Gut, sie kennt den falschen Namen von meinem Ausweis. Und sie sieht nicht besonders kräftig aus. Im Notfall könnte ich sie mit Sicherheit überwältigen. Hoffe ich zumindest. Außerdem, welche andere Wahl habe ich, als mit ihr mitzufahren?

Sobald ich mich neben sie gesetzt und angeschnallt habe, fährt sie los und steuert uns sicher durch den wahnsinnigen New Yorker Verkehr.

»Wer bist du?«

Sie zieht pikiert eine perfekt gezupfte Braue in die Höhe und schüttelt den Kopf. »Ich wusste ja, dass du dich an nichts erinnerst, aber als du gesagt hast, du würdest mich kennen, hatte ich Hoffnung. Ich meine, wie könnte man mich vergessen?«

»Nimm's nicht persönlich«, erwidere ich mit schiefem Grinsen. »Ich weiß nicht mal, wer ich bin.«

Sie lacht gelöst, wodurch mir warm ums Herz wird. Genauso fühle ich mich, wenn ich Anthonys Stimme höre.

»Mein Name ist Aria Reed«, sagt sie schließlich.

»Reed?«, wiederhole ich aufgeregt. »Bist du mit Anthony verwandt?«

Sie lächelt sanft und tätschelt flüchtig meine Hand, ehe sie einen Gang höher schaltet. »Er killt mich vermutlich, weil ich die Klappe nicht halten kann, aber ja. Ich bin seine Frau. Und deine Tante.«

»Patentante«, korrigiere ich Aria automatisch, aber sie schüttelt verneinend den Kopf.

»Ich bin die jüngere Schwester deines Vaters.«

»Dann weißt du, wer meine Eltern sind! Wer ich bin!«, rufe ich hektisch und rutsche unruhig hin und her.

Sie nickt ernst und biegt in eine breite, von dichten Laubbäumen gesäumte Allee ab. Die Häuser scheinen immer größer und pompöser zu werden, je weiter wir die Straße entlangfahren.

»Ich habe Anthony versprochen, nichts zu verraten, bis er anwesend ist«, erklärt sie augenrollend. »Dein Onkel ist sehr pedantisch. Er will alles in einer gewissen Reihenfolge erklären, um dich auf das Ende vorzubereiten.«

»Aber meinen Namen kannst du mir wenigstens verraten, oder?«, frage ich.

Aria wirft mir einen verständnisvollen Blick zu, schüttelt aber dennoch den Kopf.

»Eigentlich hätte ich dir nicht mal sagen dürfen, wer ich bin. Aber keine Sorge, er wartet zu Hause auf uns, also wird's nicht mehr lange dauern, bis du alles erfährst.«

Frustriert starre ich aus dem Fenster, während Aria eine Einfahrt ansteuert. Sobald wir näher kommen, gleitet das große Eisentor wie von Zauberhand auf und gewährt uns Einlass. Sie steuert den Prius einen langen geschwungenen Kiesweg hinauf, der zu einem kreisrunden Platz führt. Dort wurde ein Beet mit wunderschönen bunten Sommerblumen angelegt, und in der Mitte prangt ein Busch, der in Form eines Sterns zugeschnitten wurde.

Aria stellt den Motor aus und wendet sich mir zu. Sie wirkt auf einmal sehr ernst.

»Ich kann mir nicht im Ansatz vorstellen, was du die letzten Jahre durchgemacht hast. Aber du musst Geduld haben. Auch wenn Geduld nicht unbedingt in unseren Genen steckt.«

Unsere Gene. Da sitzt tatsächlich eine lebendige Frau vor mir, mit der ich blutsverwandt bin. Meine Tante. Aber wieso kam sie mich nie besuchen, so wie Anthony es getan hat?

Ich verschiebe diese Frage auf später und steige aus. Anerkennend pfeife ich durch die Zähne, als ich mir das imposante Anwesen genauer ansehe. Das dreistöckige weiße Gebäude hat ein graues Ziegeldach und riesige bodentiefe Fenster. Zur doppelflügeligen Eingangstür gelangt man über sechs breite Stufen aus weißem Marmor. Das Vordach wird von vier ebenfalls weißen Marmorsäulen getragen. Sicher ist das hier eine denkmalgeschützte Villa, denke ich, während ich die Treppe hinaufgehe.

Aria öffnet die Flügeltür und geht gut gelaunt ins Haus. Ich folge ihr stumm und nervös und nage am Daumen. Mein Puls bebt, und mein Herz galoppiert wie bei einem Sprint.

Wir betreten eine beeindruckende Eingangshalle, an deren Wänden moderne abstrakte Bilder hängen. Ich kenne mich mit Kunst nicht besonders gut aus, bin mir aber sicher, dass es sich hierbei um keine Drucke, sondern um Originale handelt. Vor uns führt eine breite weiße Treppe hinauf in den ersten Stock. Eine Debütantin hätte hier die perfekte Bühne für ihren großen Auftritt, bevor sie von ihrem Kavalier zum Ball abgeholt wird.

»Anthony wartet in der Bibliothek auf uns«, erläutert Aria und sieht sich flüchtig nach mir um.

Ich folge ihr durch einen hellen Flur und halte schließlich vor einer massiven Holztür inne. Aria schenkt mir einen vertrauensvollen Blick, ehe sie die Tür öffnet und mich vorangehen lässt.

Die Bibliothek hat ihren Namen voll und ganz verdient. Bis unter die Decke stehen hier Bücher Rücken an Rücken in schweren Holzregalen. Sofort entsteht in mir der Wunsch, mich tagelang hier drinnen zu verschanzen und die Schätze in den Regalen zu durchstöbern. Aber dafür ist jetzt leider nicht die richtige Zeit. Statt in den Büchern zu versinken, sehe ich mich in der Realität um und entdecke ein Erkerfenster mit bunten Kissen und Decken auf der breiten Fensterbank. Davor stehen ein Ledersofa, ein niedriger Holztisch und zwei passende tiefe Sessel.

Anthony steht reglos vor dem Sofa und sieht mich an. Er wirkt stark und ruhig. Wie ein Fels in der Brandung, der jeder heranrollenden Welle trotzt, ohne dabei auch nur ins Wanken zu geraten.

»Anthony«, bringe ich hervor und werfe mich in die

Arme des einzigen Menschen auf dieser verdammten Welt, dem ich bedingungslos mein Leben anvertraue.

Er umarmt mich fest und atmet erleichtert aus.

Seit ich ihn das letzte Mal gesehen habe, ist er grauer geworden. Seine Schläfen sind mittlerweile silberfarben, und die Stoppeln auf seinem Kinn schimmern inzwischen ebenfalls grau. Doch seine blauen Augen blicken so wach wie eh und je. Dieser Mann strahlt Weisheit und Stärke mit jeder Faser seines Körpers aus.

»Komm, Kleines, setzen wir uns«, sagt er leise.

Aufgewühlt lasse ich mich auf einen der Sessel fallen und nage am Daumen. Anthony und Aria nehmen nebeneinander auf dem Sofa Platz und scheinen mindestens so nervös zu sein wie ich.

»Also«, beginne ich angespannt. »Ich dachte jahrelang, ich wäre allein auf der Welt, und jetzt sitzt ihr mir gegenüber. Mein Patenonkel und die Schwester meines Vaters.« Es auszusprechen klingt so absurd, dass ich ungläubig den Kopf schüttle. »Ich habe keine Ahnung, wie ich mich damit fühlen soll.«

Anthony wirft seiner Frau einen strafenden Blick zu und schüttelt resignierend den Kopf.

Sie zuckt ertappt mit den Schultern und lächelt entschuldigend. »Hast du wirklich geglaubt, ich kann die Klappe halten, wenn ich meine Nichte nach fünf Jahren endlich wiedersehe?«

Anthony lacht leise und gibt seiner Frau einen liebevollen Kuss auf die Schläfe. »Nein, das habe ich nicht. Immerhin kenne ich dich inzwischen lang genug, Darling.« Damit wendet er sich wieder an mich, und schlagartig wird seine Miene ernst. »Du hast sicherlich viele Fragen, aber lass mich bitte zuerst sprechen.«

Es fällt mir schwer zu nicken, dennoch tue ich es.

»Möchtet ihr etwas zu trinken?«, fragt Aria plötzlich unruhig und erhebt sich vom Sofa.

»Ein Kaffee wäre toll.«

Sie wirft mir ein aufmunterndes Lächeln zu, ehe sie leise den Raum verlässt und die Tür hinter sich schließt. Es ist offensichtlich, dass sie uns einen Augenblick allein geben will, und obwohl sie meine Tante ist, bin ich ihr dafür dankbar. Sie kennt mich zwar mein Leben lang, ich sie aber erst seit einer Stunde.

»Am besten fangen wir ganz vorn an. Dass du nicht Eliza East bist, weißt du ja inzwischen«, stellt Anthony fest, und ich nicke wortlos. »Caroline und Alexander East waren nicht deine Eltern. Sie waren bloß Menschen, mit denen wir hin und wieder Geschäfte machten. Deine richtigen Eltern hießen Elaine und Ashwin Hasting. Ashwin war mein bester Freund seit unserer gemeinsamen Studienzeit in Yale.« Seine Stimme nimmt einen wehmütigen Ton an. »Dein Vater war ein netter, lustiger und kluger junger Mann, mit dem ich gern Zeit verbracht habe. Nach der Universität sagte er mir, er würde jetzt ins Familienunternehmen einsteigen. Das war nichts Ungewöhnliches. Wir traten den für uns vorgefertigten Weg an, und unsere Freundschaft half uns dabei, diesen zu beschreiten. Wir kommen beide aus wohlhabenden, mächtigen Familien. In dieser Welt ist eine wahre Freundschaft unschätzbar wertvoll.« Anthony räuspert sich, als würde er seine Gefühle zurückdrängen wollen, ehe er weiterspricht. »Ashwin lernte Elaine auf einer Gala kennen, auf die ich ihn begleitete. Deine Mutter war eine wunderschöne und lebensfrohe Frau mit einem sehr großen Herz, Kleines. Sobald sie einen Raum betrat, galten alle Blicke sofort ihr. Jeder mochte sie. Man konnte ihr nie lange böse sein. Sie strahlte etwas aus, das jeden in seinen Bann zog.«

Ich sauge jedes seiner Worte auf wie ein Schwamm das Wasser. Jeder Satz nistet sich tief in mir ein und vervollständigt das Puzzle meines Lebens Stück für Stück.

»Nach kurzer Zeit wurde Elaine schwanger mit deinem Bruder, und die beiden heirateten.«

»Ich habe einen Bruder?«

Bis vor wenigen Stunden dachte ich, ich sei eine Waise, und plötzlich habe ich eine richtige Familie. Innerlich kämpfe ich mit all den sich teils widersprechenden Gefühlen: Angst, Nervosität, unbändige Freude, Misstrauen.

Anthony hebt die Hand und bedeutet mir, still zu sein. »Bitte lass mich alles der Reihe nach erzählen. Ich wurde Ashwins Trauzeuge und lernte deine Tante auf ihrer Hochzeit kennen. Es dauerte nicht lange, und Aria und ich wurden ein Paar. Aria ist stur, trotzig und ungemein klug. Ich verliebte mich in dem Moment in sie, in dem ich sie zum ersten Mal sah«, schwärmt er verträumt. »Nachdem ich ihr schließlich einen Antrag gemacht hatte, erzählte mir dein Großvater gezwungenermaßen die Wahrheit über eure Familie. Es fiel mir sehr schwer, mich damit abzufinden, Kleines. Aber ich liebe Aria mehr als mein Leben, und Ashwin war wie ein Bruder für mich, also heiratete ich in eure Familie ein. All meinen Überzeugungen zum Trotz.« Den letzten Satz flüstert er, als würde er ihn eher zu sich selbst sagen als zu mir.

»Als Aria schwanger mit Brix wurde, zogen wir von New York nach Chicago, um Abstand zu schaffen. Ich wollte ein sicheres und ruhiges Leben für meine Familie, und das konnte es in direkter Nähe zu den Hastings niemals geben.«

»Brix?«, hake ich nach.

Anthony lächelt liebevoll und traurig zugleich, als würden sein Herz und sein Verstand bei der Erinnerung an seinen Sohn miteinander kämpfen.

»Er lebt in Kanada. Dein Cousin ist ein Frauenheld, der seine Unabhängigkeit in vollen Zügen genießt. Er führt dort die Geschäfte der Hastings, was ihm genug Geld und Macht verschafft, um zu tun, was er will.« Er seufzt tief und reibt sich erschöpft über die Augen. »Brix weiß, was ich davon halte, aber es ist sein Leben, also mische ich mich nicht ein. Deiner Tante fällt das wesentlich schwerer. Jedes Mal wenn wir ihn sehen, versucht sie ihn davon zu überzeugen auszusteigen. Aber er hat dieses Leben für sich gewählt.«

»Welches Leben? Was sind das für Geschäfte, die meine Familie betreibt?« Innerlich stehe ich kurz davor, durchzudrehen. Es ist, als würde eine Flamme sich langsam an meinem Docht hocharbeiten und mich jeden Augenblick zum Explodieren bringen.

»Lass mich bitte ausreden, Kleines«, tadelt mich Anthony. »Als du geboren wurdest … es war eine sehr schwere Zeit. Dein Großvater war gerade gestorben, und Ashwin hatte die Familiengeschäfte übernommen. Er musste sich in seiner neuen Rolle zurechtfinden, und Elaine war frustriert, weil dein Vater so wenig Zeit für sie hatte. Wir entschlossen uns, für eine Zeit bei euch zu wohnen, um euch zu unterstützen. Hätte ich damals gewusst, dass diese Zeit Brix so sehr prägt, dass er später deinem Vater anbieten würde, in eure Geschäfte einzusteigen, wäre ich niemals so lange geblieben. Aber hinterher ist man bekanntlich immer klüger.« Deutlich ist seinen Worten die Verbitterung anzuhören.

»Wo ist mein Bruder jetzt? Wieso hat er sich nie bei mir gemeldet?«, frage ich und beiße mir sofort auf die Zunge, weil ich ihn schon wieder unterbrochen habe.

»Dazu komme ich noch«, antwortet Anthony ruhig, und ich nage erneut am Daumen. »Du hattest eine schöne Kindheit, Kleines. Zwar keine gewöhnliche, aber eine liebevolle. Deine Eltern haben dich vergöttert. Du warst ihre kleine Prinzessin, und genauso wurdest du behandelt. Sie haben dich auf die besten Schulen geschickt, du bist viel gereist. In dem Sommer nach deinem Abschluss von der Highschool warst du bei uns in Chicago. Du wolltest mehrere Wochen bleiben, ehe du mit deinem Bruder nach Kanada fliegen solltest. Es war geplant, dass du dort aufs College gehst und nebenbei in die Geschäfte eingearbeitet wirst, um Brix zu unterstützen.«

Die Tür zur Bibliothek öffnet sich, und Aria tritt mit einem Tablett in der Hand ein. Während sie die Kaffeetassen auf den Tisch stellt, ist nichts zu hören außer unserer angespannten Atmung. In die Mitte des Tisches stellt sie einen Teller mit liebevoll drapierten Sandwiches, und ich muss breit lächeln. Sie war bestimmt eine großartige Tante, und es tut mir in der Seele weh, mich nicht mehr an sie zu erinnern.

»Ich dachte, nach dem langen Flug und dem anstrengenden Tag gestern hast du vielleicht Hunger.«

»Danke«, murmele ich verlegen und greife nach einer Tasse mit dampfendem Kaffee.

Nachdem Aria wieder gegangen ist, umklammere ich meine Tasse wie einen Anker. Hunger habe ich keinen. Zu groß ist der Knoten in meinem Magen aus all den Eindrücken und Informationen, die ich heute bekommen habe.

Anthony gießt Milch aus einem kleinen Kännchen in seine Tasse und rührt gedankenverloren darin herum, während er weiterspricht: »An deinem ersten Abend in Chicago waren wir auf einer Spendengala für ein Hospiz. Dein Vater hatte uns angewiesen, eine bestimmte Summe im Namen der Familie zu spenden. Die Hastings haben oft und viel gespendet. Später wurde ihnen vorgeworfen, das nur getan zu haben, um einen Teil ihres Geldes zu waschen. Aber ich kannte deinen Vater besser. Er wollte einen Weg finden, trotz der bösen Taten, die er täglich vollbringen musste, die Welt ein wenig besser zu machen. Du solltest den Scheck stellvertretend überreichen, aber als es so weit war, konnte ich dich nicht finden. Ich habe dich überall gesucht und schließlich im Garten des Hotels entdeckt, in dem die Veranstaltung stattfand. Mit einem Mann. Du bist panisch geworden und hast bitterlich geweint, Kleines. Dein Begleiter hat sich schützend vor dich geschoben und die Hand demonstrativ an sein Holster gelegt. So hab ich Ian Green kennengelernt.«

21

Fassungslos reiße ich die Augen auf und lasse vor Schreck beinahe meine Tasse fallen. Dass Ian und mich etwas verbindet, weiß ich inzwischen, aber von Anthony die genauen Umstände zu hören, lässt es real werden. Meine Erinnerungen sind keine Einbildungen. Dies ist wirklich meine Vergangenheit.

Ab jetzt führt kein Weg mehr daran vorbei, mich mit Ian und meinen Gefühlen für ihn auseinanderzusetzen. Auch wenn ich riesige Angst davor habe.

»Wenn du eine Pause möchtest, dann brauchst du es nur zu sagen«, bietet Anthony verständnisvoll an.

Ohne darüber nachzudenken, schüttle ich entschieden den Kopf und straffe die Schultern. »Ich muss das jetzt hören. Es ist wie beim Pflasterabziehen. Schnell und mit einem Ruck, damit es nicht so lange wehtut.«

»Das kann ich verstehen«, erwidert er leise und nimmt einen großen Schluck von seinem Kaffee. »Du hast damals bitterlich geweint und mir zitternd gestanden, dass das mit euch schon seit einigen Monaten geht. Ian war auch der Grund, weshalb du in diesem Sommer unbedingt zu uns wolltest. Er hatte geschäftlich in Chicago zu tun, und du wolltest die Chance nutzen, mehr Zeit mit ihm zu verbringen. Deine Familie wusste nichts von euch, und sobald ich erkannte, wer er ist, war mir klar, dass das so bleiben muss. Du hast mich angefleht, euch nicht zu verraten, und ich habe es dir versprochen. Ich gebe zu, im ersten Moment war ich sehr skeptisch. Immerhin warst du erst achtzehn und Ian bereits fünfundzwanzig. Ich hatte die Befürchtung, er würde dich für seine Zwecke missbrauchen und du könntest blindlings in dein Verderben rennen. Aber Ian tat dir gut. Er hat dich erwachsener werden lassen und deinen Blick auf die Welt verändert. Du hast plötzlich Dinge infrage gestellt, die dir vorher nicht einmal aufgefallen sind. Doch dann kam der Anruf, und alles änderte sich.« Anthony schluckt hart und starrt abwesend aus dem Fenster. Seine Stimme wirkt plötzlich unendlich traurig, und seine Augen schimmern verräterisch. »Elaine und Ashwin wurden nach einem Restaurantbesuch erschossen. Es ist ein geplanter Hinterhalt gewesen. Ihre Bodyguards hatten keine Chance. Es waren einfach zu viele.«

Es ist merkwürdig. Ich habe gerade nicht nur erfahren, dass meine Eltern wirklich tot sind, sondern auch, dass sie ermordet wurden. Dennoch fühle ich nichts außer einem Stich im Herzen, weil ich sie nie werde kennenlernen können. Ich sollte traurig sein und weinen. Aber da ist nichts.

»Dieser Angriff veränderte alles«, berichtet Anthony leise. »Dein Bruder übernahm die Geschäfte und beorderte dich umgehend zurück nach New York.«

Unwillkürlich zucke ich zusammen und reibe mir heftig über die Arme, um die plötzliche Kälte zu vertreiben. Auf einmal sehe ich die grünen Augen aus meinen Träumen vor mir. Realer denn je.

»Dein Bruder Jack geht die Dinge wesentlich radikaler an, als Ashwin es je getan hätte. Dein Vater war ein guter Mann, Kleines. Er versuchte einen neuen Weg zu beschreiten. Einen gewaltfreien, legalen. Doch dein Bruder kennt keine Gnade und tötet jeden, der ihm in die Quere kommt. Aber er hatte schon immer eine Schwachstelle.« Anthony sieht mich bedeutungsschwer an, und ich schlucke hart. »Und die heißt Violet Hasting.«

»Violet Hasting«, flüstere ich verstehend. Die Szene mit dem Fremden im V's kommt mir wieder in den Sinn. »Ich bin Violet«, stoße ich tränenerstickt hervor und schlage die Hände vor den Mund.

Endlich habe ich meinen echten Namen zurück! Habe wieder eine Vergangenheit und Menschen um mich, die mich lieben. Der Typ im V's hat die Wahrheit gesagt. Er kannte mich.

»Kleines, ich war der Überzeugung, es sei besser, wenn du von alldem nichts weißt«, entschuldigt Anthony sich leise und beugt sich beschwörend zu mir vor. »Ich wollte dir die Möglichkeit geben, ein normales Leben zu führen. Aber leider lässt sich die Vergangenheit nicht abschütteln.«

»Was ist damals wirklich mit mir passiert, Anthony?«, frage ich heiser und wische mir grob die lästigen Tränen von den Wangen.

Er schließt die Augen, kann den Schmerz darin aber nicht schnell genug vor mir verbergen. Als er mich erneut ansieht, wirkt er nicht mehr nur traurig, sondern unendlich wütend.

»Jack hat dich nach dem Tod eurer Eltern nach New York zurückgeholt. Er hatte Angst, dass die Mörder es nun auf dich abgesehen haben könnten. Diese Sorge teilten Aria und ich. Nicht aber seine Ansicht, wie man dich am besten beschützen könnte«, presst er zwischen zusammengebissenen Zähnen hervor, und ich runzle irritiert die Stirn.

So habe ich ihn noch nie erlebt. Zumindest soweit ich mich erinnern kann.

Anthony schüttelt ruckartig den Kopf, als müsse er sich ermahnen, nicht laut zu werden. »Dein Bruder hat dich regelrecht eingesperrt, Kleines. Du durftest kaum noch euer Anwesen verlassen, und wenn doch, dann nur unter Aufsicht von mindestens drei seiner treuesten Wachhunde. Dennoch ist es dir hin und wieder gelungen zu flüchten und dich mit Ian zu treffen. Als Jack das schließlich erfahren hat, ist er durchgedreht. Er hat es als Verrat an eurer Familie angesehen, dass du dich ausgerechnet mit Ian Green eingelassen hattest. Jack ist zu einem brutalen und sehr gefährlichen Mann geworden. Das Einzige, das ihm außer Macht und Geld je etwas bedeutete, warst du. Er hat dich vergöttert, und dass du ihn seiner Ansicht nach hintergangen hast, hat ihn schwer getroffen. Jack rief mich in jener Nacht an und erzählte mir, was er erfahren hatte. Ich habe ihm gesagt, du seist jung und würdest eben Fehler machen, aber er wollte davon nichts hören. Er war der Überzeugung, du wolltest gegen ihn rebellieren und hättest dich aus diesem Grund ausgerechnet mit Ian Green eingelassen.«

»Wieso ist es so schlimm für Jack gewesen, dass Ian und ich uns geliebt haben? Ich meine, wie kann eine Beziehung so ein großes Problem darstellen?«

Anthony steht langsam auf und stellt sich ans Fenster. Ohne mich anzusehen, setzt er sich auf die gepolsterte Sitzbank und starrt hinaus. Ich möchte zu ihm hinübergehen, aber ich kann mich nicht rühren. Mein Körper ist wie eingefroren. Überwältigt von allem, was ich bisher erfahren habe, und der Angst vor dem, was noch folgt.

»Deiner Familie gehören Klubs, Bars und Bordelle überall in den USA und Nordamerika. Was dort in den Hinterzimmern passiert, ist zum großen Teil illegal. Die Hastings haben ihren Reichtum Glücksspiel, Drogengeschäften und Geldwäsche zu verdanken. Es gibt nur einen rivalisierenden Clan, der ihnen das Wasser reichen kann: die Greens. Ians Familie betreibt ähnliche Geschäfte. Sie bekriegen sich seit Jahrzehnten, hetzen sich gegenseitig die Polizei auf den Hals, verhindern Immobilienkäufe des anderen, machen sich Kunden abspenstig und ...«

»Mir ist schlecht«, unterbreche ich meinen Onkel und halte mir die Hand vor den Mund.

Anthony ist sofort neben mir und hält mir einen kleinen silbernen Papierkorb hin, den ich mir zwischen die Knie klemme. Immer wieder muss ich würgen, aber da ich in den letzten vierundzwanzig Stunden kaum etwas gegessen habe, kommt außer Galle nichts heraus.

Dass Aria wieder da ist, merke ich erst, als sie mir sanft über den Rücken streicht und mir das Haar aus der Stirn schiebt.

»Ich glaube, das war mehr, als sie auf einmal verkraften kann, Anthony. Am besten bringen wir sie auf ihr Zimmer, damit sie sich ausruhen kann.«

»Kannst du laufen?«, erkundigt sich mein Patenonkel fürsorglich, und ich nicke, obwohl sich mein Körper anfühlt, als bestünde er aus Pudding.

Die Gedanken rasen durch meinen Kopf. Ian und ich gehören rivalisierenden Clan-Familien an? Was soll das sein? Eine Mischung aus *Romeo und Julia* und *Der Pate*?

Vielleicht haben sie die Falsche, und ich bin nicht Violet Hasting, denke ich dann. Vielleicht ist das alles nur ein Missverständnis. Dabei ist mir längst klar, dass Anthony mir die Wahrheit gesagt hat. Ich erinnere mich an Ian, fühle mich mit Aria und Anthony verbunden und spüre tief in mir, dass dies meine Welt ist, sosehr ich mir auch wünsche, es wäre anders.

Anthony fasst mich vorsichtig um die Hüfte und führt mich aus der Bibliothek. Wir folgen Aria die breite Treppe hinauf in den zweiten Stock. Ich konzentriere mich darauf, einen Fuß vor den anderen zu setzen, ohne dabei umzufallen, und bleibe schließlich vor einer großen weißen Flügeltür stehen, die Aria mit zaghaftem Lächeln öffnet.

Das Zimmer dahinter ist groß, hell und wirkt nicht wie

ein Gästezimmer. Dafür ist es zu persönlich eingerichtet. Die Möbel wecken Erinnerungen in mir.

Anthony tritt einen Schritt zurück, um mir Raum zu geben, mich umzusehen.

Vor mir steht ein Kingsize-Bett. Darauf liegen samtene Kissen in Beige und Rot, die verdammt gemütlich aussehen und sehnsüchtig nach mir rufen. Auf dem Fußboden liegt ein flauschiger Teppich in den gleichen Farben, der dazu einlädt, die nackten Zehen in dessen langen Fransen zu vergraben. Auf der rechten Seite führt eine offene Tür zum begehbaren Kleiderschrank. Daneben entdecke ich eine Kommode aus dunklem Holz, darüber hängt der gleiche runde Spiegel wie in meinem Schlafzimmer in Rosehill. Langsam trete ich näher an die Kommode heran und betrachte die Gegenstände darauf. Eine Bürste, ein Kamm, Haarspray, ein Lockenstab und allerlei Kleinkram zum Frisieren und Schminken liegen dort fein säuberlich sortiert. Auf der Kommode steht außerdem ein gerahmtes Foto. Mit zitternden Händen greife ich danach. Das Bild zeigt Aria, Anthony, mich selbst und einen grinsenden jungen Mann mit dunkelblonden kurzen Haaren. Wir stehen in einem Garten vor einem Pool und lachen gelöst und fröhlich in die Kamera.

»Das war an Brix' zwanzigstem Geburtstag«, höre ich Aria sagen. »Wir haben eine Poolparty veranstaltet. Am Ende bist du beschwipst auf einer Gartenliege eingeschlafen, und Anthony musste dich ins Bett tragen.«

»Außerdem hatte ich einen schlimmen Sonnenbrand auf dem Rücken«, flüstere ich tonlos.

»Ja. Den hattest du«, bestätigt meine Tante sanft, und ich atme tief durch.

Ich erinnere mich an diesen Tag. Es war extrem heiß in Chicago. Wir haben schon mittags angefangen zu feiern, und Brix' Freunde waren ziemlich schnell betrunken. Einer von ihnen, keine Ahnung wie er hieß, hat versucht, mich anzufassen. Brix hat das mitbekommen und ihn sofort rausgeworfen.

»Ich vermisse Brix«, sage ich wehmütig und runzle die Stirn. »Er war mein bester Freund, nicht wahr?«

Hinter mir höre ich Aria laut schniefen und stelle den Bilderrahmen zurück auf die Kommode. Ihre Reaktion ist mir Antwort genug. Dann wende ich mich ihnen zu und fahre mir müde übers Gesicht.

»Wir lassen dich jetzt allein, Vi. Fühl dich wie zu Hause. Immerhin ist das dein Zimmer. Alles hier drinnen gehört dir, also scheu dich nicht, etwas davon zu benutzen.«

Ich nicke bloß stumm.

Nachdem die Tür hinter den beiden ins Schloss gefallen ist, streife ich Schuhe und Kleid ab, öffne meinen Zopf und schlüpfe ins Bett.

Wie soll ich bloß mit dem Wissen leben, in so einer Familie groß geworden zu sein?

22

Regentropfen überziehen meinen Körper und vermischen sich mit den Tränen auf meinen Wangen. Mit geschlossenen Augen recke ich dem Himmel mein Gesicht entgegen und begrüße jeden einzelnen Tropfen, denn der Himmel weint gemeinsam mit mir und teilt meinen Schmerz.

Ian schlingt von hinten die Arme um mich, zieht mich fest an seine Brust und küsst mich liebevoll auf die Schläfe.

»Bleib bei mir, Color.«

»Du weißt, dass das nicht geht«, flüstere ich traurig und öffne widerwillig die Augen.

Was hatte ich erwartet? Ein Happy End? Ich bin eine verdammte Hasting! Wir sind das Böse, das diese Welt vergiftet und sie in den Abgrund reißt. Wir haben kein Happy End verdient.

»Ich kann dich beschützen, Vi.« Ians Stimme klingt überzeugt und fest. Wie gern ich ihm glauben würde. »Geh nicht zurück. Bleib bei mir. Ich werde nicht zulassen, dass dir jemand wehtut.«

Niedergeschlagen schüttle ich den Kopf und drehe mich in seinen Armen um. Ich kuschle mich dicht an ihn, vergrabe meine durchgefrorenen Finger unter seinem Jackett und schmiege die Wange an seine Brust. Ians Duft umhüllt mich, und ich seufze zufrieden. Mehr werde ich zum Glücklichsein nie brauchen.

»Vielleicht macht Kanada es uns sogar leichter«, überlege ich. »Meine Eltern werden weiterhin in den Staaten sein und Jack ebenfalls. Außer Brix gibt es dort also niemanden, der mich beobachten könnte. Ich werde übers Wochenende zu dir fliegen können, ohne dass es jemandem auffällt. Außerdem habe ich dort meine eigene Wohnung. Das heißt, dass du mich besuchen kannst, ohne über einen Hasting zu stolpern und dabei im Lauf einer Pistole zu landen.«

»So wird es nicht laufen, Color«, flüstert Ian rau. »Und das weißt du auch.«

»Ich will nicht Lebewohl sagen, Ian«, schluchze ich.

»Dann bleib bei mir.«

Mit tränennassen Wangen wache ich auf und reibe mir träge über die Augen. Zuerst bin ich verwirrt, doch dann erinnere ich mich wieder, wo ich bin, und sacke erschöpft in die Kissen zurück. Ich bin in New York. Bei meiner Tante und meinem Onkel. Und ich bin Violet Hasting, ob mir das gefällt oder nicht.

Bevor mich die bleierne Müdigkeit erneut übermannen kann, steige ich aus dem Bett und gehe zum begehbaren

Kleiderschrank, der bis obenhin vollgestopft ist. Ich entdecke in einer der Schubladen Unterwäsche und entscheide mich schnell für ein schwarzes Set mit Spitzenbesatz. Dazu greife ich mir eine hellblaue kurze Bluse mit großen silbernen Knöpfen und einem Rundausschnitt. In einem der oberen Fächer finde ich schließlich Hosen und ziehe eine schwarze Röhrenjeans heraus. Ich lege alles aufs Bett und gehe ins Bad.

Vorsichtig schnuppere ich an den Flaschen in der großen Duschkabine und entscheide mich für ein fruchtiges Duschgel mit passendem Shampoo von irgendeiner französischen Marke, von der ich noch nie etwas gehört habe. Ich stelle das Wasser viel zu heiß ein und freue mich über die Hitze, die mir in jede Pore dringt und zumindest etwas von der beklemmenden Kälte in mir vertreibt. Nachdem ich viel länger als nötig unter der Dusche stand, trockne ich mich ab und ziehe mich an. Sobald der weiche teure Stoff der Dessous meine Haut berührt, weiß ich, dass ich mir diese Kleidung selbst gekauft habe. Ich erinnere mich nicht daran, aber ich bin mir sicher, mich sofort in diesen BH verliebt zu haben.

Mit dem Föhn, der auf dem Waschbeckenrand bereit liegt, trockne ich meine Haare, die ich anschließend offen über meine Schultern fallen lasse. Einem Impuls folgend öffne ich die obere Schublade am Waschtisch und lächle, als ich Schminkutensilien und Schmuck darin finde. Als Erstes trage ich Make-up auf, damit ich nicht mehr wie ein wandelnder Zombie aussehe und die tiefen Augenringe kaschieren kann. Dann tusche ich mir die Wimpern und lege etwas Lipgloss auf. Sobald ich mit meinem Spiegelbild zufrieden bin, gehe ich wieder zum Kleiderschrank und suche mir ein paar schwarze halbhohe Louboutins aus, von denen ich bis gestern nur träumen konnte. Es ist merkwürdig, auf einmal von all diesen exklusiven Dingen umgeben zu sein. Aber es fühlt sich gut und vertraut an. Als wäre ich es mein Leben lang gewohnt gewesen. Gedankenverloren suche ich nach meinem Handy, um die Uhrzeit herauszufinden, bis mir wieder einfällt, dass ich es in Rosehill zurücklassen musste. Ich werde Aria und Anthony bitten müssen, mir ein neues zu besorgen, damit ich mich bei Camy melden kann. Ob sie sich Sorgen um mich macht?

Ich hoffe, sie ist in Sicherheit und es geht ihr gut. Ich könnte es mir nie verzeihen, wenn ihr meinetwegen etwas zustoßen würde.

Um zumindest ungefähr abschätzen zu können, wie spät es ist, sehe ich flüchtig aus dem Fenster. Die Sonne ist gerade erst aufgegangen und steht noch tief am Himmel, also muss es früher Morgen sein.

Nach einem letzten Blick in den Spiegel, der mir bestätigt, dass ich dank des Make-ups nicht verheult, sondern wach und stark aussehe, verlasse ich mein Zimmer und gehe nach unten. In der Eingangshalle angekommen sehe ich mich nachdenklich um und entscheide mich, den Flur zu betreten, und öffne eine Tür. Ich möchte mich gern weiter umsehen. Vielleicht erinnere ich mich ja an etwas, wenn ich es erst sehe.

Enttäuscht, weil es bloß ein Gäste-WC ist, gehe ich weiter und bin gerade im Begriff, die Klinke der nächsten Tür herunterzudrücken, als ich seine Stimme höre und mein Puls in die Höhe schießt.

Ohne nachzudenken oder anzuklopfen, reiße ich die Tür auf und versuche die aufgesetzte Maske aus Stärke und Mut nicht verrutschen zu lassen.

Anthony sitzt hinter einem ordentlich aufgeräumten breiten Eichenholzschreibtisch. Aktenstapel sind penibel genau ausgerichtet, und selbst der aufgeklappte Laptop steht im rechten Winkel zur Tischkante. Er ist also ein Ordnungsfreak.

Hinter meinem Onkel am Fenster entdecke ich ihn schließlich.

Ians Gesicht wirkt hart und emotionslos, als würde es ihn überhaupt nicht bewegen, mich hier stehen zu sehen. Wahrscheinlich stört es ihn eher, dass ich ihr Gespräch unterbrochen habe. Oder meine Anwesenheit interessiert ihn einfach nicht.

Dieser Gedanke trifft mich wie ein Schlag in die Magengrube. Immer wieder habe ich mir vorgenommen, mich von Ian fernzuhalten. Aber ich kann schlicht und einfach nichts dagegen tun, dass ich mich nach diesem arroganten Mistkerl sehne.

»Guten Morgen«, sage ich gespielt gelassen und trete über die Schwelle ins Arbeitszimmer.

»Wie geht es dir? Ich hoffe, du hast gut geschlafen?«, fragt Anthony fürsorglich und mustert mich eingehend.

»Mir geht es viel besser, danke. Ich hab geträumt. Wieder eine Erinnerung. Ich glaube, es geht voran in meinem Kopf«, versuche ich zu feixen und nage am Daumen.

Ein erleichtertes Lächeln breitet sich auf Anthonys Gesicht aus, und er klatscht in die Hände. »Das ist wundervoll, Kleines! Woran hast du dich erinnert?«

Mit einem kurzen Blick zu Ian, der mich immer noch betrachtet, als wäre ich bloß irgendeine Fremde, schüttle ich den Kopf.

»Es war nichts Wichtiges. Aber jede Erinnerung hilft mir weiter.«

Anthony nickt zögernd und deutet fragend auf Ian.

Wieder schüttle ich den Kopf.

»Die Küche findest du den Gang runter«, erklärt er mir. »Dort steht ein Kaffeevollautomat, und der Kühlschrank ist voll. Da Aria einkaufen gefahren ist und wir den Angestellten übers Wochenende freigegeben haben, dürftest du Ruhe haben.«

»Kaffee!«, rufe ich erleichtert. »Ohne Koffein funktioniere ich nicht richtig.«

Anthony lächelt verstehend und sieht dann kurz zu Ian, der noch immer wie eine Statue am Fenster verharrt. Die einzige Regung in seinem undeutbaren Gesicht ist ein leichtes Stirnrunzeln.

»Frühstücke erst mal, Vi. Wir reden dann später weiter«, sagt Anthony.

Nickend wende ich mich zur Tür, halte dann aber noch einmal an und atme tief durch, ehe ich einen Blick über die Schulter werfe und mich zwinge, zu Ian zu sehen.

»Guten Morgen, Slowpoke«, bringe ich gequält heraus und schlucke den Kloß im Hals mühevoll runter, der wie ein schwerer Stein in meinem Magen landet.

Augenblicklich erwacht Ian aus seiner Starre und stößt sich von der Fensterbank ab. Er tritt auf mich zu und öffnet den Mund, um etwas zu sagen, aber ich verlasse fluchtartig das Büro und schließe die Tür hinter mir.

Ich höre Ian meinen Namen rufen, laufe aber unbeirrt auf die Küche zu. Hoffentlich folgt er mir nicht.

Auf der Anrichte entdecke ich den Kaffeevollautomaten und wühle in den Schränken nach einer Tasse, um mir einen Cappuccino zuzubereiten. Nachdem ich die Maschine in Gang gesetzt habe und sich verführerischer Kaffeeduft in der Küche verbreitet, atme ich kurz durch. Seufzend trinke ich dann das schwarze Gold und sehe dabei nachdenklich aus dem Fenster über der Spüle.

Ich erinnere mich wieder daran, wie ich zu meinem Kosenamen Color kam. Es war bei Ians und meiner ersten Begegnung. Ich stand an der Bar und wollte mir ein Glas Champagner holen. Zwar mag ich das prickelnde Zeug nicht besonders, aber es ist der einzige Alkohol, den eine Achtzehnjährige auf einer Spendenveranstaltung ausgeschenkt bekommt.

Jemand rempelte mich von der Seite an, und gerade als ich losmeckern wollte, sah ich ihn. Den schönsten Mann, der jemals vor mir gestanden hat, mit den faszinierendsten Augen, die ich mir je hätte vorstellen können. Und aus diesen Augen sah er gerade entschuldigend zu mir hinunter.

»Ich hoffe, ich hab dir nicht wehgetan?«, fragte er, und ich lachte kurz auf.

»Um mir wehzutun, ist mehr nötig, als mit dem Ellbogen an meine Schultern zu stoßen«, erwiderte ich lapidar.

Interessiert zog er eine Braue hoch und grinste mich an. »Mit wem habe ich die Ehre?«

»Mit Violet.«

Seine Lippen kräuselte ein leises Lächeln. »Du heißt wie eine Farbe? Dann könnte ich dich auch einfach Color nennen.«

»Sehr kreativ.« Demonstrativ abweisend überkreuzte ich die Arme vor der Brust. »Und wie heißt du?«

»Ian«, erwiderte er höflich und streckte mir die Hand hin.

»Ian ist ein langweiliger Name. Da könnte ich dich auch Slowpoke nennen«, erwiderte ich und ignorierte seine Hand.

»Klingt nach einem Superhelden.« Er ließ die Hand sinken, ohne sich anmerken zu lassen, ob er sich beleidigt fühlte.

»Ja, aber nach einem besonders langweiligen Helden, dessen Superkraft es ist, andere zum Einschlafen zu bringen. Da könntest du ebenso gut der Sandmann sein.«

Wehmütig leere ich meine Tasse. Bei unserer ersten Begegnung fühlte sich alles noch so leicht an. Keiner von uns wusste, zu welchen Familien wir gehören. Doch irgendwann müssen wir es erfahren haben. Und dennoch hat uns das nicht auseinandertreiben können. Wir haben uns ineinander verliebt. Und es endete damit, dass ich meine Existenz aufgeben und mich vor meinem Bruder verstecken musste.

»Color.«

Erschrocken wirble ich herum. Ich war so in meinen Gedanken versunken, dass ich Ian nicht habe kommen hören, dabei steht er nun vor mir mitten in der Küche.

»Wieso bist du in Rosehill aus dem Hotel verschwunden?«, fragt er mit ruhiger Stimme, doch ich kann deutlich spüren, dass er wütend ist.

Unsicher nage ich am Daumen und weiche seinem Blick aus. Dass er mich gerade danach fragen würde, hatte ich nicht erwartet.

»Wieso hast du mich im Stich gelassen, als ich dich am dringendsten gebraucht hätte?«, entgegne ich trotzig. »Wo warst du nach dem Angriff von David? Ich bin wach geworden und war allein, Ian! Und wo warst du vor fünf Jahren, als ich aus dem Koma erwacht bin? Ich hätte dich gebraucht!«

Er legt den Kopf schief, als würde er versuchen, in meinen Gedanken zu lesen, während seine Miene unergründlich bleibt.

»Mich von dir fernzuhalten war die schwerste Entscheidung meines Lebens, Violet. Aber ich hatte keine andere Wahl«, offenbart er plötzlich, und sein Tonfall schwankt zwischen Wut und Trauer.

Ich schlucke hart und beiße mir angespannt auf die Lippe. Ich darf nicht vergessen, was ich über Ian erfahren habe. Er ist ein Verbrecher. Gefährlich und zu allem in der Lage. Ich darf ihm keinen Glauben schenken.

»Anthony war damals anderer Meinung als ich. Er hat mich davon überzeugt, dass Rache an Jack der falsche Weg ist. Unsere oberste Priorität sollte stattdessen sein, dich in

Sicherheit zu bringen. Im Nachhinein muss ich mir eingestehen, dass er damit recht hatte.«

»Ach, du findest also, es war eine gute Idee, mich fünf Jahre lang unter falschem Namen leben zu lassen?«, schreie ich ihn an. »Mich jahrelang in ein winziges Nest zu verbannen? Mich in der Überzeugung leben zu lassen, ich sei paranoid? Mich glauben zu lassen, ich sei ein egoistisches einsames Miststück gewesen, das weder Freunde noch Bekannte hat, die mich am Krankenbett besuchen kommen?«

Ian greift sich verzweifelt in die Haare und ringt um Worte. Doch ehe er etwas sagen kann, setze ich erneut an.

»Ich ertrage dieses Schweigen nicht länger, Ian. Ich will endlich Antworten«, zische ich.

Ergeben lässt er die Hände sinken und schaut mich beinahe resignierend an. »Was möchtest du wissen, Color?«

»Zunächst mal: Wie kommt es, dass wir uns in Rosehill wiedergetroffen haben? Das war doch kein Zufall.«

»Nein, das war es nicht. Von Anthony habe ich erfahren, dass du dein Studium abgeschlossen hast und nach Rosehill gezogen bist. Dort hatte ich gerade das V's eröffnet, was tatsächlich ein Zufall war. Allerdings gab es mir die Möglichkeit, in deiner Nähe zu sein, ohne aufzufallen. Als ich dich dann im Klub entdeckt habe, war ich wie gefangen. Ich konnte mich nicht beherrschen, bin unvorsichtig geworden und habe dich von der oberen Etage aus beobachtet. Mir war ja nicht klar, dass du dich wieder an einige Details erinnern kannst. Ich hätte nie damit gerechnet, dass du auf mich zukommen würdest. Und als du dann direkt vor mir standest, war es um mich geschehen. Genau wie bei unserer ersten Begegnung.«

Ich trete einen Schritt auf ihn zu. »Das V's. Wofür steht die Abkürzung, Ian?«

Er schaut mich gequält an. »Was denkst du denn? Es steht für Violet. Du warst immer in meinen Gedanken. All die Jahre.«

Ich blicke in seine blauen Augen und sehe darin den Sturm der Gefühle, der auch mich seit dem Unfall vor fünf Jahren beherrscht. Unsicherheit, Angst, Einsamkeit, Verzweiflung.

»Und unser Aufeinandertreffen bei Mr. Hitch? War das auch von dir fingiert?«, presse ich mühsam hervor.

Ian schluckt hart, ehe er langsam nickt. »Ich wollte die Möglichkeit haben, dich weiterhin in meiner Nähe zu wissen und beschützen zu können. Daher habe ich dir den Job bei Coop & Fleur besorgt.«

Taumelnd trete ich zurück. Der Job in der Werbeagentur ist für mich der einzige selbst erkämpfte Erfolg in den letzten Jahren gewesen. Ich war so stolz auf meine Leistung. Und dabei hatte Ian die ganze Zeit seine Finger im Spiel.

»Ich verstehe das alles nicht. Du hast mich die ganze Zeit verfolgt? Hast jeden meiner Schritte gelenkt. Du warst es auch, der mir die Spieluhr geschenkt hat, nicht wahr?«

Wieder nickt Ian mühsam.

»Und die Männer in Schwarz? Gehören die auch zu dir? Der Drohanruf auf meinem Handy. Der Einbruch in meine Wohnung. Warst das alles du?« Mittlerweile ist meine

Stimme zu einem schrillen Kreischen geworden. Alles bricht aus mir heraus.

Ian reißt schockiert die Augen auf. »Nein, Color, das musst du mir glauben. Ich wollte dir doch nie Angst einjagen. Anthony hat mir von dem Einbruch erzählt, und deshalb bin ich direkt nach New York gekommen, nachdem ich Josh zu dir geschickt habe. Aber welche Männer? Was für ein Anruf?«

Er will auf mich zu treten, doch das lasse ich nicht zu.

Fluchend pfeffere ich meine Tasse gegen die Wand. So nah an Ians Kopf vorbei, dass er den Windhauch spüren müsste. Die Tasse zersplittert in tausend Teile und fällt krachend zu Boden, doch Ian zuckt nicht einmal zusammen.

Stattdessen breitet sich ein kleines Lächeln auf seinem Gesicht aus.

»Verdammt! Ich habe dich so unglaublich vermisst«, sagt er und reißt mich plötzlich in die Arme.

Zuerst wehre ich mich gegen ihn, aber mein dummes Herz ist viel zu glücklich über seine Nähe, als dass ich meinen Protest lange aufrechterhalten könnte.

Ians Lippen treffen hart und fordernd auf meine, und ich erwidere den Kuss sofort mit dem gleichen verzweifelten Hunger. Er drängt mich zurück, bis ich mit dem Hintern gegen die Anrichte stoße, und hebt mich schwungvoll darauf. Ich umklammere seine Hüften mit den Beinen und dränge mich dichter an ihn.

»Ich brauche dich, Ian«, raune ich zwischen zwei Küssen. »Bitte stoß mich nicht wieder zurück. Verweigere uns nicht länger das, wonach wir uns beide sehnen.«

Ich presse seine Härte verlangend gegen meinen Schritt und stöhne auf.

»Ich glaube nicht, dass das …«, beginnt Ian.

»Hör auf zu denken. Bitte. Fühl einfach nur«, flehe ich ihn an und greife in seinen Schritt.

Ian ist steinhart. Und groß. Verdammt groß.

»Du machst mich verrückt, Violet«, knurrt er und reißt mit einem Ruck meine Bluse auf, sodass die Knöpfe abspringen und über den Küchenboden rollen wie Murmeln.

Lustvoll betrachtet Ian meinen halb nackten Körper, entdeckt meine steifen Nippel, die sich durch den Stoff des BHs drücken, und leckt sich über die Lippen.

Ich stütze mich auf der Anrichte hinter mir ab und schaue ihm auffordernd ins Gesicht.

Eine weitere Einladung braucht er nicht. Geschickt zieht Ian mein BH-Körbchen nach unten und streicht sanft über meine Tätowierung. Seine Berührung ist so vertraut, als habe er dies schon viele Male getan. Dann nimmt er meinen steifen Nippel zwischen die Zähne. Er leckt und saugt daran, beißt spielerisch hinein und widmet sich dann der anderen Brust. Dieses Spiel treibt er so lange, bis ich kurz vor dem Explodieren stehe und vor Erregung zittere.

»Ich werde nicht zärtlich sein, Vi. Dafür warte ich auf das hier schon viel zu lange«, warnt er mich vor und nestelt grob an dem Knopf meiner Jeans herum.

Außer Atem hebe ich den Po an, damit er mir die Hose und den Slip herunterziehen kann. In seinen blauen Augen entdecke ich den gleichen unbändigen Hunger, den auch ich empfinde. Seit unserer Begegnung im V's will ich Ian mit jeder Faser meines Seins. Will ihn spüren, riechen, schmecken. Will, dass er sich in mir vergräbt und meinen Namen brüllt, wenn er kommt.

Quälend langsam lässt Ian einen Finger meine Schenkelinnenseite nach oben wandern, bis er ihn durch meine Spalte gleiten lässt und mit dem Daumen gekonnt über meine Perle reibt. Immer wieder ziehen sich meine Muskeln erwartend zusammen, bis ich das Gefühl habe zu verbrennen, wenn er mich nicht sofort nimmt. Aber Ian lässt sich Zeit und quält mich weiter. Er weiß genau, wie und wo er mich anfassen muss, damit ich unter seinen Fingern zerfließe wie Eis in der prallen Sonne.

Ein winziger Teil in mir stellt sich die Frage, ob das hier ein Fehler ist. Ob er mich angelogen hat und es klüger wäre, abzubrechen, der Sehnsucht nicht nachzugeben und mich von ihm fernzuhalten. *Es gibt nur einen rivalisierenden Clan, der ihnen das Wasser reichen kann: die Greens,* hallen Anthonys Worte in meinem Kopf nach.

Ian ist der Feind.

Und dennoch kann ich nicht ohne ihn sein.

23

»So feucht«, flüstert Ian zufrieden und leckt sich genießerisch meinen Saft vom Finger. »Du schmeckst sogar noch besser, als ich in Erinnerung hatte.«

»Ian, bitte«, flehe ich und ziehe ihn an mich.

Ungeduldig öffne ich erst seinen Gürtel, dann seine Hose und entblöße mit einem Ruck sein steifes Glied.

»Bitte, was? Sag mir, was du willst. Ich muss es hören.«

Ian nimmt mein Kinn zwischen die Finger und hebt meinen Kopf an, damit ich ihn ansehe. In seinen Augen steht die reine, unverfälschte Gier. Er will mich ebenso sehr wie ich ihn, und dieses Mal gibt es keine Ausrede, um mich erneut zurückzuweisen. Dieses Mal weiß ich, wer ich bin und wer er ist. Weiß, in welcher hoffnungslosen Lage ich mich befinde.

»Bitte, nimm mich«, flüstere ich und öffne die Beine.

Ian flucht heftig, zieht mich näher zu sich heran und drängt sich zwischen meine Schenkel.

Mein Herz rast so schnell, dass ich Angst habe, es könnte mir gleich aus der Brust springen, während mein restlicher Körper vor Verlangen bebt. Er presst erneut seine Lippen auf meine, dann raschelt etwas, und ich spüre Ians Hand zwischen uns. Er streift sich ein Kondom über. Doch dann hält er plötzlich inne und sieht mir eindringlich in die Augen.

»Noch kannst du Nein sagen, Vi«, flüstert er.

Ians Muskeln zittern vor Anspannung. Sich zurückzuhalten, um mir die Chance zu geben, mich anders zu entscheiden, kostet ihn verdammt viel Selbstbeherrschung, und allein deswegen will ich ihn umso mehr.

»Ich will dich, Ian Green«, raune ich heiser und lasse einen Finger über seine feste Brust gleiten.

»Du bist alles, was ich je wollte, Color.« Mit diesen Worten versenkt er sich in mir.

Im ersten Moment habe ich das Gefühl zu zerreißen. Dann werde ich von unbändiger Lust erfüllt. Ich werfe den Kopf in den Nacken, schreie seinen Namen und stöhne auf. Dabei ist es mir völlig egal, wer mich hören könnte. Das Einzige, das mich interessiert, ist Ian.

Er nimmt mich hart, verlangend und unnachgiebig. Und genauso brauche ich ihn. Es ist die pure verzweifelte Sehnsucht, die aus unseren Körpern spricht und sich endlich den Weg freigekämpft hat.

Hemmungslos zerkratze ich ihm mit meinen Fingernägeln den Rücken und erwidere jeden seiner harten Stöße.

»Komm für mich, Vi«, verlangt er dunkel und wickelt meine Haare um seine Faust.

Unsere Blicke verkeilen sich ineinander. Das Pochen in meiner Mitte wird so stark, dass ich erneut vor Lust aufschreie. Als Ian seinen Mund zudem um meinen Nippel schließt und fest daran saugt, überrollt mich eine unkontrollierbare Welle, die meinen Verstand vernebelt und jeden einzelnen Muskel in mir verkrampfen lässt. Ich rufe seinen Namen, keuche und kralle mich an seinen Schultern fest.

Ians Bewegungen werden drängender und härter, bis er plötzlich stockt und sein Gesicht an meinen Hals legt. Ich spüre seinen heißen Atem und höre ihn zwischen zusammengebissenen Zähnen aufkeuchen. Dann entspannt er sich langsam in mir.

Atemlos halten wir einander fest. Ians Kopf ruht träge an meiner Schulter, während wir die Nachwehen des Orgasmus genießen.

Das, was hier gerade passiert ist, habe ich so noch nie erlebt. Kein Mann hat je diesen Rausch der Gefühle in mir auslösen können. Mir scheint, als wäre dies mein erster echter Orgasmus gewesen. Meilenweit von den Erfahrungen der letzten fünf Jahre entfernt.

»Color«, wispert Ian irgendwann geradezu ungläubig.

Langsam zieht er sich aus mir zurück, und sofort vermisse ich ihn tief in mir.

Er streift das Kondom ab und wirft es achtlos in den Mülleimer. Dann zieht er sich Boxershorts und Hose über und hilft mir dabei, wieder auf die Füße zu kommen. Wackelig ziehe ich mich ebenfalls an und lache beim Blick auf die kaputte Bluse. Notdürftig knote ich sie vor der Brust zusammen und grinse Ian verlegen an.

»Ich kauf dir eine neue«, verspricht er entschuldigend, kann sich das verschmitzte Grinsen aber nicht verkneifen.

»Du kannst gern all meine Klamotten zerreißen, wenn ich dafür jedes Mal so einen Orgasmus bekomme«, erkläre ich lächelnd.

Ian zieht mich an sich und küsst mich sanft auf die Lippen. Diese Geste steht im krassen Gegensatz zu den dominanten, rohen Berührungen von eben und verursacht wahrscheinlich genau deswegen direkt wieder ein süßes Ziehen in meiner Mitte. Unwillkürlich dränge ich mich an seinen stahlharten Körper und seufze sehnsüchtig auf. Ian lacht amüsiert und schiebt mich vorsichtig von sich.

»Du bist unersättlich«, raunt er liebevoll und küsst mich auf den Scheitel.

Einen Moment lang stehen wir voreinander und sehen uns einfach nur an. Dann wird Ians Miene plötzlich ernst, und die lockere Stimmung zwischen uns verpufft schlagartig.

»Wir sollten uns unterhalten, Violet. Es gibt noch einiges zu klären. Was hat es mit dem Anruf …«

»Nein, ich möchte nicht weiter davon sprechen«, erwidere ich stur und lehne mich an die Spüle.

Es fühlt sich merkwürdig an, Violet genannt zu werden. Aber nicht fremd oder gar unangenehm. Bloß verwirrend.

»Gut, aber lass mich dir wenigstens erklären, was zwischen uns war und wie es so weit kommen konnte, dass du ohne Gedächtnis im Krankenhaus aufgewacht bist«, beharrt er.

»Wieso gerade jetzt? Wieso willst du nach diesem Erlebnis unbedingt alte Wunden aufreißen, Ian?«

»Du kannst die Vergangenheit nicht ausblenden, Vi. Sie gehört zu dir und hat dich zu der Person gemacht, die du heute bist«, sagt er ruhig und schenkt mir ein winziges Lächeln. »All die Jahre habe ich mir genau ausgemalt, was ich dir sagen werde, wenn ich dich endlich wiedersehe. Und dann tauchst du plötzlich in meinem Klub auf, siehst aus wie früher und stellst dich auch noch direkt vor mich.« Er fährt sich durchs Haar und schüttelt amüsiert den Kopf. »Du sahst so verdammt heiß aus in diesem Kleid, dass ich dich am liebsten über die Schulter geworfen und in meine Höhle getragen hätte.«

»Na ja«, scherze ich. »Das hast du ja auch irgendwie getan.«

»Color, wir …«

»Nein«, unterbreche ich ihn und hebe abwehrend die Hände. »Ian, du kennst mich seit Jahren, ich dich aber erst seit einigen Wochen. Daran ändern auch die wenigen Erinnerungen nichts. Ich will die Vergangenheit nicht ausblenden, versteh mich nicht falsch. Aber ich will auch nicht einfach nur hören, wie es damals zwischen uns war und was alles passiert ist. Ich will es verstehen.«

»Was kann ich tun, damit es leichter für dich wird?«, fragt er, und ich denke einen Moment über seine Frage nach, ehe ich antworte.

»Ich muss dich neu kennenlernen«, stelle ich schließlich fest und zucke unbeholfen mit den Schultern. »Mein größtes Problem ist wohl, dass ich nicht viel mehr über dich weiß als deinen Namen und dass du in illegale Geschäfte verstrickt bist. Ich erinnere mich weder an unsere ersten

Dates noch an den ersten Kuss. Für mich ist das alles nie passiert.«

»Du willst, dass wir von vorn anfangen?«, fragt er irritiert und sieht mich an, als sei ich verrückt.

Will ich das? Zu leugnen, dass ich Gefühle für Ian habe, wäre sinnlos. Damit würde ich mich nur selbst belügen. Aber richtig auf ihn einlassen kann ich mich auch nicht. Dafür fehlt einfach zu viel unserer gemeinsamen Zeit in meinen Erinnerungen.

»Ich will dich kennenlernen und versuchen, erneut Vertrauen zu dir aufzubauen«, erkläre ich. »Aber das geht nicht von heute auf morgen. Ich kann dir anbieten, dass wir einen Neustart versuchen.«

»Damit ich das richtig verstehe«, knurrt er, und sein Blick verdunkelt sich mit einem Mal bedrohlich. »Es macht dir nichts aus, mir deinen Körper zu schenken, aber in dein Herz lassen kannst du mich nicht?«

Ich schnaube und werfe hilflos die Hände in die Luft. Wie soll ich ihm erklären, was in mir vorgeht, wenn ich es selbst nicht verstehe, verdammt?

»Dass du mir viel bedeutest, habe ich nie geleugnet, Ian. Aber ich erinnere mich nur an Bruchstücke aus unserer gemeinsamen Zeit. Wer versichert mir, dass du mich nicht über unsere gemeinsame Vergangenheit anlügst? Wer versichert mir, dass du nicht die Schuld an meinem Unfall hattest? Ihr könnt mir alle erzählen, was ihr wollt. Ich kann es weder widerlegen noch bestätigen. Für mich ist das verdammt schwer.«

»Und du denkst, für mich ist das ein Spaziergang?«,

schnaubt er. »Allein, dass du dir vorstellen kannst, ich würde die Schuld an deinem Leid tragen, zerreißt mich. Du bist das Beste in meinem Leben, Violet. Dich nicht mehr um mich zu haben, hat mich verzweifeln lassen. Als Anthony mich damals anrief …« Er stockt und reibt sich grob übers Gesicht. »Glaub mir, wenn es nach mir gegangen wäre, hätte Jack die Sonne nie wieder gesehen. Aber dein Onkel ist ein Gutmensch und verdammt überzeugend. Jack hat es nur ihm zu verdanken, dass er heute noch in der Lage ist zu atmen«, erklärt er kalt, und ich erschaudere. »Ich gebe zu, Dinge tun zu müssen, die gegen meine Prinzipien verstoßen. Aber im Gegensatz zu deinem Bruder betrachte ich sie als letzten Ausweg. Das mit David hat mir im ersten Moment Genugtuung verschafft, das leugne ich nicht. Endlich konnte ich zumindest einen Menschen leiden lassen, der dir wehgetan hat. Aber willst du wissen, wie es mir hinterher ging?«

Zögernd schüttle ich zunächst zaghaft den Kopf, nicke dann aber doch.

Ian atmet tief ein und schließt flüchtig die Augen, ehe er sie fest auf mich richtet.

»Ich verabscheue mich dafür, wozu ich in der Lage bin, Vi. Ich habe David verprügelt, wie er es verdient hat, und vermutlich noch etwas mehr. Aber getötet habe ich ihn nicht. Meine Männer haben ihn ins nächste Flugzeug nach Spanien gesetzt und sorgen dafür, dass er nie wieder einen Fuß über den Ozean setzt.«

»Ich dachte …«, beginne ich, aber Ian unterbricht mich mit einem lauten Stöhnen.

»Ich kann mir vorstellen, was du dachtest, Vi. Aber so bin ich nicht. Zumindest nicht nur. Nicht bei dir.«

Meine Gefühle fahren Achterbahn. Ian ist gefährlich. Aber er hat ein Gewissen und ein gutes Herz, das spüre ich. Ich wünschte, das würde reichen, um ihm zu vertrauen.

»Ian, ich kann das nicht. Nicht so schnell. Es ist zu viel auf einmal. All diese Eindrücke und das neue Wissen überrennen mich. Ich fühle mich, als würde ich auf einen Abgrund zusteuern, ohne die Möglichkeit, innezuhalten oder umzukehren.«

»Damn, Vi!«, brüllt er auf, und ich zucke erschrocken zusammen. Ian atmet tief ein und fährt sich hilflos durchs Haar. »Nicht nur für dich ist diese Situation schwierig. Es ist ein grausames Gefühl, wenn sich die Frau, für die du alles tun würdest, nicht mehr an dich erinnert und sogar Angst vor dir hat. Es reißt mir das beschissene Herz raus, dass du mir nicht vertraust. Aber du hast recht. Du kannst nichts dafür.« Ian verstummt, sein Blick wird unergründlich, und er tritt jetzt ganz dicht vor mich. »Ich werde nicht aufgeben, Color. Und ich bekomme immer, was ich will«, erklärt er ruhig und mit erschreckender Selbstsicherheit.

»Und was willst du?«, frage ich und erwidere trotzig seinen Blick.

Er legt eine Hand an meine Wange und streicht mit dem Daumen vorsichtig über meine Haut. Sehnsüchtig schließe ich die Augen und entspanne mich durch seine Berührung augenblicklich.

»Dich«, flüstert er zärtlich. »Deinen Körper und deine Gedanken. Deine Fehler, deine Macken und deine Liebe.

Du gehörst zu mir, Violet Hasting. Dagegen kannst du dich nicht ewig wehren. Egal, wie sehr du es versuchst.«

Er zieht seine Hand weg, und es fühlt sich an, als wäre mit seiner Berührung auch ein Teil von mir verschwunden.

Langsam öffne ich die Augen und sehe mich suchend in der großen Küche um. Aber Ian ist nicht mehr da.

Ich bin allein mit meinen aufgewühlten Gedanken und dem Nachhall dessen, was zwischen uns passiert ist.

Wie kann etwas, das sich so richtig und warm anfühlt, falsch sein? Wie kann das, was ich für ihn empfinde, keine Liebe sein? Wie kann dieser Mann mein größter Feind sein?

24

»Wieso sind wir eigentlich in New York statt in Chicago?« Diese Frage stelle ich mir schon, seit ich in Rosehill das Flugticket bekommen habe.

Meine Tante sieht mich durch den runden Spiegel flüchtig an und befestigt dann gekonnt die letzte Strähne an meinem Hinterkopf. Es zwickt zwar, aber ich halte still und lasse sie machen. Außerdem bin ich Schlimmeres gewohnt. Gloria war nie besonders zimperlich, wenn sie mir die Haare gemacht hat, und wenn ich gemeckert habe, hat sie bloß mit den Augen gerollt.

»Weil Anthony hier gerade geschäftlich zu tun hat«, erklärt Aria sachlich. »Alles stehen und liegen zu lassen, um nach Chicago zu fliegen, wäre viel zu auffällig gewesen.«

»Zu auffällig für Jack?«, hake ich nach, und sie nickt bedächtig.

»Dein Bruder ist nicht dumm, Vi. Er ahnt, dass du nicht tot bist. Er hat all die Jahre nur nichts unternommen, weil er keine Beweise hat. Offiziell bist du tot, und alle glauben daran. Uns anzugreifen, weil er einer Theorie nachjagt, würde ihn Glaubwürdigkeit kosten. Immerhin bin ich ebenso eine Hasting wie er.«

»Wenn ich es richtig verstanden habe, wohnt Jack in New York. Ist es nicht viel zu gefährlich, dass ich mich ausgerechnet hier verstecke?«, frage ich zögernd.

Aria hält inne und mustert skeptisch ihr Werk. Vorsichtig zupft sie eine Strähne zurecht und nickt dann zufrieden.

»New York ist momentan der sicherste Ort auf der Welt für dich«, verkündet sie überzeugt und reicht mir einen eckigen Handspiegel, damit ich ihr Werk begutachten kann. »Jack würde niemals damit rechnen, dass wir dich ausgerechnet hier verstecken. Und solange du nicht in einem seiner Klubs auftauchst, dürftest du sicher sein.«

Sie hat wahrscheinlich recht. Meistens ist das, was direkt vor unserer Nase liegt, unsichtbarer als das, was gut versteckt wird.

Ich halte den Handspiegel so, dass ich im großen Spiegel meinen Hinterkopf sehen kann, und pfeife anerkennend durch die Zähne. Aria hat meine Haare in einzelne Strähnen unterteilt, diese eingeflochten und kunstvoll auf meinem Hinterkopf festgesteckt.

»Du könntest in Glorias Salon anfangen«, witzle ich.

»Wer ist Gloria?«, fragt sie.

Ich lege den Spiegel vor mir auf der Kommode ab und wende mich meiner Tante zu. Aria sieht umwerfend aus. Ihre blonden Haare sind zu einem eleganten Knoten im Nacken geschlungen. Ihre grauen Augen hat sie mit Wimperntusche, einem Lidstrich und dunklem Lidschatten betont. Der schlanke Körper steckt in einem engen blassrosa Etuikleid, das kurz unter den Knien endet. Aria ist nicht nur warmherzig, sie ist auch wunderschön. Ich kann mir nicht vorstellen, dass es jemanden gibt, der sie nicht mag.

»Gloria ist die Mutter von Camy, meiner Mitbewohnerin«, erkläre ich ihr und werde bei der Erinnerung an meine beste Freundin wehmütig.

»Stimmt. Anthony hat mir von deiner Freundin erzählt«, erinnert sie sich. »Und ihrer Mom gehört ein Schönheitssalon?«

Ich nicke feierlich und stehe vorsichtig auf, um die Frisur nicht zu ruinieren.

»Gloria gehört der beste Salon in Rosehill. Ihre Warteliste ist so lang, dass du Monate im Voraus einen Termin vereinbaren musst.« Traurig denke ich an meine letzte Begegnung mit ihr und seufze. »Nach meinem Abschluss hat sie mich dazwischengequetscht und einen anderen Termin dafür verschoben. So etwas würde sie normalerweise nur für die Queen tun.«

Aria wirft mir einen merkwürdigen Blick zu und huscht dann zum Bett, auf dem mein Kleid bereitliegt. Es ist ein bodenlanges schwarzes Abendkleid. Vorne hochgeschlossen, dafür mit einem umso tieferen Rückenausschnitt. Im Licht schimmert es am Saum und am Hals, da es dort mit unzähligen winzigen Diamanten besetzt ist. Es ist traumhaft schön, trotzdem hätte ich es mir selbst nie ausgesucht. Aber Aria besteht darauf, dass ich es heute trage, und irgendwie freue ich mich sogar darauf.

Mit einem »Danke« nehme ich ihr das Kleid ab und drehe mich erneut zum Spiegel. Gerade trage ich nicht mehr als einen schwarzen String und halterlose Strümpfe mit Spitzenrand. Da man mit diesem Rückenausschnitt keinen herkömmlichen BH tragen kann, hat Aria mir trägerlose Schalen auf die Brüste gedrückt, die wie durch Magie tatsächlich halten und meine Brust sogar pushen.

»Du vermisst sie«, verkündet Aria plötzlich hinter mir, und ich stocke.

Langsam wende ich mich ihr zu und steige vorsichtig ins Kleid. Der feine Stoff schmiegt sich perfekt an meinen Körper und fühlt sich wesentlich leichter an, als ich erwartet hatte.

»In den letzten Jahren waren die Owsons die einzige Familie, ich die hatte«, erkläre ich ruhig. »Zu den Feiertagen war ich bei ihnen. Zu meinen Geburtstagen hat Gloria mir immer einen Kuchen gebacken, und zu Weihnachten hat sie eine Socke für mich über den Kamin gehängt, als würde ich zu ihnen gehören.« Ein Lächeln breitet sich auf meinem Gesicht aus. »Ich war immer gern bei Camys Familie. Sie haben mir von Anfang an das Gefühl gegeben, willkommen zu sein und dazuzugehören.«

Aria tritt auf mich zu und zieht den seitlichen Reißverschluss vom Kleid zu, dann bedeutet sie mir, mich umzudrehen, damit sie den Stehkragen durch einen Knopf im Nacken verschließen kann.

»Es tut mir schrecklich leid, dass du das alles durchmachen musstet, Vi. Aber es beruhigt mich, dass du Menschen um dich hattest, denen du etwas bedeutest, während wir nicht für dich da sein konnten«, flüstert mir meine Tante zu.

Als ich mich zu ihr umdrehe, schimmern Tränen in ihren Augen. Genau wie ich trauert auch sie um unsere verlorenen Jahre.

Einem Impuls folgend, nehme ich sie in den Arm und lege den Kopf an ihre Schulter. Es fällt mir überraschend leicht, mich dieser Frau nahe zu fühlen.

»Am Anfang war ich wirklich wütend, weil ihr mich so lange mit diesen Lügen habt leben lassen«, gestehe ich ihr leise. »Aber ich habe inzwischen viel nachgedacht und glaube, ich kann euch verstehen. Ihr habt getan, was ihr für das Richtige gehalten habt, um mich zu beschützen, obwohl es euch nicht leichtgefallen ist.«

Ich spüre, wie sie nickt, und hebe langsam den Kopf. Während ich meine Tante betrachte, frage ich mich, ob sie meinem Vater wohl ähnlich sieht. Nach wem komme ich? Nach Elaine oder Ashwin?

»So. Und jetzt erklärst du mir noch mal, wo genau wir heute Abend hingehen«, lenke ich ab und lasse sie los.

Ich greife nach den schwarzen High Heels, die Aria vor dem Bett abgestellt hat, und setze mich hin, um sie anzuziehen. Anderenfalls würde ich hinfallen wie ein nasser Sack.

Einen Moment lang rührt Aria sich nicht, sie wirkt tief in Gedanken versunken. Doch als schließlich wieder Leben in sie kommt, lächelt sie, als sei nichts gewesen. Gefühle hinter einer Maske zu verbergen, scheinen alle Menschen in meiner Familie perfekt zu beherrschen.

»Zu einer Geburtstagsfeier im Section 4. Harold, der

Gastgeber …«, erklärt sie nüchtern und schiebt sich eine imaginäre Strähne hinters Ohr, »… arbeitet im New Yorker Büro von Anthonys Kanzlei. Er war schon dabei, als wir damals nach Chicago gezogen sind und die Kanzlei noch Anthonys Vater gehörte.«

»Ein alter Freund und Kollege also«, stelle ich fest und drapiere das Kleid wieder über meine Beine. »Wird mich da niemand erkennen?«

Aria schüttelt beruhigend den Kopf und setzt sich neben mich aufs Bett. Tröstend legt sie ihre Hand auf mein Knie.

»Die Party ist sehr exklusiv. Es werden etwa sechzig Gäste erwartet, und davon kennt dich niemand. Allerhöchstens Harold könnte dich erkennen, aber der steht treu hinter Anthony und würde ihn niemals verraten. Außerdem stellen wir dich als Emma Stealing vor, Tochter von Anthonys Cousine aus Richfield.«

Das klingt viel zu einfach. Wenn es so leicht ist, mich zu verstecken, wieso war ich dann fünf Jahre lang im Exil? Wieso konnte ich nicht von Anfang an unter falschem Namen bei ihnen wohnen, statt in diesem Kaff Chearfield zu versauern?

»Anthony hat mir erzählt, dass seine Kanzlei mit Jack zusammenarbeitet. Was, wenn er zu der Party kommt und mich sieht?«

»Keine Sorge, Vi«, antwortet sie sofort und erhebt sich elegant. »Jack ist zurzeit in Kanada bei Brix. Ich habe vorsichtshalber heute Morgen mit deinem Cousin telefoniert und deinen Bruder dabei im Hintergrund gehört. Er ist mit seinen wichtigsten Geschäftspartnern dort, um einen wichtigen, großen und verdammt illegalen Deal abzuschließen.« Sie rollt genervt mit den Augen, und ich muss lachen.

»Wieso sollte ich eigentlich ins Familienunternehmen einsteigen, während du dich raushalten durftest?«, frage ich und stehe nun ebenfalls auf.

Aria reicht mir meine silberne Clutch und schnappt sich dann ihre weiße, ehe sie mich anzwinkert.

»Weil ich mich dumm gestellt habe«, erwidert sie leichthin. »Sobald ich alt genug war, um zu kapieren, was in den Klubs hinter verschlossenen Türen passiert, habe ich so getan, als würden mir Mathe und Wirtschaft extrem schwerfallen.«

Sie zuckt unschuldig mit den Schultern, und ich kann nicht anders, als sie bewundernd zu mustern. Diese Frau ist nicht nur schön, sie ist auch noch unverschämt clever.

»Mit einer dummen Frau kann man in unserer Welt nicht viel mehr anfangen, als sie gewinnbringend zu verheiraten. Mit Anthony habe ich einen Glücksgriff gemacht. Er ist ein toller, großherziger Mann, den ich von ganzem Herzen liebe, und ein Anwalt in der Familie ist immer von Vorteil. Niemand hat meine Wahl infrage gestellt. Nicht nur, weil er ein enger Freund deines Vaters war, sondern auch, weil er sehr erfolgreich in seinem Beruf ist.«

»Ich hab immer noch das Gefühl, die Hauptrolle in einem schlechten Film übernommen zu haben«, gestehe ich kleinlaut und reibe mir über die Stirn.

»Du und ich, wir sind in dieser Welt aufgewachsen, ohne Einfluss darauf zu haben, was um uns herum passiert«, flüstert sie plötzlich wieder ernst. Ich höre Aria leise seufzen, dann schüttelt sie den Kopf, als würde sie etwas verdrängen wollen. »Ich konnte dem Ganzen dank Anthony weitestgehend entkommen. Aber du hast dich in den falschen Mann verliebt, Vi.« Sie greift nach meiner Hand und fixiert mich mit eindringlichem Blick. »Wenn du dich für Ian Green entscheidest, wirst du weiter in dieser Welt leben müssen. Er ist ein großer Teil davon und wird es bis zu seinem Tod bleiben. Auch wenn Ian nicht so skrupellos wie dein Bruder erscheinen mag, hat er doch einige Leichen im Keller.« Sie lässt meine Hand los und streicht mir sanft den Pony aus der Stirn. »Ich liebe dich wie eine Tochter, Kleines. Und wenn du dich für dieses Leben entscheidest, werde ich hinter dir stehen, so wie ich es bei Brix tue. Auch wenn es mir schwerfällt, euch ständig in Gefahr zu wissen. Aber bevor du eine Entscheidung triffst, musst du dir über die Konsequenzen im Klaren sein.«

»Danke, Aria«, flüstere ich überfordert.

»Ich mag Ian«, gesteht sie leise. »Aber er tut, was er tun muss. Das darfst du nie vergessen.«

Ich nicke zögernd und atme tief durch. Aria hat recht. Und obwohl ich weiß, wer Ian Green ist, und ahne, was er täglich tut, sehnt sich mein dummes Herz nach ihm.

»Und jetzt komm. Anthony wartet bestimmt schon auf uns.«

Innerhalb von einem Wimpernschlag ändert sich ihre Miene von ernst zu fröhlich. Ich versuche es ihr gleichzutun und ringe mir ein Lächeln ab, das sich absolut falsch anfühlt, mir aber Sicherheit verleiht.

Gemeinsam steigen wir die Treppe hinunter und betreten die Eingangshalle. Anthony lehnt mit dem Rücken an der Tür und pfeift anerkennend, als er uns erblickt.

»Heute habe ich die große Ehre, gleich zwei bezaubernde Frauen ausführen zu dürfen«, begrüßt er uns und verneigt sich galant.

Ich muss kichern und mache einen unbeholfenen Knicks. »Sie sehen aber auch nicht schlecht aus, Mr. Reed.« Ich lasse den Blick über seinen perfekt sitzenden schwarzen Smoking gleiten.

»Ich werde heute meine liebe Mühe damit haben, die fremden Frauen von dir fernzuhalten, Darling«, feixt Aria und gibt ihrem Mann einen liebevollen Kuss.

Die beiden so glücklich zu sehen gibt mir Hoffnung. Sie schaffen es trotz allem, eine liebevolle Ehe zu führen. Egal was war und was noch kommt, sie stehen fest zusammen und geben sich Halt. Ich wünsche mir, irgendwann das gleiche Glück zu spüren wie sie.

25

Jetzt verstehe ich, was Aria meinte, als sie exklusiv sagte. Durch die getönten Scheiben von Anthonys Wagen kann ich Paparazzi vor dem Eingang des Nobelhotels stehen sehen. Vermutlich hoffen sie auf einen peinlichen Schnappschuss von irgendeinem Promi. Für uns interessieren sie sich zum Glück nicht besonders.

Anthony steuert das Auto ums Hotel herum und hält vor einem großen eisernen Rolltor, auf dem in goldener Schrift *Section 4* prangt. Zwei Männer in schwarzen Anzügen kontrollieren unsere Ausweise und die Einladung, die Anthony ihnen zeigt. Als sie mir meinen Ausweis zurückgeben, ergreife ich ihn mit zitternden Händen und atme erleichtert aus. Ich hatte höllische Angst, sie könnten merken, dass er gefälscht ist.

Nachdem sie uns durchgewunken haben, gleitet das Tor beinahe lautlos hoch, und Anthony fährt in eine weitläufige Parkgarage, in der sich Nobelkarosse an Nobelkarosse reiht.

Mühsam steige ich aus dem Wagen, wobei ich darauf achte, nicht auf den Saum des Kleides zu treten. Aria beobachtet mich schmunzelnd von der Seite, und ich strecke ihr gespielt böse die Zunge raus. Anthonys Lachen schallt von den hohen Wänden zurück und zieht die Aufmerksamkeit der anderen Parkenden auf ihn.

»Na los, ihr Spielkinder. Ich will nicht zu spät kommen«, tadelt er uns lächelnd.

Ich salutiere grinsend und beiße mir auf die Lippe, um nicht laut zu lachen. Er schüttelt den Kopf und greift nach Arias Hand. Ich höre ihn etwas wie »Manches ändert sich eben nie« murmeln, und sofort verwandelt sich mein Grinsen in ein wehmütiges Lächeln.

Inzwischen kann ich mir wirklich gut vorstellen, wie es gewesen sein muss, die zwei und Brix besucht zu haben.

Wir betreten den Fahrstuhl, und Anthony hält die Einladung vor einen Scanner. Der Strichcode auf der Karte gewährt uns Zugang zur exklusiven Dachterrasse.

»Wozu die Technologie heutzutage imstande ist, ist erschreckend«, meint meine Tante.

Anthony tätschelt seiner Frau den Kopf wie bei einem kleinen Kind. »Also Darling, ich weiß, du hängst noch an den Rauchzeichen, aber auch du könntest langsam mit der Zeit gehen. Es wäre zum Beispiel sinnvoll, mal skypen zu lernen. Immerhin könntest du Brix dann öfter sehen.«

Aria schnaubt beleidigt und verpasst Anthony einen sachten Schubs in die Seite. »Hast du mich etwa gerade alt genannt, Freundchen?«

Zu Anthonys Rettung stoppt der Fahrstuhl in diesem

Moment, und die Türen gleiten mit einem leisen Ping vor uns auf.

Ich erwarte Stimmengewirr, klassische Musik und elegant gekleidete Menschen. Doch stattdessen erblicke ich etwas ganz anderes.

Hunderte brennender Kerzen wurden auf dem Holzboden verteilt. Sie lassen das Dach erglühen und machen daraus ein beeindruckendes romantisches Lichtermeer. In der Mitte der weitläufigen Dachterrasse entdecke ich einen Tisch, der für zwei Personen eingedeckt wurde, und wende mich stutzend an meinen Onkel und meine Tante.

Sie stehen händchenhaltend vor dem Fahrstuhl und sehen mich merkwürdig ernst an. In ihren Augen liegt ein stolzer Schimmer, als würden sie ihr Kind auf den Abschlussball schicken.

»Was ist hier los?«, will ich wissen, als ich hinter mir ein Geräusch höre und mich ruckartig umdrehe.

Der Anblick lässt mich schwer schlucken und mein Herz schneller schlagen.

Ian steht vor dem Tisch, mit einer einzelnen langstieligen roten Rose in der Hand. Er trägt einen weißen Anzug mit schwarzem Hemd und weißer Seidenkrawatte. Irgendetwas an diesem Bild kommt mir schmerzhaft vertraut vor. Es entflammt eine so tiefe und intensive Zuneigung zu diesem Mann. Eine Erinnerung, wie es sich angefühlt haben muss, ihn zu lieben und an seiner Seite glücklich zu sein.

»Wir sind unten auf Harolds Feier, falls etwas ist, Kleines«, höre ich Anthony sagen.

Ich werfe den beiden einen eindringlichen Blick über die Schulter zu und forme mit den Lippen: »Verräter.«

Aria lacht entspannt und zieht ihren Mann mit sich in den Fahrstuhl. Dann drückt sie den Knopf für den Ballsaal und zuckt unschuldig mit den Schultern. »Hör auf zu schmollen und genieß die Überraschung«, rät sie mir zwinkernd, ehe sich die Fahrstuhltüren schließen und sie mich mit Ian allein zurücklassen.

Unschlüssig starre ich auf die geschlossenen Türen. Diese Situation überfordert mich komplett. Ich atme tief durch und wende mich mit angespannten Schultern um. Ian beobachtet mich vorsichtig, als hätte er Angst, mich zu verschrecken.

Gib ihm eine Chance, Liz … ähm, Vi, denke ich verwirrt und seufze. Genau da liegt mein Problem. Ich weiß, dass ich Violet Hasting bin, aber mein Verstand klammert sich noch immer an Eliza East fest. An die unsichere, paranoide, unter Amnesie leidende Waise, die in einem Klub einen tollen Mann kennengelernt hat. Und vielleicht sollte ich Ian genauso sehen. Als einen Mann, den ich gerade erst kennenlerne.

Ich gebe mir einen Ruck und gehe langsam auf ihn zu. Zum ersten Mal erkenne ich bei ihm offene Unsicherheit, und das macht es mir leichter, mich auf den Abend und seine Gegenwart einzulassen.

»Hey, du«, begrüße ich ihn lahm und bleibe dicht vor ihm stehen.

Ians Blick gleitet bewundernd über meinen Körper, ehe er mir die Rose entgegenhält.

»Danke, dass du nicht sofort wieder verschwunden bist und mir diese Chance gibst.«

Überrascht von seiner Aussage ergreife ich die Rose und rieche daran, um mir Zeit für eine Antwort zu nehmen. »Ich wollte doch ein erstes Date, richtig?«, erwidere ich schließlich.

Ian schenkt mir ein offenes, ehrliches Lächeln, das mein Herz einen ergriffenen Sprung machen lässt.

»Bitte setz dich.«

Gentlemanlike zieht er einen Stuhl für mich zurück und wartet, bis ich mich hingesetzt habe, ehe er mir gegenüber Platz nimmt. Verträumt lasse ich meinen Blick über den Rand der Dachterrasse schweifen und genieße die atemberaubende Aussicht auf New York.

»Gefällt es dir hier?«

Ich nicke begeistert und strahle ihn glücklich an, was ihn erleichtert ausatmen lässt. Ian so nervös zu sehen, macht ihn menschlicher für mich und sorgt dafür, dass ich mich immer weiter entspanne.

»Wein?«, fragt er, und ich nicke.

Aus einem Kühler neben dem Tisch zieht er eine Flasche Weißwein, und erneut muss ich lächeln.

»Das ist mein Lieblingswein«, stelle ich fest.

»Ich weiß«, erwidert er zwinkernd und schenkt uns ein, ehe er die Flasche zurück in den Kühler stellt und sein Glas erhebt.

»Auf dich und darauf, dass du endlich wieder zu Hause bist.«

»Auf uns«, korrigiere ich und stoße mit ihm an. »Was ist

darunter?« Ich deute auf die silberne Servierglocke vor mir auf dem Tisch.

»Sieh nach.«

Ich stelle mein Glas ab und hebe die Glocke vom Teller. Darunter kommen ein saftiges Steak, eine Ofenkartoffel und ein Beilagensalat zum Vorschein, bei deren Anblick mir der Mund wässrig wird.

»Du bist keine Frau, die von einem Salat satt wird«, sagt Ian. »Außerdem liebst du Erdbeeren mit Schokolade und Sahne«, führt er aus und deutet demonstrativ auf die weiteren Schälchen auf dem Tisch.

Ich nicke anerkennend und nehme einen Schluck vom Wein. »Was noch?«, will ich wissen, und er grinst siegessicher.

»Du liebst warme Regentage, bist ein absoluter Kaffeejunkie und gehst lieber duschen als zu baden. Außerdem stehst du auf schnulzige Teenieserien, weil du dabei deinen Kopf ausschalten kannst.«

Ich nicke erneut und schwenke den Wein in meinem Glas. »Du kennst mich sehr gut, aber ich weiß kaum etwas von dir. Erzähl mir etwas über dich. Hast du Geschwister?«

Er runzelt flüchtig die Stirn, als hätte ich ihn überrumpelt, fängt sich aber schnell wieder. »Ich bin Einzelkind. Deshalb war es mir von klein auf vorherbestimmt, eines Tages in die Fußstapfen meines Vaters zu treten.« Ian seufzt und fährt sich unsicher durch die Haare. »Ich habe es mir ebenso wenig ausgesucht, in dieser Welt zu leben, wie du. Wir wurden da hineingeboren, und niemand hat uns gefragt, ob uns das passt. Allerdings habe ich mich damit arrangiert, und es ist mir in Fleisch und Blut übergegangen, der Boss zu sein. Ich will ehrlich zu dir sein.« Eindringlich sucht er meinen Blick. »Ich bin gern der, der ich bin. Und früher hat dir das nichts ausgemacht. Im Gegenteil. Du hast dich bei mir sicher gefühlt. Aber dann starben deine Eltern, und Jack hat dich weggesperrt wie ein Haustier. Ich habe mich noch nie so hilflos gefühlt wie an dem Abend, an dem mich Anthony anrief, um mir zu sagen, dass ich dich zu deiner eigenen Sicherheit nicht wiedersehen darf …« Ian stockt und lässt den Blick in die Weite gleiten.

Ich schlucke hart und bin mir nicht sicher, ob ich den Rest der Geschichte hören will. Ein Teil von mir möchte endlich alles erfahren, aber ein anderer Teil will die Vergangenheit ruhen lassen, solange es möglich ist, und bloß den Abend mit diesem atemberaubenden Mann genießen.

»Als ich dich das letzte Mal sah, warst du voller Blut und bewusstlos … Ich konnte dich nicht beschützen«, flüstert er gebrochen, und seine Augen beginnen verräterisch zu glänzen.

»Was ist mit mir passiert, Ian? Sag es mir.« Ich bin selbst überrascht über meine feste Stimme.

»Jack … er hat von uns erfahren und unsere Liebe als Verrat an deiner Familie angesehen. Er hat dich verschleppt, zusammengeschlagen und einfach liegen gelassen. Hätte Anthony dich da nicht rausgeholt, wärst du womöglich … ich habe versagt.« Ian bricht ab. Seine raue Stimme ist nur noch ein heiseres Wispern.

Erschrocken springe ich auf, beuge mich über ihn und ergreife seine Hände.

»Du hast nicht versagt, Ian. Genauso wenig wie bei der Geschichte mit David«, versuche ich ihn zu beruhigen. »Du kannst nicht alles kontrollieren und nicht überall gleichzeitig sein.«

Ian schließt die Augen und atmet tief ein. Dann zieht er mich an den Händen zu sich, sodass ich auf seinen Schoß gleite.

»Ich liebe dich, Violet«, raunt er und umschließt mein Gesicht mit den Händen, während mein Herz kurz stehen bleibt, nur um dann umso schneller weiterzuschlagen.

»Ich hatte dir versprochen, auf dich aufzupassen und dafür zu sorgen, dass dir niemand wehtut. Aber ich konnte nicht verhindern, dass Jack dir das antut. Dich nicht mehr in meinem Leben zu haben, war die Strafe dafür. Meine Nähe wäre eine zu große Gefahr für dich gewesen. Aber ich ertrage es nicht länger, von dir getrennt zu sein. Ohne dich werde ich zu einem Mann, der ich nie sein wollte. Du bist mein Gegenstück, Violet. Die einzige Person auf dieser Welt, die mich erdet. Ich brauche dich.«

Überwältigt blicke ich in seine wunderschönen glänzenden Augen und schüttle unschlüssig den Kopf.

»Ich weiß, dass ich dich geliebt habe, Ian. Von ganzem Herzen«, gestehe ich ihm flüsternd. »Und ja, ich bin gerade dabei, mich erneut in dich zu verlieben. Wenn ich das nicht sogar schon längst bin«, setze ich nach und wende beschämt den Blick ab. »Aber ich weiß nicht, wie das mit uns auf Dauer funktionieren soll. Ich bin auf der Flucht. Verstecke mich unter falschem Namen und wünsche mir doch eigentlich nur ein glückliches Leben.«

»Das hier sollte ein romantisches erstes Date werden«, erwidert Ian im trostlosen Versuch, die Stimmung aufzulockern. »Stattdessen habe ich es zu einer Therapiestunde für emotional Gestörte gemacht.«

Meine Mundwinkel zucken ein wenig, und ich traue mich, ihm wieder ins Gesicht zu sehen.

»Lass uns essen, bevor es kalt wird«, entscheide ich nach einem Moment des Schweigens und stehe auf.

Ian nickt. Ich setze mich wieder, nehme einen riesigen Schluck vom Wein, ehe ich nach meinem Besteck greife und die Gabel tief im Fleisch vergrabe. Ich will gerade ein Stück davon abschneiden, als ein leises Ping unsere Aufmerksamkeit auf den Fahrstuhl lenkt.

Perplex starre ich auf die sich öffnenden Türen und erkenne mindestens ein Dutzend Männer, die zu uns auf die Dachterrasse strömen.

Ian springt fluchend auf.

»Lasst euch von uns den Ausblick und das Essen nicht verderben«, erklingt plötzlich eine amüsierte Stimme.

Sie ist mir so erschreckend vertraut. Unwillkürlich bekomme ich eine Gänsehaut.

Ian stößt ein lautes, aggressives Raunen aus und zieht unerwartet eine Waffe unter seinem Jackett hervor.

Panisch springe ich auf, reiße dabei den Tisch um und flüchte eilig aus der Schusslinie.

»Was ist hier los?« Ich sehe zwischen Ian und den Männern hin und her.

Ians Blick fliegt zu mir, und was ich in seinen Augen erkenne, lässt mein Herz beinahe stehen bleiben. Er hat Angst.

Ein Lachen erklingt.

Die bulligen Männer sind allesamt bewaffnet. Einige von ihnen tragen zusätzlich noch Messer am Gürtel, als würden sie in den Krieg ziehen.

»Liebste Violet«, höre ich erneut diese Stimme, und plötzlich treten die Fremden auseinander. Sie bilden einen Gang, in dessen Mitte ein einziger Mann erscheint. Ein Mann, bei dessen Anblick mein Herz gefriert.

Diese Augen würde ich überall erkennen.

»Jack«, bringt Ian drohend hervor.

Wie in Trance trete ich einen Schritt auf den Fremden zu, der meine Augen hat, und schüttle den Kopf. Er hat mich gefunden. Aber wie?

»Für eine Tote siehst du erstaunlich munter aus«, stellt Jack fest und verzieht sein Gesicht zu einem Lächeln.

»Du hast meine Haarfarbe«, wispere ich und kann nicht aufhören, mein Gegenüber anzustarren.

»Herzlich willkommen zurück unter den Lebenden, Schwesterchen.«

26

Schwesterchen. Dieser Mann ist also mein Bruder, vor dem alle so eine große Angst zu haben scheinen.

Abwägend mustere ich Jack. Betrachte die großen grünen Augen, die gerade Nase, das breite Kinn und schließlich die rötlich-braunen Haare, die mich so sehr an meine eigenen erinnern.

»Du erkennst mich, stimmt's?«, fragt er leise.

Erst schüttle ich den Kopf, doch dann nicke ich knapp und trete einen weiteren Schritt auf ihn zu.

»Du bist also der Mann, der versucht hat, mich umzubringen?«, bringe ich mühsam hervor. »Der Mann, vor dem ich all die Jahre versteckt wurde und wegen dem ich so einsam war?«

Einen Moment lang wirkt es, als würde er stocken und nicht wissen, wie er antworten soll. Doch dann kneift Jack die Augen zu wütenden Schlitzen zusammen und fängt mich mit seinem stahlharten Blick ein.

»Du kennst nicht die ganze Wahrheit. Wer hat dich vor mir versteckt, Violet?«

Ehe ich antworten kann, schiebt sich Ian zwischen uns und versucht, mich vor meinem Bruder abzuschirmen.

»Ich«, antwortet er an meiner Stelle, und dieses einfache Wort klingt wie eine Herausforderung.

Jack wirkt, als würde er am liebsten auf der Stelle auf Ian losgehen. Aber er tut es nicht. Stattdessen atmet er tief durch, so wie ich es auch immer tue, um mich zu beruhigen, und sucht erneut meinen Blick.

»Ich weiß nicht, was er dir über mich erzählt hat, Vi, aber ich kann dir garantieren, dass mindestens die Hälfte davon gelogen war.«

Ian lacht höhnisch und richtet seine Pistole zielsicher auf Jacks Kopf. Sofort entsichern auch Jacks Männer ihre Waffen.

»Stopp!«, rufe ich laut und bedeute Ian, die Waffe zu senken. Erst will ich Antworten. »Mir wurde in den letzten Jahren viel erzählt«, richte ich das Wort an Jack. »Angeblich heiße ich Eliza East und bin eine Vollwaise. Ach nein …«, setze ich wütend nach und funkele sowohl Ian als auch Jack an. »Stimmt ja, jetzt ist mein Name plötzlich Violet Hasting, und ich bin die totgeglaubte Prinzessin eines kriminellen Clans.«

Jacks Mundwinkel zucken, doch dabei lässt er nicht die Waffe in Ians Händen aus den Augen. Ebenso wie seine Männer ihre Pistolen weiter auf Ian gerichtet halten.

»Prinzessin gefällt mir«, sagt Jack lapidar. »Hat etwas von einem Märchen.«

»Was willst du, Jack?«, ruft Ian angespannt.

Mein Bruder schnaubt herablassend. »Was ich will, ist im Grunde simpel«, beginnt Jack zu referieren und schlendert gemächlich vor seinen Männern auf und ab. »Ich will meine Familie zurück. Aber nachdem dein werter Vater den Mord an unseren Eltern in Auftrag gegeben hat, hatte ich bloß noch meine kleine Schwester. Und die habe ich versucht, vor deinen gierigen Fingern in Sicherheit zu bringen. Aber dein Schwanz scheint magisch zu sein«, spuckt er Ian entgegen und wirft ihm einen hasserfüllten Blick zu. »Meine kleine Schwester fiel auf deine Lügen rein. Als ich ihr dann versucht habe zu erklären, dass du ihre Liebe nicht verdient hast, weil du sie für deine Ziele ausnutzt und in eine Falle lockst, wollte sie mir nicht glauben und lief davon. Tage später erhielt ich die Nachricht von Violets Tod. Aber daran habe ich nie geglaubt.«

»Ist das wahr?«, frage ich tonlos und wende mich Ian zu. »Dein Vater hat meine Eltern umgebracht?«

Ian gibt sich Mühe, mich seinen inneren Kampf nicht sehen zu lassen, aber ich erkenne genau, wie sehr es ihn quält.

»Los Green, steh dazu, dass du der Frau, die du angeblich so sehr liebst, die Eltern genommen hast!«, verlangt Jack.

Ian flucht und wirft mir einen verzweifelten Blick zu. »Das war mein Vater. Er hat den Mord in Auftrag gegeben, weil er keinen anderen Ausweg mehr gesehen hat. Deine Familie bedroht unsere schon so lange, dass niemand mehr sagen kann, wie es eigentlich anfing. Die Hastings haben so viele von unseren Leuten auf dem Gewissen. Sie sind skrupellos, Vi. Ich weiß, dass du das im Augenblick nicht nachvollziehen kannst, und ich verfluche meinen Vater für seine Tat. Aber ich habe erst von dem Plan erfahren, als es bereits zu spät war und ich nichts mehr dagegen tun konnte«, rechtfertigt er sich.

»Du hast es gewusst«, bringe ich leise hervor und schüttle den Kopf. »Du hast es all die Jahre über gewusst und hast niemandem etwas gesagt.«

Ich verkneife es mir bewusst, Anthonys und Arias Namen zu nennen. Noch können sie glaubhaft abstreiten, etwas mit der Sache zu tun zu haben. Aber wenn herauskommt, dass ich jahrelang mit Anthony in Kontakt stand und er Jack nichts davon gesagt hat, wäre er so gut wie tot.

»Violet«, ruft Jack eindringlich. »Lass dich von Ian nicht wieder um den Finger wickeln. Bitte, Schwester, komm nach Hause. Zu mir. Dorthin, wo du hingehörst.«

Tue ich das? Gehöre ich dorthin? An Jacks Seite?

Die bessere Frage ist wohl: Wo sonst gehöre ich hin, wenn nicht zu ihm? Zu Anthony und Aria kann ich nicht zurück. Jack würde mich dort sofort finden. Zurück nach Rosehill kann ich aber auch nicht, wenn ich Camy nicht in Gefahr bringen möchte. Was bleibt mir also anderes übrig?

»Sag mir zuerst die Wahrheit, Jack. Hast du mich beschatten lassen und mir die letzten Wochen über Angst eingejagt? Steckst du hinter dem Drohanruf und dem Einbruch?«

»Hat er dir das weisgemacht?« Angewidert spuckt Jack vor Ian aus und wendet sich dann wieder mir zu. Auf einmal wirkt sein Blick zärtlich und fast liebevoll. »Vi, wie könnte ich dir Angst einjagen? Ich habe mich all die Jahre um dich gesorgt. Du bist doch die einzige Familie, die mir geblieben ist, nachdem die Greens uns unsere Eltern genommen haben.«

Ich blicke in Jacks grüne Augen, und auf einmal tauchen Bilder unserer gemeinsamen Kindheit in meinem Kopf auf. Wir zwei, Hand in Hand auf einer großen Wiese … Jack, wie er mich an einem heißen Sommertag spielerisch in einen großen Pool schubst … Unsere Eltern und wir beide gemeinsam an Weihnachten. Tränen steigen mir in die Augen. Jack ist alles, was mir aus meinem alten Leben geblieben ist. Und wir waren glücklich. Eine glückliche Familie, die die Greens uns geraubt haben.

»Glaub ihm kein Wort, Color!«, höre ich Ian verzweifelt schreien.

Zerrissen sehe ich zwischen Ian und meinem Bruder hin und her, und mein Herz krampft sich schmerzhaft zusammen. Ian hat mich belogen, mich jahrelang allein gelassen. Und auch wenn er sagt, es war zu meinem Schutz, wie kann ich ihm jemals wieder vertrauen?

Ian scheint etwas in meinem Blick erkannt zu haben, denn nun brüllt er verzweifelt meinen Namen und streckt die Hand nach mir aus. Sofort stellen sich zwei von Jacks Männern zwischen uns und unterbinden so unseren Blickkontakt. Ich höre das metallische Klicken der Waffen, die entsichert werden. Sowohl Jacks Handlanger als auch Jack selbst haben ihre Pistolen nun auf Ian gerichtet.

»Color, bitte«, höre ich ihn flehen. »Tu das nicht. Wenn

du mit Jack gehst, wirst du nur wieder seine Gefangene sein. Er wird dir alles Glück nehmen und dich zerstören.«

Ich schlucke gegen die aufsteigenden Gefühle an und handle impulsiv.

Mit einem harten Fußkick schlage ich Jack die Waffe aus den Händen und hebe sie blitzschnell auf, bevor er reagieren kann. Sobald sie in meinen Händen liegt, überkommt mich ein bekanntes Gefühl von Macht. Ja, es ist mir vertraut, mit Waffen umzugehen, und ich habe es in den letzten Jahren nicht verlernt.

Ich umgreife die Pistole mit beiden Händen und richte sie abwechselnd auf Jack und auf Ian. Verunsichert lassen Jacks Handlanger die Hände sinken. Niemand hat mit dieser Situation gerechnet. Am wenigsten ich selbst.

Mein Blick wandert von Ians tiefblauen Augen zu den unergründlich grünen von Jack. Meines Bruders.

Ich brauche nicht weiter darüber nachzudenken, bevor ich die Worte ausspreche, die mein Leben für immer verändern. So ist es am besten, so ist es für mich bestimmt.

»Ich komme zu dir zurück, Jack«, verkünde ich mit heiserer Stimme. »Unter einer Bedingung.«

Ein Lächeln breitet sich auf seinem Gesicht aus, und er nickt mir auffordernd zu. »Na los, kleine Schwester, was wünschst du dir?«

Mein Leben ist ohnehin verflucht. Frei sein werde ich niemals, denn ich gehöre in diese Welt. Aber zumindest kann ich dafür sorgen, dass Ian dieses Dach lebend verlässt.

»Du lässt Ian gehen«, fordere ich. »Deine Männer verschwinden gemeinsam mit uns, und niemand tut ihm etwas an.«

Mein Bruder nickt widerstrebend, und zumindest ein winziger Teil der Last fällt dadurch von mir ab. Ian wird in Sicherheit sein.

»Violet, tu das nicht! Das ist es nicht wert!«, brüllt Ian außer sich.

Er ist verzweifelt, schreit immer wieder meinen Namen und schwört Jack, dass er dafür bezahlen wird. Den sonst so gefassten, starken und unerschütterlichen Ian Green dermaßen am Ende zu erleben, reißt meine Seele in Stücke und zerfrisst mein Herz.

»Dir sollte klar sein, dass dein Lover für den Mord an unseren Eltern den Tod verdient hat, Vi. Also sieh es als Zeichen meiner Geschwisterliebe an, dass ich dir verspreche, ihn heute Abend laufen zu lassen.«

Ich nicke meinem Bruder bestätigend zu und schließe die Augen, um mich zu sammeln.

»Können wir dann?«, fragt Jack und deutet mit einer ausladenden Geste zum Fahrstuhl.

»Ich will mich nur kurz verabschieden«, erwidere ich tonlos und wende mich Ian zu. Die Waffe lasse ich achtlos fallen.

Ich möchte ihn berühren. Ihn in den Arm nehmen und ihm versichern, dass er keine Schuld hat. Dass es mir gut gehen und Jack mir nichts tun wird. Stattdessen hauche ich so leise, dass nur Ian und ich es verstehen können: »Verzeih mir bitte. Ich liebe dich zu sehr, als dass ich dich meinetwegen sterben lassen könnte.«

Ian versucht meine Hand zu ergreifen, aber Jacks Männer bilden eine bewaffnete Mauer zwischen uns, die undurchdringbar ist.

Schweren Herzens ergebe ich mich in mein Schicksal und folge Jack zum Fahrstuhl.

Ians verzweifelte Schreie hallen tief in mir nach, bis die Türen sich schließen, sie aussperren und mich unwiderruflich von meiner Liebe trennen.

DANKSAGUNG

Zuallererst: Danke, danke und nochmals danke an alle Leserinnen und Leser! Ohne euch würden meine Worte unter Buchdeckeln begraben liegen und nie das Licht der Welt erblicken.

In meinem Leben gibt es eine Person, die mich besonders prägt. Sie führt mich auf die richtige Straße zurück, wenn ich mich verlaufe, und hilft mir über jede Unebenheit. Mein Papa. Ich habe dich unendlich lieb und werde dir niemals ausreichend für all das danken können, was du für mich tust – aber ich will es zumindest versuchen.

Ich bin so dankbar, einen wundervoll nervigen Mann an meiner Seite zu haben, der mir Zeit und Ruhe zum Schreiben einräumt und mich mit dem überlebenswichtigen Kaffee versorgt. Ohne seine Unterstützung hätte ich keines der Bücher schreiben können. Ich liebe dich mehr, als ich in Worte fassen kann.

Seit meiner Geburt habe ich das Glück, von einer fürsorglichen und liebevollen Person begleitet zu werden, die immer ein offenes Ohr für meine Probleme und Sorgen hat. Meine große »kleine« Schwester, ich habe dich lieb.

Was wäre eine Autorin ohne Testleser? In meinem Fall ist es eine pedantisch genaue Testleserin alias meine Stiefmutter. Danke für jeden krummen Satz, den du gefunden hast.

Zur Veröffentlichung wäre es vermutlich nie gekommen, wenn es nicht eine großartige Agentur gäbe, die mich unter ihre Fittiche genommen hat. Einen riesigen Dank an die Leselupe Literaturagentur! Ihr habt an mich und meine Bücher geglaubt und ihnen ein Zuhause gesucht. Vor allem danke ich meiner Agentin Julie, die sich für jedes meiner Anliegen einsetzt und mir immer ihre ehrliche Meinung sagt. Eine bessere Agentin könnte ich mir nicht wünschen.

Ein Zuhause fanden meine Bücher beim Team von MIRA Taschenbuch, dem ich von Herzen dafür danke, dass es meine Träume in die Realität katapultiert hat.

Besonderen Dank an meine Lektorin Frau Hoffmann, die Violet hat erwachsen werden lassen und ohne die sie nicht zu der starken Frau geworden wäre, die sie nun ist.

Außerdem möchte ich REWE danken. Ihr bietet meinen Büchern ein Zuhause auf Zeit und unterstützt mich weit mehr, als es ein gewöhnlicher Arbeitgeber je tun würde.

Und dann gibt es da noch einen Mann, durch dessen Einsatz ich plötzlich vor einer großen Werbekampagne stand:

mein Chef. Sie haben dafür gesorgt, dass meine Bücher und ich in die REWE-Familie aufgenommen wurden, und das werde ich Ihnen niemals vergessen. Danke fürs Ermöglichen dieser wunderbaren Chance.

PROLOG

War es das alles wert? Genügen Erinnerungen an glückliche Momente, um aufzuwiegen, wie schmerzhaft es endet? Meine Antwort darauf ist simpel: Ja. Aufrichtig zu lieben und ebenso geliebt zu werden, war den Schmerz mehr als wert.

»Von vorn.« Seine eisige Stimme durchbricht die Stille wie ein Peitschenknall.

Ich zucke heftig zusammen, weigere mich aber stur, den Blick zu heben. Stattdessen konzentriere ich mich auf das warme Blut, das aus der Platzwunde an meiner Lippe tropft, und auf den Schweiß, der über meinen Körper rinnt und die Kleidung an meiner Haut kleben lasst. Ich sitze auf einem Stuhl, die Hände wurden mir mit Kabelbindern eng auf dem Rücken fixiert, und auch meine Beine sind fest aneinandergebunden. So habe ich keine Chance, um den Schmerz ein wenig zu lindern – oder mich zu wehren.

Ein frustriertes Seufzen lässt mich schließlich doch trotzig aufblicken. Der blasse, bullige Mann, von dem es kommt, ist sein Handlanger für schmutzige Dinge. Derjenige, der sich um Probleme kümmert und sie löst, ohne dass Fragen entstehen. An dem Tag, an dem ich Ian zum ersten Mal küsste, hätte mir klar sein müssen, dass ich irgendwann auf seinen Radar geraten würde. Ich war so dumm und naiv.

Dieses Mal trifft mich seine Faust gezielt in die Rippen. Ich höre es erschreckend laut knacken, und mein markerschütternder Schrei erfüllt die gesamte Halle. Als Antwort erwartet mich eine heftige Backpfeife, die meinen Kopf zur Seite wirft.

»Ich habe nichts verraten!«, brülle ich mit tränenerstickter Stimme.

Trevor schnalzt unzufrieden mit der Zunge und hockt sich so dicht vor meine Knie, dass ich seinen heißen, nach Zigarettenqualm riechenden Atem im Gesicht spüre.

»Wenn du nicht kooperierst, muss ich zu drastischeren Mitteln greifen. Das hast du dir selbst zuzuschreiben«, erklärt er drohend und richtet sich abrupt auf.

Erschöpft beobachte ich, wie der Hüne kräftig an die rostige dicke Metalltür klopft, die sich daraufhin quietschend öffnet.

Zwei glatzköpfige Männer betreten mit selbstsicheren Schritten die Lagerhalle und steuern direkt auf mich zu. Ihre Blicke strahlen etwas Erbarmungsloses und Brutales aus, das mich in Panik versetzt. Je näher sie mir kommen, umso ängstlicher zerre ich am Kabelbinder, kreische und brülle um Hilfe – auch wenn ich weiß, dass es zwecklos ist. Mich wird niemand retten.

Einer der Glatzköpfe packt meine Haare und zerrt mich daran brutal vom Stuhl. Er knallt meinen Kopf mit Wucht auf den harten Betonboden, stellt seinen Fuß auf meine Wange und lacht dreckig.

Mein Schicksal ist besiegelt, und ich habe es selbst gewählt. Für die Liebe war es wert, zu leiden.

1

Fluchend schiebe ich die Sonnenbrille in mein Haar und reibe mir grob über die brennenden Augen. So viel Tequila zu trinken, war keine besonders clevere Idee von mir gewesen. Und ein Trinkspiel daraus zu machen, war noch idiotischer. Tja, hinterher ist man bekanntlich immer schlauer.

»Wenn Jack spitzkriegt, was du mit den Angestellten treibst, dreht er durch«, prophezeit eine amüsierte Stimme.

Zwei Aspirin und ein dampfender Kaffeebecher erscheinen in meinem Blickfeld. Augenrollend nehme ich die Tabletten entgegen und spüle sie eilig mit dem göttlichen Schwarz hinunter. *Mhmh, Koffein.*

»Mach dir lieber Sorgen um dich selbst. Wenn er erfährt, dass du mittrinkst, bist du nämlich deinen Job los«, erwidere ich frech grinsend und stelle die Tasse neben mir auf dem niedrigen Beistelltischchen ab. »Wenn er dich nicht sogar beseitigt, weil du deine Aufgaben nicht vernünftig erledigst. Immerhin sollst du mich von Blödsinn abhalten und nicht dabei mitmachen.«

Caleb macht eine wegwerfende Handbewegung und zuckt mit den Schultern, als würde ihn meine Drohung nicht interessieren. Was vermutlich tatsächlich so ist. Als Jacks rechte Hand genießt er Narrenfreiheit. Das beinhaltet ein extrem überzogenes Gehalt, heiße Frauen und sehr viel Macht – was ihm wiederum noch mehr Frauen einbringt.

»Er liebt mich wie einen Bruder«, erklärt er selbstsicher.

Bitter lachend lehne ich mich auf der Sonnenliege zurück und schiebe mir die schwarze Fliegersonnenbrille auf die Nase, damit die aggressive mexikanische Sonne mir nicht die Netzhäute verätzt.

»Ich bin seine Schwester, und trotzdem hätte er mich beinahe umgebracht. Sei dir deines Lebens also nicht zu sicher.«

»Weil du ihn hintergangen hast und mit dem Feind ins Bett gestiegen bist«, kontert Caleb gelassen und setzt sich gähnend auf die Liege neben meiner.

Noch vor drei Monaten wäre ich an dieser Stelle definitiv ausgeflippt. Inzwischen habe ich jedoch gelernt, bei diesem Thema nach außen hin entspannt zu wirken. Also zucke ich lediglich mit den Schultern. Wie es tatsächlich in mir aussieht, darf niemand wissen. Das ist eine Lektion, die ich ziemlich schnell begriffen habe. Nachdem ich zu Jack zurückgekehrt war, musste ich ihm versprechen, mich von Ian fernzuhalten. Und ich halte mich daran. Denn es ist der einzige Weg, um Ians Leben zu schützen und mir langsam

Jacks Vertrauen zu verdienen. Im Gegenzug versprach mir mein Bruder einen Neuanfang.

Anthony, Aria und auch Ian hatten mir so viel Schlechtes über Jack erzählt, dass ich ihn für den Teufel persönlich gehalten hatte. Und ja, Jack hat seine Schläger auf mich gehetzt, nachdem er von Ian und mir erfahren hatte. Er wollte mir eine Lektion erteilen, damit ich nie wieder in Versuchung gerate, mich mit dem – wie er und Caleb ihn nennen – Feind einzulassen. Schließlich ist Ians Familie für den Tod unserer Eltern verantwortlich.

Doch es war nie die Absicht meines Bruders, mich zu töten. Das beteuert er immer wieder. Jack ist davon überzeugt, dass Ian mir seine Gefühle bloß vorgespielt hat, um einen Keil zwischen meinen Bruder und mich zu treiben und damit die Familie Hasting endgültig zu zerstören.

Dass Ian in dieser Geschichte kein Heiliger ist, ist mir mittlerweile mehr als bewusst. Immerhin hat er mir verschwiegen, dass der Auftrag, meine Eltern zu töten, von seiner Familie ausging.

Wer sagt mir also, dass Jacks Behauptungen nicht der Wahrheit entsprechen und Ian mich tatsächlich benutzt hat?

»Was ist dein Plan für heute, Prinzessin?«, fragt Caleb beiläufig und zieht sich das rote T-Shirt über den Kopf.

Mit einer hochgezogenen Braue beobachte ich, wie er das T-Shirt achtlos neben sich auf den Steinboden fallen lässt und es sich auf der Liege gemütlich macht. Ich lasse den Blick über Calebs muskulösen, definierten Oberkörper gleiten und beiße mir angestrengt auf die Unterlippe.

Eins steht fest: Wäre er nicht die rechte Hand meines Bruders und würde ich nicht noch immer tagein, tagaus an Ian denken, hätte ich schon längst versucht, Caleb näherzukommen.

Er ist ein typischer Sonnyboy: verwuscheltes dunkelblondes Haar, braun gebrannter Körper und ein so intensiver Blick aus vertrauenserweckenden braunen Augen, dass die Frauen Schlange stehen. Caleb ist frech, auf eine extrem charmante Art – und genau das ist es, was ihn für mich so anziehend macht.

Um mich von seinem halb nackten Körper abzulenken, lasse ich den Blick umherschweifen und genieße die Schönheit dieses Ortes. Der Garten unseres mexikanischen Anwesens ist riesig. Man könnte hier problemlos eine Party mit vierhundert Gästen feiern und hätte dennoch genügend Platz, um mit niemandem zusammenzustoßen. Neben dem Pool in Form eines Hexagons gibt es einen großzügigen Grillplatz, einen Tennisplatz, eine gemütliche Terrasse und eine Feuerstelle. Obwohl wir uns in einer Dürreperiode befinden, blüht hier jede einzelne Blume und jeder noch so winzige Strauch. Selbst der Rasen sticht mit seinem kräftigen Grün hervor. Das Anwesen ist dekadent und luxuriös. So, wie Jack es liebt. Wenn man die Kameras ignoriert, die an den hohen Mauern rings um das Grundstück angebracht sind, könnte man sich hier beinahe wie zu Hause fühlen. Für mich ist es allerdings unmöglich, sie zu übersehen, denn sie übersehen mich nicht. Jack überwacht jeden meiner Schritte. Vermutlich weiß er sogar, wann ich auf die Toilette gehe.

»Erde an Violet. Antwortest du mir nicht mehr?«

Verspielt strecke ich Caleb die Zunge heraus und reiße mich von den Kameras los. »Fürs Erste brate ich faul in der Sonne und versuche, meinen Kater loszuwerden. Und heute Abend sorge ich dafür, dass ich morgen wieder rumheule, weil ich verkatert bin«, antworte ich ihm schließlich schulterzuckend. »Du bist übrigens herzlich dazu eingeladen, Caleb. Vorausgesetzt, du lässt mich dieses Mal beim Tequila-Pong gewinnen.«

»So verlockend es auch klingt, deinem Ego erneut einen Dämpfer zu verpassen, aus dem Plan wird nichts.«

»Und wieso nicht? Hast du Angst vor einer Niederlage?«, feixe ich, was Caleb abfällig schnauben lässt.

»Jack hat potenzielle Partner zum Dinner eingeladen.«

»Verdammt, nein!« Ich setze mich ruckartig auf, wodurch mein Kopf heftig zu pochen anfängt. »Er hat mir versprochen, mich nicht in seine Geschäfte mit reinzuziehen!« *Tief durchatmen, Vi.*

»Du sollst das Koks weder probieren noch verkaufen«, versucht Caleb mich zu beruhigen. »Du sollst bloß beim Essen anwesend sein, um den Mexikanern zu demonstrieren, dass die Hastings wieder vereint auftreten. Sieh es als Marketingkampagne«, rät er mir gelassen. »Mit so etwas kennst du dich schließlich aus.«

»Hab ich eine andere Wahl?«, murmele ich und stehe wackelig auf.

»Nein. Aber damit hast du zumindest eine Ausrede, um shoppen zu gehen«, erwidert er unbedarft, und ich verkneife mir augenblicklich das vorfreudige Grinsen.

Viele Möglichkeiten, um aus Jacks Blickfeld zu verschwinden, bekomme ich nicht. Deshalb nutze ich jede noch so winzige Gelegenheit, den überwachten Mauern zu entkommen. Selbst wenn ich dabei eine Schar aus Wachhunden ertragen muss.

Caleb steht entspannt auf und schlendert zwinkernd an mir vorbei, um im nächsten Moment kopfüber in den Pool zu springen. Kühles Wasser spritzt durch die Luft und erwischt mich am Bein. Quietschend tipple ich von einem Fuß auf den anderen, als er direkt vor mir aus dem Wasser auftaucht und einen riesigen Schwall in meine Richtung drückt.

»Blödmann!«, rufe ich lachend und werfe die Sonnenbrille hinter mich, um ebenfalls in den Pool zu hüpfen.

Sobald mich das kühle, erfrischende Nass umgibt, schließe ich die Augen und lasse mich auf dem Rücken liegend auf dem Wasser treiben. In Texas habe ich unter der Hitze ständig gelitten und sie gehasst. An so einem Ort lässt sie sich allerdings verdammt gut ertragen.

»Mit Karte bitte«, sage ich der Verkäuferin freundlich und strecke auffordernd die Hand nach hinten aus.

Wortlos reicht mir einer von Jacks Wachhunden die schwarze Kreditkarte, und ich lächle zufrieden in mich hinein. Die Konten meines Bruders mit sinnlosen Klamottenkäufen zu belasten, ist meine extrem kindische Art, ihn zu ärgern. Zu meiner Verteidigung muss ich sagen, dass er selbst die Schuld daran trägt. Immerhin weigert Jack sich, mir Zugang zu meinem eigenen Geld zu gewähren. Daher werde ich weiterhin mit dem größten Vergnügen auf seine Kosten leben, bis er endlich kapiert, dass ich nicht bei jedem noch so winzigen Einkauf von ihm abhängig sein möchte. Das ist demütigend. Immerhin bin ich eine erwachsene Frau, verdammt!

Heute habe ich zur Abwechslung auch etwas für Jack gekauft. Wir haben nach wie vor ein schwieriges Verhältnis, das nicht über Nacht liebevoll und innig werden kann. Vieles aus der Vergangenheit ist noch nicht aufgearbeitet, und ich möchte meinen Teil dazu beitragen. Nach so vielen Jahren habe ich endlich eine echte Familie, da will ich auch, dass sie funktioniert.

Ich bedanke mich bei der jungen Verkäuferin und reiche die Tüten an die zwei Wachhunde weiter. Sie verfolgen mich auf Schritt und Tritt, als wären sie Stalker, und kontrollieren jede meiner Bewegungen. Die Männer lieben es, mit mir shoppen zu gehen, auch wenn sie es nie offen zugeben würden. Der Grund dafür ist simpel: Ich gehe extrem großzügig mit Jacks Geld um. Heute gab es für sie Burritos, Eis und italienische Lederschuhe. Wenn ich eins in den letzten Wochen gelernt habe, dann, dass beinahe jeder Mensch käuflich ist. Bei den Wachhunden dauert es zwar länger, als ich erwartet hatte, aber ich habe Zeit.

»Ich geh noch kurz auf die Toilette«, lüge ich fröhlich und gehe bereits auf die Türen neben dem Kassentresen zu, als mich der kleinere meiner heutigen Stalker am Arm zurückhält und bestimmend den Kopf schüttelt.

»Sie kennen die Regeln, Miss«, raunt er entschuldigend.

Gespielt gleichgültig zucke ich mit den Schultern, obwohl ich innerlich genervt die Augen verdrehe. »Natürlich. Kein Problem.«

Der Glatzkopf legt eine Hand an sein Pistolenholster und öffnet bedächtig die Toilettentür, während der andere hinter ihm Stellung bezieht, als rechneten sie mit einem Überraschungsangriff aus der Toilette. Wachsam mustert er den winzigen kahlen Raum, bevor er seinem Kollegen entwarnend zunickt und mich an sich vorbei eintreten lässt.

»Es dauert nicht lange, Jungs«, verspreche ich und schließe eilig die Tür hinter mir ab.

Aufgeregt haste ich in die hinterste Ecke der letzten Kabine und schließe auch diese Tür ab, ehe ich das Wegwerfhandy aus dem Körbchen meines BHs ziehe und es einschalte. Nervös schiele ich zur verschlossenen Tür und tippe mit zittrigen Fingern die Nummer ins Handy, die ich sogar im Schlaf auswendig aufsagen könnte. Es tutet einige Male, und ich bete stumm, dass sie rangeht, als es plötzlich in der Leitung knackt und ich erleichtert ausatme.

»Hallo?«

Camys vertraute Stimme zu hören, ist Balsam für meine einsame Seele. Meine beste Freundin fehlt mir unbeschreiblich. Sie nicht täglich um mich zu haben, sondern nur hin und wieder heimlich mit ihr sprechen zu können, zerreißt mich beinahe.

»Ich bin's«, flüstere ich und betätige die Toilettenspülung, um die Wachhunde nicht zu verunsichern.

»Wo steckst du? Geht's dir gut?«

»Ja, keine Sorge«, beruhige ich sie eilig. »Ich bin in der

Sonne und bleibe hier wohl noch einige Tage. Es ist extrem heiß, aber zumindest gibt es tollen Tequila und einen Pool.«

Das Problem bei unseren wenigen Telefonaten ist, dass ich ihr keine Einzelheiten über meinen Aufenthaltsort verraten darf, da ich nicht weiß, ob sie abgehört wird. Ian hat in New York Rache geschworen und würde, ohne zu zögern, aufkreuzen, wenn er wüsste, wo ich bin. Und das kann ich nicht zulassen. Zu meinem und zu seinem Schutz.

»Klingt lustig«, erwidert Camy verhalten und seufzt plötzlich tief. »Eric hat sich von mir getrennt«, gesteht sie unendlich traurig, und ich stoße einen wütenden Laut aus.

»Dieser Mistkerl! Ich hab ihn gewarnt, was passiert, sollte er dir das Herz brechen!«

»Wow.« Camy lacht dumpf. »Jetzt klingst du wirklich wie eine Gangsterbraut aus dem Kino.«

»Wie geht es dir damit?«, übergehe ich ihren Kommentar und öffne die Kabinentür extra laut. Ich drehe den rostigen Wasserhahn am Waschbecken auf und verdrücke mich eilig zurück in die Kabine.

»Was denkst du, wie's mir geht? Eric ist zu seiner Ehefrau zurückgekrochen, obwohl sie ihn betrogen und sitzen gelassen hatte. Kann ich zu dir kommen? Tequila klingt extrem verlockend«, scherzt sie deprimiert.

»Keine gute Idee«, erwidere ich wehmütig. »Du wärst in meiner Nähe ständig in Gefahr.«

Sie seufzt niedergeschlagen und raunt: »Du fehlst mir, Liz.«

Ich zucke getroffen zusammen und schließe die Augen, um den aufsteigenden Tränen keine Chance zu geben, sich einen Weg aus meinen Augen zu bahnen. Seit Wochen hat mich niemand Liz genannt. Diesen Namen zu hören erinnert mich an eine Zeit, in der ich dachte, dass mein Leben ein unbeschriebenes Blatt sei, das nur darauf wartete, dass ich es mit meiner Tinte fülle. Dass ich es zu etwas Buntem und Besonderem mache. Aber diese Zeit ist vorbei, und ich muss endlich lernen, mich damit abzufinden, nie Herrin über mein Schicksal sein zu können.

»Wie läuft die Suche nach David?«, lenke ich ab und versteife mich unwillkürlich, sobald ich die Worte ausgesprochen habe, die sich wie Gift in meinem Mund anfühlen. So zu tun, als sorge ich mich um diesen Dreckskerl, ist die reinste Show. Ich würde Camy extrem gern verraten, dass mich unser angeblich so netter Freund vergewaltigen wollte. Dass Ian sich um ihn »gekümmert« hat und er sehr wahrscheinlich nie wieder in den Staaten auftauchen wird. Aber auch das kann ich ihr nicht sagen, wenn ich sie nicht zur Mitwisserin machen will. Es fühlt sich an, als würde sich durch all das, was ich ihr verheimlichen muss, eine Kluft zwischen uns auftun, und ich habe Angst davor, dass diese irgendwann unüberwindbar wird.

»Mom war schon wieder bei der spanischen Botschaft. Angeblich wurde ein Hotelzimmer in Madrid mit Davids Kreditkarte bezahlt. Die Beamten haben inzwischen die Theorie aufgestellt, dass er Dreck am Stecken hatte und deshalb in Spanien untergetaucht ist«, erklärt sie, und ich höre an ihrem Tonfall, dass sie dem keinen Glauben schenkt – was mich extrem nervös macht. Camy ist durch und durch Reporterin. Wenn sie eine Story wittert, lässt sie nicht eher locker, bis sie ihre Schlagzeile hat und jede Einzelheit kennt.

»Klingt ganz so, als hättest du Zweifel.«

»Klar hab ich Zweifel! Glaubst du ernsthaft, dass David einfach abtauchen würde? Dafür ist dieser Kerl viel zu stur.«

»Ich muss auflegen«, ignoriere ich ihre Frage. »Aber ich melde mich bald wieder bei dir. Versprochen.«

»Ich hab dich lieb, und pass bitte auf dich auf«, antwortet meine beste Freundin mit zitternder Stimme, die mir wie eine Nadel direkt ins Herz sticht.

»Ich dich auch, Camy. Und gib Eric einen Tritt in die Eier von mir, falls du ihn siehst.«

Sobald ich aufgelegt habe, entferne ich die SIM-Karte aus dem Wegwerfhandy und breche sie in der Mitte durch. Geübt lasse ich sie ins Waschbecken fallen und vom fließenden Wasser in den Abfluss treiben. Das Handy schlage ich hart gegen die geflieste Wand und werfe es anschließend achtlos in den Mülleimer. Das habe ich in den letzten Wochen so oft getan, dass es mir inzwischen spielend leicht von der Hand geht.

Sobald ich die Toilettentür öffne, setze ich eine gut gelaunte Maske auf, die mich vor unangenehmen Fragen schützt, und grinse die wartenden Wachhunde gespielt unbedarft an.

»Dann mal weiter, meine Herren. Ich brauche noch Schuhe.«